# El ruido de las cosas al caer

# Juan Gabriel Vásquez

## El ruido de las cosas al caer

## ALFAGUARA

©2011, Juan Gabriel Vásquez
©De esta edición:
2011, Santillana USA Publishing Company, Inc.
2023 N. W. 84th Ave., Doral, FL, 33122
Teléfono (1) 305 591 9522
Fax      (1) 305 591 7473

**El ruido de las cosas al caer**
ISBN: 978-1-61605-611-7

Diseño: Proyecto de Enric Satué

Published in The United States of America

Printed in USA by HCI Printing

14 13 12 11      1 2 3 4 5 6 7 8 9 10

*A Mariana, inventora del tiempo y los espacios*

Y ardían desplomándose los muros de mi sueño,
¡tal como se desploma gritando una ciudad!

AURELIO ARTURO, *Ciudad de sueño*


¡Así que tú también vienes del cielo! ¿De qué
planeta eres?

ANTOINE DE SAINT-EXUPÉRY, *El Principito*

# I. Una sola sombra larga

El primero de los hipopótamos, un macho del color de las perlas negras y tonelada y media de peso, cayó muerto a mediados de 2009. Había escapado dos años atrás del antiguo zoológico de Pablo Escobar en el valle del Magdalena, y en ese tiempo de libertad había destruido cultivos, invadido abrevaderos, atemorizado a los pescadores y llegado a atacar a los sementales de una hacienda ganadera. Los francotiradores que lo alcanzaron le dispararon un tiro a la cabeza y otro al corazón (con balas de calibre .375, pues la piel de un hipopótamo es gruesa); posaron con el cuerpo muerto, la gran mole oscura y rugosa, un meteorito recién caído; y allí, frente a las primeras cámaras y los curiosos, debajo de una ceiba que los protegía del sol violento, explicaron que el peso del animal no iba a permitirles transportarlo entero, y de inmediato comenzaron a descuartizarlo. Yo estaba en mi apartamento de Bogotá, unos doscientos cincuenta kilómetros al sur, cuando vi la imagen por primera vez, impresa a media página en una revista importante. Así supe que las vísceras habían sido enterradas en el mismo lugar en que cayó la bestia, y que la cabeza y las patas, en cambio, fueron a dar a un laboratorio de biología de mi ciudad. Supe también que el hipopótamo no había escapado solo: en el momento de la fuga lo acompañaban su pareja y su cría —o los que, en la versión sentimental de los periódicos menos escrupulosos, eran su pareja y su cría—, cuyo paradero se desconocía ahora y cuya búsqueda tomó de inmediato un sabor de tragedia mediática, la persecución de unas criaturas inocentes por parte de un sistema desalmado. Y uno de esos días, mientras seguía la cacería a través de los periódicos, me descubrí recordando a un hombre que llevaba mucho tiempo sin ser parte de mis pensamientos, a pesar de que en una época nada me interesó tanto como el misterio de su vida.

Durante las semanas que siguieron, el recuerdo de Ricardo Laverde pasó de ser un asunto casual, una de esas malas pasadas que nos juega la memoria, a convertirse en un fantasma fiel y dedicado, presente siempre, su figura de pie junto a mi cama en las horas de sueño, mirándome desde lejos en las de la vigilia. Los programas de radio de la mañana y los noticieros de la noche, las columnas de opinión que todo el mundo leía y los blogueros que no leía nadie, todos se preguntaban si era necesario matar a los hipopótamos extraviados, si no bastaba con acorralarlos, anestesiarlos, devolverlos al África; en mi apartamento, lejos del debate pero siguiéndolo con una mezcla de fascinación y repugnancia, yo pensaba cada vez con más concentración en Ricardo Laverde, en los días en que nos conocimos, en la brevedad de nuestra relación y la longevidad de sus consecuencias. En la prensa y en las pantallas las autoridades hacían el inventario de las enfermedades que puede propagar un artiodáctilo —y usaban esa palabra, *artiodáctilo,* nueva para mí—, y en los barrios ricos de Bogotá aparecían camisetas con la leyenda *Save the hippos;* en mi apartamento, en largas noches de llovizna, o caminando por la calle hacia el centro, yo comenzaba a recordar el día en que murió Ricardo Laverde, e incluso a empecinarme con la precisión de los detalles. Me sorprendió el poco esfuerzo que me costaba evocar esas palabras dichas, esas cosas vistas o escuchadas, esos dolores sufridos y ya superados; me sorprendió también con qué presteza y dedicación nos entregamos al dañino ejercicio de la memoria, que a fin de cuentas nada trae de bueno y sólo sirve para entorpecer nuestro normal funcionamiento, igual a esas bolsas de arena que los atletas se atan alrededor de las pantorrillas para entrenar. Poco a poco me fui dando cuenta, no sin algo de pasmo, de que la muerte de ese hipopótamo daba por terminado un episodio que en mi vida había comenzado tiempo atrás, más o menos como quien vuelve a su casa para cerrar una puerta que se ha quedado abierta por descuido.

Y es así que se ha puesto en marcha este relato. Nadie sabe por qué es necesario recordar nada, qué beneficios nos trae o qué posibles castigos, ni de qué manera puede cambiar lo vivido cuando lo recordamos, pero recordar bien a Ricardo Laverde se ha convertido para mí en un asunto de urgencia. He leído en alguna parte que un hombre debe contar la historia de su vida a los cuarenta años, y ese plazo perentorio se me viene encima: en el momento en que escribo estas líneas, apenas unas cuantas semanas me separan de ese aniversario ominoso. *La historia de su vida.* No, yo no contaré mi vida, sino apenas unos cuantos días que ocurrieron hace mucho, y lo haré además con plena conciencia de que esta historia, como se advierte en los cuentos infantiles, ya ha sucedido antes y volverá a suceder.

Que me haya tocado a mí contarla es lo de menos.


El día de su muerte, a comienzos de 1996, Ricardo Laverde había pasado la mañana caminando por las aceras estrechas de La Candelaria, en el centro de Bogotá, entre casas viejas con tejas de barro cocido y placas de mármol que reseñan para nadie momentos históricos, y a eso de la una llegó a los billares de la calle 14, dispuesto a jugar un par de chicos con los clientes habituales. No parecía nervioso ni perturbado cuando empezó a jugar: usó el mismo taco y la misma mesa de siempre, la que había más cerca de la pared del fondo, debajo del televisor encendido pero mudo. Completó tres chicos, aunque no recuerdo cuántos ganó y cuántos perdió, porque esa tarde no jugué con él, sino en la mesa de al lado. Pero recuerdo bien, en cambio, el momento en que Laverde pagó las apuestas, se despidió de los billaristas y se dirigió a la puerta esquinera. Iba pasando entre las primeras mesas, que suelen estar vacías porque el neón hace sombras raras sobre el marfil de las bolas en ese punto del local, cuando trastabilló como si hubiera tropezado con algo. Se dio la vuelta y volvió a donde estábamos nosotros; esperó con paciencia a que yo terminara la serie de seis o siete carambolas que había comenzado, e incluso aplaudió brevemente una a tres bandas; y después, mientras me veía marcar en el tablero los tantos que había conseguido, se me acercó y me preguntó si no sabía dónde le podían prestar un aparato de algún tipo para oír una grabación que acababa de recibir. Muchas veces me he preguntado después qué habría pasado si Ricardo Laverde no se hubiera dirigido a mí, sino a otro de los billaristas. Pero es una pregunta sin sentido, como tantas que nos hacemos sobre el pasado. Laverde tenía buenas razones para preferirme a mí. Nada puede cambiar ese hecho, así como nada cambia lo que sucedió después.

Lo había conocido a finales del año anterior, un par de semanas antes de Navidad. Yo estaba a punto de cumplir veintiséis años, había recibido mi diploma de abogado dos años atrás y, aunque sabía muy poco del mundo real, el mundo teórico de los estudios jurídicos no guardaba ningún secreto para mí. Después de graduarme con honores —una tesis sobre la locura como eximente de responsabilidad penal en *Hamlet*: todavía hoy me pregunto cómo logré que la aceptaran, ya no digamos que la distinguieran—, me había convertido en el titular más joven de la historia de mi cátedra, o eso me habían dicho mis mayores al momento de proponérmela, y estaba convencido de que ser profesor de Introducción al Derecho, enseñar los fundamentos de la carrera a generaciones de niños asustados que acaban de salir del colegio, era el único horizonte posible de mi vida. Allí, de pie sobre una tarima de madera, frente a filas y filas de muchachitos imberbes y desorientados y niñas impresionables de ojos constantemente abiertos, recibí mis primeras lecciones sobre la naturaleza del poder. De esos estudiantes primerizos me separaban apenas unos ocho años, pero entre nosotros se abría el doble abismo de la autoridad y del conocimiento, cosas que yo tenía y de las que ellos, recién llegados a la vida, carecían por completo. Me admiraban, me temían un poco, y me di cuenta de que uno podía acostumbrarse a ese temor y esa admiración, de que eran como una droga. A mis alumnos les hablaba de los espeleólogos que se quedan atrapados en una cueva y al cabo de varios días comienzan a comerse entre sí para sobrevivir: ¿les asiste o no el Derecho? Les hablaba del viejo Shylock, de la libra de carne que le iban a quitar, de la astuta Portia que se las arregló para impedirlo con un tecnicismo de leguleyo: me divertía viéndolos manotear y vociferar y perderse en argumentos ridículos en su intento por encontrar, en la maraña de la anécdota, las ideas de Ley y de Justicia. Luego de esas discusiones académicas llegaba a los billares de la calle 14, lugares llenos de humo y de techos bajos donde ocurría la otra vida, la vida sin doctrinas ni jurisprudencias. Allí, entre apuestas de poco dinero y tragos de café con brandy, se terminaba mi día, a veces en compañía de uno o dos colegas, a veces con alumnas que luego de unos cuantos tragos podían acabar en mi cama. Yo vivía cerca, en un décimo piso donde el aire siempre estaba frío, donde la vista hacia la ciudad erizada de ladrillo y cemento siempre era buena, donde mi cama siempre estaba abierta para discutir en ella la concepción que tenía Cesare Beccaria de las penas, o bien un capítulo difícil de Bodenheimer, o incluso un simple cambio de nota por la vía más expedita. La vida, en esas épocas que ahora me parecen pertenecer a otro, estaba llena de posibilidades. También las posibilidades, constaté después, pertenecían a otro: se fueron extinguiendo imperceptiblemente, como la marea que se retira, hasta dejarme con lo que ahora soy.

Por esos días mi ciudad comenzaba a desprenderse de los años más violentos de su historia reciente. No hablo de la violencia de cuchilladas baratas y tiros perdidos, de cuentas que se saldan entre traficantes de poca monta, sino la que trasciende los pequeños resentimientos y las pequeñas venganzas de la gente pequeña, la violencia cuyos actores son colectivos y se escriben con mayúscula: el Estado, el Cartel, el Ejército, el Frente. Los bogotanos nos habíamos acostumbrado a ella, en parte porque sus imágenes nos llegaban con portentosa regularidad desde los noticieros y los periódicos; ese día, las imágenes del más reciente atentado habían empezado a entrar, en forma de boletín de última hora, por la pantalla del televisor. Primero vimos al periodista que presentaba la noticia desde la puerta de la clínica del Country, después vimos una imagen del Mercedes acribillado —a través de la ventana destrozada se veía el asiento trasero, los restos de cristales, los brochazos de sangre seca—, y al final, cuando ya los movimientos habían cesado en todas las mesas y se había hecho el silencio y alguien había pedido a gritos que le subieran el volumen al aparato, vimos, encima de las fechas de su nacimiento y de su muerte todavía fresca, la cara en blanco y negro de la víctima. Era el político conservador Álvaro Gómez, hijo de uno de los presidentes más controvertidos del siglo y él mismo candidato a la presidencia más de una vez. Nadie preguntó por qué lo habrían matado, ni quién, porque esas preguntas habían dejado de tener sentido en mi ciudad, o se hacían de manera retórica, sin esperar respuesta, como única manera de reaccionar ante la nueva cachetada. No lo pensé en ese momento, pero esos crímenes (magnicidios, los llamaba la prensa: yo aprendí muy pronto el significado de la palabrita) habían vertebrado mi vida o la puntuaban como las visitas impredecibles de un pariente lejano. Yo tenía catorce años esa tarde de 1984 en que Pablo Escobar mató o mandó matar a su perseguidor más ilustre, el ministro de Justicia

Rodrigo Lara Bonilla (dos sicarios en moto, una curva de la calle 127). Tenía dieciséis cuando Escobar mató o mandó matar a Guillermo Cano, director de *El Espectador* (a pocos metros de las instalaciones del periódico, el asesino le metió ocho tiros en el pecho). Tenía diecinueve y ya era un adulto, aunque no había votado todavía, cuando murió Luis Carlos Galán, candidato a la presidencia del país, cuyo asesinato fue distinto o es distinto en nuestro imaginario porque se vio en televisión: la manifestación que vitoreaba a Galán, luego las ráfagas de metralleta, luego el cuerpo desplomándose sobre la tarima de madera, cayendo sin ruido o su ruido oculto por el bullicio del tumulto y por los primeros gritos. Y poco después fue lo del avión de Avianca, un Boeing 727-21 que Escobar hizo estallar en el aire —en algún lugar del aire que hay entre Bogotá y Cali— para matar a un político que ni siquiera estaba en él.

De manera que todos los billaristas lamentamos el crimen con la resignación que ya era una suerte de idiosincrasia nacional, el legado que nos dejaba nuestro tiempo, y luego volvimos a nuestros chicos respectivos. Todos, digo, menos uno cuya atención se había quedado fija en la pantalla, donde las imágenes habían pasado a la siguiente noticia y ahora presentaban una escena de abandono: una plaza de toros invadida por la maleza hasta las banderas (o el espacio donde las banderas hubieran existido), un cobertizo donde se oxidaban varios carros antiguos, un gigantesco tiranosaurio cuyo cuerpo se caía a pedazos y revelaba una compleja estructura metálica, triste y desnuda como un viejo maniquí de mujer. Era la Hacienda Nápoles, el territorio mitológico de Pablo Escobar, que en otros años había sido el cuartel general de su imperio y había quedado abandonada a su suerte desde la muerte del capo en 1993. La noticia hablaba de ese abandono: de las propiedades incautadas a los narcos, de los millones de dólares desperdiciados por las autoridades que no sabían cómo disponer de esas propiedades, de todo lo que hubiera podido hacerse y no se había hecho con aquellos patrimonios de fábula. Y fue entonces que uno de los jugadores de la mesa más cercana al televisor, que hasta el momento no se había hecho notar de ninguna otra manera, habló como si hablara para sí mismo, pero lo hizo en voz alta y espontánea, como los que, a fuerza de vivir en soledad, han olvidado la posibilidad misma de ser oídos.

«A ver qué van a hacer con los animales», dijo. «Los pobres se están muriendo de hambre y a nadie le importa.»

Alguien preguntó a qué animales se refería. El hombre sólo dijo: «Qué culpa tienen ellos de nada».

Éstas fueron las primeras palabras que le oí decir a Ricardo Laverde. No dijo nada más: no dijo, por ejemplo, a qué animales se refería, ni cómo sabía que se estaban muriendo de hambre. Pero nadie se lo preguntó, porque todos allí teníamos edad suficiente para haber conocido los mejores años de la Hacienda Nápoles. El zoológico era un lugar de leyenda que, bajo el aspecto de la mera excentricidad de un narco millonario, prometía a los visitantes un espectáculo que no pertenecía a estas latitudes. Yo lo había visitado a los doce años, durante las vacaciones de diciembre; lo había visitado, por supuesto, a escondidas de mis padres: la sola idea de que su hijo pusiera un pie en la propiedad de un reconocido mafioso les hubiera parecido escandalosa, ya no digamos la perspectiva de divertirse haciéndolo. Pero yo no podía dejar de ver lo que estaba en boca de todos. Acepté la invitación que me hacían los padres de un amigo; un fin de semana madrugamos para recorrer las seis horas de carretera que había entre Bogotá y Puerto Triunfo; y una vez en la hacienda, tras pasar por debajo del portón de piedra (el nombre de la propiedad se leía en gruesas letras azules), dejamos que se nos fuera la tarde entre tigres de Bengala y guacamayas de la Amazonía, caballos pigmeos y mariposas del tamaño de una mano y hasta un par de rinocerontes indios que, según nos explicó un muchacho de acento paisa y chaleco camuflado, acababan de llegar por esos días. Y luego estaban los hipopótamos, por supuesto, ninguno de los cuales había huido todavía en esos tiempos de gloria. Así que yo sabía bien a qué animales se refería aquel hombre; no sabía, en cambio, que esas pocas palabras me lo traerían a la memoria casi catorce años más tarde. Pero todo eso lo he pensado después, como es evidente: aquel día, en los billares, Ricardo Laverde fue sólo uno más de tantos que en mi país habían seguido con pasmo el auge y caída de uno de los colombianos más notorios de todos los tiempos, y no le presté demasiada atención.

Lo que recuerdo de ese día, eso sí, es que no me pareció intimidante: era tan delgado que su estatura engañaba, y había que verlo de pie junto a un taco de billar para percatarse de que apenas si llegaba al metro setenta; su escaso pelo del color de los ratones y su piel reseca y sus uñas largas y siempre sucias daban una imagen de enfermedad o dejadez, la dejadez de un terreno baldío. Acababa de cumplir los cuarenta y ocho, pero parecía mucho más viejo. Hablaba con esfuerzo, como si le faltara el aire; su pulso era tan flojo que la punta azul de su taco temblaba siempre frente a la bola, y era casi milagroso que no se descachara más a menudo. Todo en él parecía cansado. Una tarde, después de que Laverde se hubiera ido, alguno de sus compañeros de juego (un hombre de su misma edad pero que se movía mejor, que respiraba mejor, que sin duda está vivo todavía y quizás incluso esté leyendo estas memorias) me reveló la razón sin que yo le hubiera preguntado nada. «Es por la cárcel», me dijo, enseñándome al hablar un destello breve de diente de oro. «La cárcel cansa a la gente.»

«¿Estuvo preso?»

«Acaba de salir. Estuvo como veinte años, eso es lo que dicen.»

«¿Y qué hizo?»

«Ah, eso sí no sé», dijo aquel hombre. «Pero algo habrá hecho, ¿no? A nadie le clavan tanto tiempo por nada.»

Le creí, por supuesto, porque nada me permitía pensar que había una verdad alterna, porque no había ninguna razón en ese momento para cuestionar la primera versión inocente y desprevenida que alguien me diera de la vida de Ricardo Laverde. Pensé que nunca había conocido a un exconvicto —la expresión *exconvicto*, notará cualquiera, es la mejor prueba de ello—, y mi interés por Laverde creció, o creció mi curiosidad. Una larga condena impresiona siempre a un joven como lo era yo entonces. Calculé que yo apenas caminaba cuando Laverde entró a la cárcel, y nadie puede ser invulnerable a la idea de haber crecido y haberse educado y haber descubierto el sexo y tal vez la muerte (la de una mascota y luego la de un abuelo, por ejemplo), y haber tenido amantes y sufrido rupturas dolorosas y conocido el poder de decidir, la satisfacción o el arrepentimiento por las decisiones, el poder de hacer daño y la satisfacción o la culpa por hacerlo, y todo mientras que un hombre vive esa vida sin descubrimientos ni aprendizajes que es una condena de semejante magnitud. Una vida no vivida, una vida que se le escurre a uno entre los dedos, una vida propia y sufrida por uno pero al mismo tiempo de propiedad ajena, propiedad de los que no la sufren.

Y casi sin darme cuenta nos fuimos acercando. Ocurrió primero casualmente: yo aplaudía una de sus carambolas, por ejemplo —al hombre se le daban bien las bandas previas—, y luego lo invitaba a jugar en mi mesa o pedía permiso para jugar en la suya. Él me aceptó a regañadientes, como recibe un iniciado a un aprendiz, a pesar de que mi juego era superior y junto a mí Laverde pudo, por fin, dejar de perder. Pero entonces descubrí que perder no le importaba demasiado: el dinero que ponía sobre el paño color esmeralda al final de los chicos, esos dos o tres billetes oscuros y arrugados, formaba parte de sus gastos rutinarios, un pasivo previamente aceptado de su economía. El billar no era para él un pasatiempo, ni siquiera una competencia, sino la única forma que Laverde tenía en ese momento de estar en sociedad: el ruido de las bolas al chocar, de las cuentas de madera en los cables, de las tizas azules al frotarse sobre las puntas de cuero viejo, todo eso constituía su vida pública. Fuera de esos corredores, sin un taco de billar en la mano, Laverde era incapaz de tener una conversación corriente, ya no digamos una relación. «A veces creo», me dijo la única vez que hablamos con alguna seriedad, «que nunca he mirado a nadie a los ojos». Era una exageración, por supuesto, pero no estoy seguro de que el hombre exagerara a propósito. Después de todo, no me estaba mirando a los ojos cuando me dijo esas palabras.

Ahora que tantos años han pasado, ahora que recuerdo desde la comprensión que entonces no tenía, pienso en esa conversación y me parece inverosímil que su importancia no me haya saltado a la cara. (Y me digo al mismo tiempo que somos pésimos jueces del momento presente, tal vez porque el presente no existe en realidad: todo es recuerdo, esta frase que acabo de escribir ya es recuerdo, es recuerdo esta palabra que usted, lector, acaba de leer.) El año estaba terminando; era época de exámenes y las clases se habían suspendido; la rutina de los billares se había instalado en mis días, y de alguna manera les daba forma y propósito. «Ah», me decía Ricardo Laverde cada vez que me veía llegar. «Me coge de milagro, Yammara, ya me iba a ir.» Algo en nuestros encuentros estaba cambiando: lo supe la tarde en que Laverde no se despidió de mí como hacía siempre, desde el otro lado de la mesa, llevándose una mano a la frente igual que un soldado y dejándome con el taco en la mano, sino que me esperó, me vio pagar las bebidas de ambos —cuatro cafés con brandy y una cocacola al final— y salió del local caminando a mi lado. Caminó junto a mí hasta la esquina de la plazoleta del Rosario, entre olores de tubos de escape y arepas fritas y alcantarillas abiertas; entonces, allí donde una rampa desciende hasta la boca oscura de un parqueadero subterráneo, me dio una palmada en el hombro, un frágil golpecito con su mano frágil, más parecido a una caricia que a una despedida, y me dijo:

«Bueno, mañana nos vemos. Tengo que hacer una diligencia.»

Lo vi sortear los corrillos de esmeralderos y meterse por el callejón peatonal que lleva a la carrera Séptima, luego doblar la esquina, y entonces ya no lo vi más. Las calles comenzaban a adornarse con luces navideñas: guirnaldas nórdicas y bastones de dulce, palabras en inglés, siluetas de copos de nieve en esta ciudad donde nunca ha nevado y donde diciembre, en particular, es la época de más sol. Pero de día las luces apagadas no adornaban: obstruían la mirada, ensuciaban, contaminaban. Los cables, suspendidos por encima de nuestras cabezas, cruzando la calzada de un lado al otro, eran como puentes colgantes, y en la plaza de Bolívar se encaramaban como plantas trepadoras a los postes, a las columnas jónicas del capitolio, a las paredes de la catedral. Las palomas, eso sí, tenían más cables donde descansar, y los vendedores de maíz no daban abasto para atender a los turistas, ni daban abasto los fotógrafos callejeros: hombres viejos de ruana y sombrero de fieltro que capturaban a sus clientes como se arría una vaca y luego, al momento de la foto, se cubrían con una manta negra, no porque se lo exigiera su aparato, sino porque eso era lo que los clientes esperaban. También estos fotógrafos eran sobrevivientes de otros tiempos, cuando no todo el mundo podía producir su propio retrato y la idea de comprar en la calle una foto que le han tomado a uno (muchas veces sin que uno se dé cuenta) no era completamente absurda. Todo bogotano de una cierta edad tiene una foto de calle, la mayoría tomadas en la Séptima, antigua calle Real del Comercio, reina de todas las calles bogotanas; mi generación creció mirando esas fotos en los álbumes familiares, esos hombres de traje de tres piezas, esas mujeres de guantes y paraguas, gente de otra época en que Bogotá era más fría y más lluviosa y más doméstica, pero no menos ardua. Yo tengo entre mis papeles la foto que mi abuelo compró en los cincuenta y la que mi padre compró unos quince años después. No tengo, en cambio, la que Ricardo Laverde compró esa tarde, aunque la imagen persiste con tanta claridad en mi memoria que podría dibujarla con todas sus líneas si tuviera algún talento para el dibujo. Pero no lo tengo. Ése es uno de los talentos que no tengo.

Así que ésta era la diligencia que Laverde tenía que hacer. Después de dejarme caminó hasta la plaza de Bolívar y se hizo tomar uno de esos retratos deliberadamente anacrónicos, y al día siguiente llegó a los billares con el resultado en la mano: un papel de tonos sepia, firmado por el fotógrafo, en el cual aparecía un hombre menos triste o taciturno que de costumbre, un hombre del cual hubiera podido decirse, si la evidencia de los últimos meses no convirtiera la apreciación en una osadía, que se sentía contento. La mesa todavía estaba cubierta por el forro de plástico negro, y sobre el forro Laverde puso la imagen, su propia imagen, y la miró fascinado: aparecía bien peinado, sin una arruga en el vestido, con la mano derecha extendida y dos palomas picoteando en su palma; más atrás se adivinaba la mirada de una pareja de curiosos, ambos con morral y sandalias, y al fondo, muy al fondo, al lado de un carrito de maíz agrandado por la perspectiva, el Palacio de Justicia.

«Está muy bien», le dije. «¿Se la sacó ayer?»

«Sí, ayer mismo», dijo él, y sin más me explicó: «Es que viene mi esposa».

No me dijo *la foto es un regalo*. No aclaró por qué ese regalo tan curioso interesaría a su esposa. No se refirió a sus años en la cárcel, aunque para mí era evidente que esa circunstancia planeaba sobre toda la situación, un buitre sobre un perro moribundo. Ricardo Laverde, en todo caso, actuaba como si nadie en el billar supiera de su pasado; sentí en el instante que esa ficción conservaba para nosotros un delicado equilibrio, y preferí mantenerla.

«¿Cómo así que viene?», pregunté. «¿Viene de dónde?»

«Ella es de Estados Unidos, la familia vive allá. Mi esposa está, bueno, digamos que está de visita.» Y luego: «¿Está bien la foto? ¿Le parece buena?».

«Me parece muy buena», le dije con algo de involuntaria condescendencia. «Sale muy elegante, Ricardo.»

«Muy elegante», dijo él.

«Así que está casado con una gringa», dije.

«Imagínese.»

«¿Y viene para Navidad?»

«Pues ojalá», dijo Laverde. «Ojalá que sí.»

«¿Por qué ojalá, no es seguro?»

«Bueno, tengo que convencerla primero. Es cuento largo, no me pida que le explique.»

Laverde quitó el forro negro de la mesa, no de un tirón, como hacían otros billaristas, sino doblándolo por partes, con meticulosidad, casi con afecto, como se dobla una bandera en un funeral de Estado. Se agachó sobre la mesa, volvió a erguirse, buscó el mejor ángulo, pero después de todo el ceremonial acabó tacando con la bola equivocada. «Mierda», dijo. «Perdón.» Se acercó al tablero, preguntó cuántas carambolas había hecho, las marcó con la punta del taco (y rozó sin quererlo la pared blanca, dejando un lunar azul y oblongo junto a otros lunares azules acumulados a través del tiempo). «Perdón», volvió a decir. Su cabeza, de repente, estaba en otra parte: sus movimientos, su mirada fija en las bolas de marfil que lentamente asumían sus nuevas posiciones sobre el paño, eran los de alguien que se ha ido, una especie de fantasma. Empecé a considerar la

posibilidad de que Laverde y su esposa estuvieran divorcia-
dos, y entonces me llegó, como una epifanía, otra posibilidad más dura y por eso más interesante: su esposa no
sabía que Laverde había salido de la cárcel. En un breve
segundo, entre carambola y carambola, imaginé a un hombre que sale de una cárcel bogotana —la escena en mi
imaginación tenía lugar en la Distrital, la última que había
conocido como estudiante de Criminología— y que man-
tiene su salida en secreto para sorprender a alguien, una
especie de Wakefield al revés, interesado en ver en la cara
de su único familiar la expresión de amor sorprendido que
todos hemos querido ver, o incluso hemos provocado con
elaborados ardides, alguna vez en la vida.

«¿Y cómo se llama su esposa?», pregunté.

«Elena», me dijo.

«Elena de Laverde», dije yo como sopesando el
nombre, y atribuyéndole el posesivo que casi toda la gente de esa generación seguía usando en Colombia.

«No», me corrigió Ricardo Laverde. «Elena Fritts.
Nunca quisimos que se pusiera mi apellido. Una mujer
moderna, ya ve.»

«¿Eso es moderno?»

«Bueno, en esa época era moderno. No cambiarse
de apellido. Y como era gringa la gente se lo perdonaba.»
Y entonces, con levedad repentina o recuperada: «Qué,
¿nos tomamos un traguito?».

Y así, entre trago y trago de un ron blanco que
dejaba en la garganta un regusto de alcohol médico, se nos
fue la tarde. A eso de las cinco ya el billar había dejado de
importarnos, así que abandonamos los tacos sobre la mesa,
metimos las tres bolas en el rectángulo de cartón de su
cajita y nos sentamos en las sillas de madera, como espec-
tadores o acompañantes o jugadores cansados, cada uno
con su vaso alto de ron en la mano, moviéndolo de vez en
cuando para que el hielo nuevo se mezclara bien, empa-
ñándolo cada vez más con nuestros dedos sucios de sudor

y polvo de tiza. Desde allí dominábamos la barra, la entrada a los baños y la esquina donde colgaba el televisor, y podíamos incluso comentar las jugadas de un par de mesas. En una de ellas cuatro jugadores que nunca habíamos visto, de guante de seda y taco desarmable, apostaban en un chico más de lo que nosotros gastábamos juntos en un mes. Fue allí, sentados uno al lado del otro, que Ricardo Laverde me dijo lo de no haber mirado a nadie a los ojos. También fue allí que algo comenzó a incomodarme acerca de Ricardo Laverde: una incoherencia profunda entre su dicción y sus modales, que nunca dejaban de ser elegantes, y su aspecto desgarbado, su economía precaria, su presencia misma en estos lugares donde busca algo de estabilidad la gente cuya vida, por la razón que sea, es inestable.

«Qué raro, Ricardo», le dije. «Nunca le he preguntado qué hace.»

«Es verdad, nunca», dijo Laverde. «Ni yo a usted tampoco. Pero es porque me lo imagino profesor, por aquí todos lo son, en el centro hay demasiadas universidades. ¿Es usted profesor, Yammara?»

«Sí», dije. «De Derecho.»

«Ah, qué bueno», dijo Laverde con una sonrisa ladeada. «En este país no hay suficientes abogados.»

Pareció que iba a decir algo más. No dijo nada.

«Pero no me ha contestado», insistí entonces. «Qué hace usted, a qué se dedica.»

Hubo un silencio. Qué cosas se le debieron de pasar por la cabeza en esos dos segundos: ahora, con el tiempo, puedo entenderlo. Qué cálculos, qué renuncias, qué reticencias.

«Soy piloto», dijo Laverde en una voz que yo no había oído nunca. «Fui piloto, mejor dicho. Lo que soy es un piloto retirado.»

«¿Piloto de qué?»

«Piloto de cosas que se pilotan.»

«Bueno, sí, ¿pero qué cosas? ¿Aviones de pasajeros? ¿Helicópteros de vigilancia? Es que yo de esto...»

«Mire, Yammara», me cortó con voz pausada pero firme a la vez, «yo mi vida no se la cuento a cualquiera. No confunda el billar con la amistad, hágame el favor».

Hubiera podido ofenderme, pero no lo hizo: en sus palabras, detrás de la agresividad repentina y más bien gratuita, había un ruego. Después de la respuesta grosera vinieron esos gestos de arrepentimiento o de reconciliación, un niño llamando la atención de maneras desesperadas, y yo perdoné la grosería como se le perdona a un niño. Cada cierto tiempo venía don José, el encargado del local: un hombre grueso y calvo, envuelto en un delantal de carnicero, que nos llenaba los vasos de hielo y de ron y enseguida volvía a su banca de aluminio, al lado de la barra, para enfrentarse al crucigrama de *El Espacio*. Yo pensaba en Elena de Laverde, la esposa. Un día cualquiera de un año cualquiera, Ricardo salió de su vida y entró en la cárcel. ¿Pero qué había hecho para merecerlo? ¿Y no lo había visitado su esposa en todos esos años? ¿Y cómo acababa un piloto pasando los días en los billares del centro bogotano y gastándose la plata en apuestas? Tal vez fue aquélla la primera vez que pasó por mi cabeza, si bien de forma intuitiva y rudimentaria, la misma idea que se repetiría después, encarnada en palabras distintas o a veces sin necesidad de palabras: *Este hombre no ha sido siempre este hombre. Este hombre era otro hombre antes.*

Estaba ya oscuro cuando salimos. No tengo el inventario preciso de lo bebido en los billares, pero sé que el ron se nos había subido a la cabeza, y las aceras de La Candelaria se habían vuelto incluso más estrechas. Apenas se podía caminar en ellas: la gente salía de las miles de oficinas del centro para irse a casa, o entraba en los almacenes para comprar regalos navideños, o formaba coágulos en las esquinas, mientras esperaba una buseta. Lo primero que hizo Ricardo Laverde al salir fue tropezar con una mujer de sastre color naranja (o de un color que allí, bajo las luces amarillas, parecía naranja). «Mire a ver, bobo», le dijo la mujer, y entonces me resultó evidente que dejarlo llegar a su casa en ese estado era irresponsable o incluso riesgoso. Me ofrecí a acompañarlo y él aceptó, o por lo menos no se negó de ninguna manera perceptible. En cuestión de minutos estábamos pasando frente al portón cerrado de la iglesia de La Bordadita, y a partir de un momento la muchedumbre quedó atrás, como si hubiéramos entrado en otra ciudad, una ciudad en toque de queda. La Candelaria profunda es un lugar fuera del tiempo: en toda Bogotá, sólo en ciertas calles de esa zona es posible imaginar cómo era la vida hace un siglo. Y fue durante esa caminata que Laverde me habló por primera vez como se le habla a un amigo. Al principio pensé que intentaba congraciarse conmigo después de la gratuita descortesía de antes (el alcohol suele provocar estos arrepentimientos, estas íntimas culpas); luego me pareció que había algo más, una tarea urgente cuyas motivaciones yo no alcanzaba a comprender, un deber inaplazable. Le seguí la corriente, claro, como se les sigue la corriente a todos los borrachos del mundo cuando empiezan a contar sus historias de borrachos. «Esta mujer es todo lo que tengo», me dijo.

«¿Elena?», dije yo. «¿Su esposa?»

«Es todo, todo lo que tengo. No me pida que le dé detalles, Yammara, para nadie es fácil hablar de sus errores. Y yo tengo los míos, como todos. La he cagado, claro. La he cagado mucho. Usted es muy joven, Yammara, tan joven que tal vez siga virgen en esto de los errores. No me refiero a haberle puesto los cachos a su noviecita, no es eso, no me refiero a haberse comido a la noviecita de su mejor amigo, ésas son cosas de niños. Me refiero a los errores de verdad, Yammara, eso es una vaina que usted no conoce todavía. Y mejor. Aproveche, Yammara, aproveche mientras pueda: uno es feliz hasta que la caga de cierta forma, luego no hay manera de recuperar eso que uno era antes. Bueno, eso es lo que voy a confirmar en estos días. Elena va a venir y yo voy a tratar de recuperar lo que había antes. Elena era el amor de mi vida. Y nos separamos, no queríamos separarnos, pero nos separamos. La vida nos separó, la vida hace esas cosas. Yo la cagué. La cagué y nos separamos. Pero lo que importa no es cagarla, Yammara, óigame bien, lo que importa no es cagarla, sino saber remediar la cagada. Aunque haya pasado el tiempo, los años que sean, nunca es tarde para remendar lo que uno ha roto. Y eso es lo que voy a hacer. Elena viene ahora y eso es lo que voy a hacer, ningún error puede durar para siempre. Todo esto fue hace mucho tiempo, muchísimo tiempo. Usted ni había nacido, creo yo. Pongamos 1970, más o menos. ¿Usted cuándo nació?»

«En el 70, sí», dije. «Exactamente.»

«¿Seguro?»

«Seguro.»

«¿No nació en el 71?»

«No», dije. «En el 70.»

«Bueno, pues eso. En ese año pasaron muchas cosas. En los años siguientes también, claro, pero sobre todo en ese año. Ese año nos cambió la vida. Yo dejé que nos separaran, pero lo que importa no es eso, Yammara, óigame bien, lo que importa no es eso, sino lo que va a pasar ahora. Elena viene ahora y eso es lo que voy a hacer, arreglar las vainas. No puede ser tan difícil, ¿no? ¿Cuánta gente conoce uno que ha arreglado el caminado a mitad de camino? Mucha gente, ¿o no? Pues eso voy a hacer yo. No puede ser tan difícil.»

Todo eso me dijo Ricardo Laverde. Estábamos solos al llegar a su calle, tan solos que habíamos comenzado, sin darnos cuenta, a caminar por el medio de la calzada. Una carreta atiborrada de periódicos viejos y tirada por una mula famélica pasó bajando, y el hombre que llevaba las riendas (la cabuya anudada que hacía las veces de riendas) tuvo que silbar para no pasarnos por encima. Recuerdo el olor de la mierda del animal, aunque no recuerdo que cagara en ese preciso momento, y recuerdo también la mirada de un niño que iba detrás, sentado en las tablas de madera con los pies colgando. Y luego me recuerdo estirando una mano para despedirme de Laverde y quedándome con la mano en el aire, más o menos como aquella otra mano cubierta de palomas en la foto de la plaza de Bolívar, porque Laverde me dio la espalda y, abriendo un portón con una llave de otros tiempos, me dijo:

«No me diga que se va a ir ahora. Entre y se toma el último, joven, ya que estamos hablando tan rico.»

«Es que yo tenía que irme, Ricardo.»

«Uno no tiene sino que morirse», dijo él, la lengua un poco torpe. «Un traguito y no más, le juro. Ya que se pegó el viaje hasta este sitio dejado de Dios.»

Habíamos llegado frente a una vieja casa colonial de un solo piso, no cuidada como un escenario cultural o histórico, sino decadente y triste, una de esas propiedades que pasan de generación en generación a medida que las familias se empobrecen, hasta que el último de la línea la vende para salir de una deuda o la pone a producir como pensión o prostíbulo. Laverde estaba de pie en el umbral y mantenía el portón abierto con un pie, en uno de esos equilibrios precarios que sólo un buen borracho logra. Al fondo alcancé a ver un corredor de suelos de ladrillo y luego el patio colonial más pequeño que he visto nunca. En el centro del patio, en lugar de la tradicional fuente, había un tendedero de ropa, y las paredes de cal del corredor estaban adornadas con calendarios de mujeres desnudas. Yo había estado en otras casas parecidas, así que pude imaginar lo que había más allá del corredor oscuro: imaginé habitaciones de puertas de madera verde que se cierran con candado como un cobertizo, e imaginé que en uno de esos cobertizos de tres por dos, alquilado por semanas, vivía Ricardo Laverde. Pero era tarde, yo tenía que pasar mis notas al día siguiente (cumplir con la insoportable burocracia universitaria, eso no da tregua), y caminar por ese barrio, pasada cierta hora de la noche, era provocar demasiado a la suerte. Laverde estaba borracho y se había embarcado en unas confidencias cuya cercanía yo no había previsto, y me di cuenta en ese momento de que una cosa era preguntarle qué tipo de máquinas pilotaba y otra, muy distinta, meterme con él en su cuartucho diminuto para verlo llorar por los amores perdidos. Nunca me ha resultado fácil la intimidad, y mucho menos con otros hombres. Todo lo que Laverde me fuera a contar entonces, pensé, me lo podría contar también al día siguiente, al aire libre o en lugares públicos, sin vacuas camaraderías ni llantos en mi hombro, sin frívolas solidaridades masculinas. El mundo no se va a acabar mañana, pensé. Ni a Laverde se le va a olvidar su vida. Así que no me sorprendió demasiado oírme decir:

«De verdad que no, Ricardo. Para otra vez será.»

Él se quedó quieto un instante.

«Pues sí», dijo entonces. Si su decepción fue grande, no lo demostró. Ya dándome la espalda, cerrando el portón tras de sí, me espetó: «Será para otra vez».

Por supuesto que si hubiera sabido entonces lo que sé ahora, si hubiera podido prever la manera en que Ricardo Laverde marcaría mi vida, no lo habría pensado dos veces. Desde entonces me he preguntado con frecuencia qué habría pasado si hubiera aceptado la invitación, qué me habría contado Laverde si yo hubiera entrado para tomar el último trago que nunca es el último, cómo habría modificado eso lo que vino después.

Pero son todas preguntas inútiles. No hay manía más funesta, ni capricho más peligroso, que la especulación o la conjetura sobre los caminos que no tomamos.


Tardé mucho en volver a verlo. Un par de veces pasé por los billares durante los días que siguieron, pero mis rutinas no coincidieron con las suyas. Entonces, justo cuando se me ocurrió que podía pasar a visitarlo a su casa, me enteré de que se había ido de viaje. No supe adónde, ni con quién; pero una tarde Laverde había pagado sus deudas de juego y de bebida, había anunciado unas vacaciones y al día siguiente se había esfumado como la racha de suerte de un apostador compulsivo. Así que también yo dejé de frecuentar ese lugar que, en ausencia de Laverde, perdió de repente todo interés. La universidad cerró por vacaciones, y toda esa rutina que gira alrededor de la cátedra y los exámenes quedó suspendida, y sus lugares desiertos (los salones sin voces, las oficinas sin ajetreos). Fue durante ese interludio que Aura Rodríguez, una antigua alumna con quien llevaba saliendo ya varios meses de manera más o menos secreta y en todo caso cautelosa, me dijo que estaba embarazada.

Aura Rodríguez. En el desorden de sus apellidos había un Aljure y un Hadad, y esa sangre libanesa estaba en sus ojos profundos y en el puente de las cejas espesas y en la estrechez de su frente, un conjunto que hubiera dado la impresión de seriedad o aun mal genio en alguien menos dado a la extroversión y a la afabilidad. Sus sonrisas fáciles, sus ojos atentos hasta la impertinencia, desarmaban o neutralizaban unas facciones que, por más bellas que fueran (y sí, eran bellas, eran muy bellas), podían volverse duras y aun hostiles con un leve fruncimiento del ceño, con una cierta manera de entreabrir los labios para respirar por la boca en momentos de tensión o enfado. Aura me gustaba, por lo menos en parte, porque su biografía tenía poco en común con la mía, empezando por el desarraigo de su niñez: los padres de Aura, caribeños los dos, habían llegado a Bogotá con la niña en brazos, pero nunca lograron sentirse a gusto en esta ciudad de gente solapada y ladina, y con los años acabaron aceptando una oportunidad de trabajo en Santo Domingo y luego otra en México y luego una muy breve en Santiago de Chile, de manera que

Aura salió de Bogotá siendo todavía muy pequeña y su adolescencia fue una suerte de circo itinerante y, a la vez, de sinfonía permanentemente inconclusa. La familia de Aura volvió a Bogotá a comienzos de 1994, semanas después de que mataran a Pablo Escobar; ya la década difícil había terminado, y Aura viviría para siempre en la ignorancia de lo que vimos y escuchamos quienes estuvimos aquí. Más tarde, cuando la jovencita desarraigada se presentó en la universidad para dar la entrevista de admisión, el decano de la facultad le hizo la misma pregunta que hacía a todos los aspirantes: ¿por qué Derecho? La respuesta de Aura dio bandazos aquí y allá, pero acabó con una razón menos relacionada con el futuro que con el inmediato pasado: «Para poder quedarme quieta en un mismo sitio». Los abogados sólo pueden ejercer allí donde han estudiado, dijo Aura, y esa estabilidad le parecía impostergable. No lo dijo en ese momento, pero ya sus padres comenzaban a planear el siguiente viaje, y Aura había decidido que no sería parte de él.

De manera que se quedó sola en Bogotá, viviendo con dos barranquilleras en un apartamento de pocos muebles baratos donde todo, comenzando por las inquilinas, tenía un carácter transitorio. Y comenzó a estudiar Derecho. Fue alumna mía durante mi primer año como profesor, cuando también yo era un novato; y no volvimos a vernos después de terminado ese curso, a pesar de compartir los mismos corredores, a pesar de frecuentar a menudo los mismos cafés de estudiantes del centro, a pesar de habernos saludado alguna vez en la Legis o en la Temis, las librerías de los abogados con su aire de oficina pública y sus burocráticas baldosas blancas olorosas a detergente. Una tarde de marzo nos encontramos en un cine de la calle 24; nos pareció gracioso que ambos estuviéramos solos viendo películas en blanco y negro (había un ciclo de Buñuel, esa tarde daban *Simón del desierto,* me dormí a los quince minutos). Intercambiamos teléfonos para to-

s un café al día siguiente, y al día siguiente dejamos
fé a medio tomar cuando nos dimos cuenta, en plena
onversación banal, de que no nos interesaba contarnos
las vidas, sino irnos a algún lugar donde pudiéramos acostarnos y pasar el resto de la tarde mirándonos los cuerpos
que llevábamos imaginando, cada uno por su cuenta, desde que nos habíamos cruzado por primera vez en el espacio frígido de las aulas. Yo recordaba la voz ronca y las
clavículas marcadas; me sorprendieron las pecas entre los
senos (había imaginado una piel clara y lisa como la de la
cara) y me sorprendió también la boca que siempre, por
razones científicamente inexplicables, estaba fría.

Pero luego la sorpresa y las exploraciones y los descubrimientos y los extravíos cedieron el paso a otra situación, acaso más sorprendente, por impredecible. Durante
los días siguientes continuamos viéndonos sin descanso y
constatando que nuestros mundos respectivos no cambiaban demasiado tras nuestros encuentros clandestinos, que
nuestra relación no afectaba el lado práctico de nuestras
vidas ni para bien ni para mal, sino que coexistía con nosotros, como una carretera paralela, como una historia
vista en los episodios de una serie de televisión. Nos dimos
cuenta de lo poco que nos conocíamos, o en todo caso me
di cuenta yo. Pasé mucho tiempo descubriendo a Aura,
aquella mujer extraña que se acostaba conmigo en las noches y comenzaba a soltar anécdotas propias o ajenas, y al
hacerlo fabricaba para mí un mundo absolutamente novedoso donde la casa de una amiga olía a dolor de cabeza,
por ejemplo, o donde un dolor de cabeza podía perfectamente saber a helado de guanábana. «Es como estar con
una enferma de sinestesia», le decía yo. Nunca había visto
que alguien se llevara un regalo a la nariz antes de abrirlo,
aunque fuera evidentemente un par de zapatos, o un ani-
llito, un pobre anillo inocente. «¿A qué huele un anillo?»,
le decía a Aura. «No huele a nada, ésa es la verdad. Pero a
ti no hay manera de explicarte eso.»

Así, sospecho, hubiéramos podido seguir toda la vida. Pero cinco días antes de Navidad Aura se me apareció arrastrando una maleta roja, de ruedas pequeñas, llena de bolsillos por todas partes. «Tengo seis semanas», me dijo. «Quiero que pasemos las fiestas juntos, después vemos qué hacemos.» En uno de esos bolsillos había un despertador digital y una bolsa que no contenía lápices, como pensé, sino maquillaje; en otro, una foto de los padres de Aura, que para ese momento estaban bien instalados en Buenos Aires. Ella sacó la foto y la puso boca abajo sobre una de las dos mesitas de noche, y sólo le dio la vuelta cuando le dije que sí, que pasáramos las fiestas juntos, que eso era una buena idea. Entonces —la imagen está muy viva en mi memoria— se echó sobre la cama, sobre mi cama tendida, y cerró los ojos y empezó a hablar. «La gente no me cree», dijo. Pensé que se refería al embarazo y dije: «¿Quién? ¿A quién le has contado?». «Cuando hablo de mis padres», dijo Aura. «No me creen.» Me recosté junto a ella y crucé los brazos por detrás de la cabeza y la escuché. «No me creen, por ejemplo, cuando digo que no entiendo para qué me tuvieron a mí, si con ellos mismos tenían suficiente. Siguen teniendo suficiente. Se bastan a sí mismos, es eso. ¿Tú has sentido eso? ¿Que estás con tus papás y de repente sobras, de repente estás de más? A mí me pasa mucho, o me pasó mucho hasta que pude vivir sola, y es raro, estar con tus papás y que ellos comiencen a mirarse con esa mirada que tú ya has identificado y que se mueran de la risa entre los dos y tú no sepas de qué se ríen, y peor, que no te sientas con derecho a preguntar. Es una mirada que me aprendí de memoria hace tiempo, no es complicidad, es algo que va mucho más allá, Antonio. Más de una vez me tocó de niña, en México o en Chile, más de una vez. En una comida, con invitados que no les caían bien y que de todas formas invitaban, o en la calle cuando se encontraban con alguien que decía idioteces, de repente yo podía adelan-

cinco segundos y pensar *ahora viene la mirada*, .ctivamente, cinco segundos después se movían las ,as, se encontraban los ojos, y yo les veía en la cara esa sonrisa que nadie más veía y que ellos usaban para burlarse de la gente como yo no he visto nunca a nadie burlarse de nadie más. ¿Cómo sonríe uno sin que se vea la sonrisa? Ellos podían, Antonio, te juro que no exagero, yo crecí con esas sonrisas. ¿Por qué me molestaba tanto? Todavía me molesta, ¿por qué tanto?»

No había tristeza en sus palabras, sino irritación o más bien enfado, el enfado de quien ha sufrido un engaño por desatención o negligencia, sí, eso era, el enfado de quien se ha dejado embaucar. «He estado acordándome de algo», dijo entonces. «Yo tenía catorce o quince años, estábamos a punto de irnos de México. Era un viernes, día de colegio, y yo decidí dejarme llevar por unas amigas que no estaban muy de ánimo para la geografía o las matemáticas. Íbamos cruzando un parque, era el parque San Lorenzo, el nombre no importa. Y entonces vi a un señor muy parecido a mi papá, pero en un carro que no era el de mi papá. Paró en la esquina, mirando hacia la avenida, y entonces se montó al carro una señora muy parecida a mi mamá, pero vestida con ropas que no eran de mi mamá y con el pelo rojo que mi mamá no tenía. Eso pasaba del otro lado del parque, la única opción que tenían era dar la curva muy despacio y pasar por delante de donde estábamos nosotras. Yo no sé en qué estaba pensando cuando les hice señas de que pararan, pero es que la impresión del parecido era demasiado fuerte. Así que ellos pararon, yo en el andén y el carro en la calle, y de cerca me di cuenta inmediatamente de que eran ellos, eran papá y mamá. Y les sonreí, les pregunté qué pasaba, y ahí comenzó el miedo: ellos me miraron y me hablaron como si no me conocieran, como si nunca me hubieran visto. Como si yo fuera una de mis amigas. Luego he entendido que estaban jugando. Un marido que se encuentra en la calle con una puta cara.

Estaban jugando y no podían dejar que yo dañara el juego. Y esa noche, todo normal: comimos en familia, vimos televisión, todo. No dijeron nada. Yo estuve unos días pensando en lo que había pasado, pensando sin entenderlo y sintiendo algo que no había sentido nunca, sintiendo miedo, pero miedo de qué, ¿no es absurdo?» Tomó una bocanada de aire (sus labios apretados sobre los dientes) y susurró: «Y ahora yo voy a tener un hijo. Y no sé si estoy lista, Antonio. No sé si estoy lista».

«Yo creo que sí», le dije yo.

También lo mío fue un susurro, según lo recuerdo. Y luego vino otro: «Trae todo», le dije. «Estamos listos.» Por todo comentario, Aura empezó a llorar con un llanto callado pero sostenido que sólo cesó con el sueño.

El de 1995 fue un final de año típicamente sabanero, con ese cielo azul intenso que se ve en las tierras altas de los Andes, con esas madrugadas en que la temperatura suele bajar de los cero grados y el aire seco llega a quemar los cafetales, y en cambio el resto del día es soleado y caluroso y la luz es tan clara que uno termina con la piel enrojecida en la nuca y en los pómulos. Durante ese tiempo me dediqué a Aura con la constancia —no: la monomanía— de un adolescente. Los días los pasábamos caminando por recomendación del médico y dando largas siestas (ella), leyendo lamentables trabajos de investigación (yo) o viendo en casa películas piratas que se anticipaban en varios días a los estrenos de la exigua cartelera (ambos). Por las noches Aura me acompañaba a las novenas que daban mis familiares o mis amigos, y bailábamos y tomábamos cerveza sin alcohol y encendíamos rodachinas y volcanes de pólvora, y lanzábamos voladores que estallaban con estrépitos de colores en el amarillento cielo nocturno de la ciudad, esa oscuridad que nunca es perfecta. Y nunca, nunca me pregunté qué estaría haciendo en el mismo instante Ricardo Laverde, si también él rezaría las novenas, si también habría pólvora en ellas y si él lanzaría voladores o encendería rodachinas, y si lo haría solo o en qué compañía.

La mañana que siguió a una de esas novenas, una mañana nublada y oscura, Aura y yo tuvimos nuestra primera ecografía. Aura había estado a punto de cancelarla, y lo habría hecho si ello no hubiera implicado esperar veinte días más para tener noticias de la criatura, con los riesgos que eso implica. Pues no era una mañana como cualquiera, no era un 21 de diciembre como cualquier otro 21 de diciembre de cualquier otro año: desde primeras horas de la madrugada las emisoras y los periódicos nos habían contado que el vuelo 965 de American Airlines, proveniente de Miami y con destino final en el aeropuerto internacional Alfonso Bonilla Aragón de la ciudad de Cali, se había estrellado la noche anterior contra la ladera oeste de la montaña El Diluvio. Llevaba ciento cincuenta y cinco pasajeros a bordo, muchos de los cuales ni siquiera iban a Cali, sino que pretendían tomar en conexión el último vuelo de la noche hacia Bogotá. Al momento de la noticia se habían contabilizado sólo cuatro sobrevivientes, todos con heridas graves, y no se superaría esa cifra. Yo supe de los infaltables detalles —que el avión era un 757, que la noche era limpia y estrellada, que comenzaba a hablarse de un error humano— por la noticia que se anunció en todas las emisoras. Lamenté el accidente, sentí toda la simpatía de que soy capaz por la gente que esperaba a sus familiares para pasar con ellos las fiestas, o la que, en su silla del avión, comprende de un momento al otro que no llegará, que está viviendo sus últimos segundos. Pero fue una simpatía efímera y distraída, y de seguro se había extinguido cuando entramos al cubículo estrecho donde Aura, acostada sin camisa, y yo, de pie junto a la pantalla, recibimos la noticia de que tendríamos una niña y de que esa niña, que en aquel instante medía siete milímetros, gozaba de perfecta salud. En la pantalla negra había una suerte de universo luminoso, de confusa constelación en movimiento donde, nos decía la mujer de la bata blanca, estaba nuestra niña: esa isla en el mar —cada uno de sus siete milímetros— era ella. Bajo el resplandor eléctrico de la pantalla vi a Aura sonreír, y esa sonrisa, mucho me temo, no se me olvidará mientras viva. Luego la vi llevarse un dedo al vientre para untárselo con el gel azul que había usado la enfermera. Y luego la vi llevarse el dedo a la nariz, para olerlo y clasificarlo según las reglas de su mundo, y ver aquello fue absurdamente satisfactorio, como una moneda encontrada por la calle.

No recuerdo haber pensado en Ricardo Laverde allí, durante la ecografía, cuando Aura y yo escuchamos, perfectamente estupefactos, el sonido de un corazón demasiado acelerado. No recuerdo haber pensado en Ricardo Laverde después, mientras Aura y yo anotábamos nombres de mujer en el mismo sobre blanco de hospital en que nos habían entregado el informe escrito de la ecografía. No recuerdo haber pensado en Ricardo Laverde al leer en voz alta ese informe, al enterarnos de que nuestra niña estaba en posición intrauterina fúndica y su forma era regular oval, palabras que a Aura le sacaron violentas carcajadas en mitad del restaurante. No recuerdo haber pensado en Ricardo Laverde ni siquiera al hacer el inventario mental de todos los padres de niñas que conocía, un poco para averiguar si el nacimiento de una niña tiene algún efecto predecible en la gente, o para comenzar la búsqueda de consejeros o posibles apoyos, como si intuyera desde ya que lo que se me venía encima era la experiencia más intensa, más misteriosa, más impredecible que me tocaría vivir. En realidad, no recuerdo con certeza qué pensamientos pasaron por mi cabeza ese día o los días que siguieron —mientras el mundo hacía el tránsito lento y perezoso entre un año y el siguiente— como no fueran los de mi próxima paternidad. Yo estaba esperando una niña, a mis veintiséis años estaba esperando una niña, y ante el vértigo de mi juventud sólo se me ocurría pensar en mi padre, que a mi edad ya nos había tenido a mí y a mi hermana, y eso que mi madre y él habían comenzado con la pérdida de su primer embarazo. Yo no sabía aún que un viejo novelista polaco había hablado mucho tiempo atrás de la línea de sombra, ese momento en que un hombre joven se convierte en dueño de su propia vida, pero eso era lo que sentía mientras mi niña crecía en el vientre de Aura: sentía que estaba a punto de transformarse en una criatura nueva y desconocida cuyo rostro no alcanzaba a ver, cuyos poderes no podía medir, y sentía también que después de la metamorfosis no habría vuelta atrás. Para decirlo de otro modo y sin tanta mitología: sentía que algo muy importante y también muy frágil había caído bajo mi responsabilidad, y sentía, improbablemente, que mis capacidades estaban a la altura del reto. No me sorprende ahora que haya tenido apenas una vaga noción de vivir en el mundo real durante esos días, pues mi memoria caprichosa los ha privado de todo significado o relevancia que no tenga relación con el embarazo de Aura.

El 31 de diciembre, de camino para una fiesta de Año Nuevo, Aura iba revisando la lista de nombres, una página amarilla de líneas horizontales rojas y doble margen verde, repleta de tachones y subrayados y comentarios marginales, que nos habíamos acostumbrado a llevar con nosotros y que sacábamos en esos tiempos muertos —las filas de un banco, las salas de espera, los célebres trancones de Bogotá— en que otros leen una revista o imaginan vidas ajenas o imaginan mejores versiones de sus propias vidas. De la larga columna de los candidatos habían sobrevivido pocos nombres, todos junto a la correspondiente anotación o prejuicio de la futura madre.

*Martina (pero es nombre de tenista)*
*Carlota (pero es nombre de emperatriz)*

Íbamos por la autopista hacia el norte, pasando por debajo del puente de la calle 100. Había un accidente más adelante y el tráfico se había detenido casi por completo. Nada de eso parecía importarle a Aura, metida como estaba en las consideraciones sobre el nombre de nuestra niña. Sonó en alguna parte la sirena de una ambulancia; consulté los retrovisores, tratando de encontrar la licuadora de luces rojas que pide paso, que se abre camino, pero no vi nada. Fue entonces que Aura me dijo:

«¿Y qué tal Leticia? Creo que así se llamaba una bisabuela, o algo.»

Repetí el nombre una o dos veces, sus largas vocales, sus consonantes que mezclaban vulnerabilidad y firmeza.

«Leticia», dije. «Sí, me parece.»

De manera que yo era un hombre cambiado el primer día hábil del año, cuando llegué a los billares de la calle 14 y me encontré con Ricardo Laverde, y recuerdo muy bien que llevaba una sola emoción en el pecho: simpatía por él y por su esposa, la señora Elena Fritts, y un deseo intenso, más intenso de lo que nunca hubiera previsto, de que su encuentro durante las fiestas hubiera tenido las mejores consecuencias. Ya había comenzado su chico, de manera que yo formé otro grupo, en otra mesa, y comencé a jugar por mi cuenta. Laverde no me miraba; me trataba como si nos hubiéramos visto la noche anterior. En algún momento de la tarde, pensé, los demás clientes se irían dispersando, y los mismos de siempre terminaríamos la tarde como en un baile de sillas. Ricardo Laverde y yo nos encontraríamos, jugaríamos un rato y luego, con algo de suerte, reanudaríamos la conversación de antes de Navidad. Pero no fue así. Cuando terminó de jugar lo vi devolver el taco a la rejilla, lo vi comenzar a caminar hacia la salida, lo vi arrepentirse, lo vi acercarse a la mesa donde yo terminaba de tacar. A pesar del sudor profuso de su frente, a pesar del cansancio que bañaba su rostro, no hubo en su saludo nada que me causara preocupación. «Feliz año», me dijo desde lejos, «¿cómo lo trataron las fiestas?». Pero no me dejó contestarle, o bien de alguna manera interrumpió mi respuesta, o hubo algo en su tono o en sus ademanes que me hizo pensar que su pregunta era retórica, una de esas cortesías vacuas que hay siempre entre bogotanos y que no esperan una contestación meditada o sincera. Laverde se sacó del bolsillo un casete negro de apariencia anticuada, cuya única identificación era una etiqueta de color naranja y, en la etiqueta, la palabra BASF. Me lo mostró sin separar demasiado el brazo del cuerpo, como alguien que ofrece una mercancía ilegal, unas esmeraldas en la plaza, una papeleta de droga junto a los juzgados penales.

«Oiga, Yammara, tengo que oír esto», me dijo. «¿Usted no sabe quién me puede prestar un aparato?»

«¿Don José no tiene una grabadora?»

«No, no tiene nada», dijo. «Y a mí esto me urge.» Le dio dos golpecitos a la carcasa plástica del casete. «Y además es privado.»

«Bueno», dije. «Hay un sitio a dos cuadras, nada se pierde con pedir.»

Estaba pensando en la Casa de Poesía, la vieja residencia del poeta José Asunción Silva, ahora convertida en un centro cultural donde se hacían lecturas y talleres. Yo solía frecuentar ese lugar; lo había hecho durante toda la carrera. Uno de sus salones era un lugar único en Bogotá: allí, los letraheridos de todas las calañas iban a sentarse en sofás de cuero mullido, junto a equipos de sonido de una cierta modernidad, y escuchaban hasta cansarse grabaciones ya legendarias: Borges en la voz de Borges, García Márquez en la voz de García Márquez, León de Greiff en la voz de León de Greiff. Silva y su obra estaban en boca de todos por esos días, pues en este 1996 que comenzaba se iban a conmemorar los cien años de su suicidio. «Este año», había leído yo en la columna de opinión de un reconocido periodista, «se le harán estatuas en toda la ciudad, y todos los políticos se van a llenar la boca con su nombre, y todo el mundo va a ir por ahí recitando el *Nocturno,* y todos van a llevarle flores a la Casa de Poesía. Y a Silva, esté donde esté, le parecerá curioso: esta sociedad pacata que tanto lo humilló, que lo señaló con el dedo cada vez que pudo, rindiéndole ahora homenajes como si se tratara de un jefe de Estado. A la clase dirigente de nuestro país, farsante y embustera, siempre le ha gustado apropiarse de la cultura. Y así va a pasar con Silva: se van a apropiar de su memoria. Y sus lectores de verdad pasarán todo el año preguntándose por qué carajos no lo dejarán en paz». No es imposible que haya tenido esa columna en mente (en alguna parte oscura de la mente, al fondo, muy al fondo, en el archivo de las cosas inútiles) al momento de escoger ese lugar, y no otro cualquiera, para llevar a Laverde.

Caminamos las dos cuadras sin decir palabra, con la mirada en el cemento roto de la acera o en los cerros de color verde oscuro que se levantaban a lo lejos, erizados de eucaliptos y también de postes de teléfono como las escamas de un monstruo de Gila. Al llegar a la puerta de entrada y subir los peldaños de piedra, Laverde me dejó entrar primero: nunca había estado en un lugar semejante, y actuaba con los recelos, las suspicacias, de un animal en un ambiente peligroso. En la sala de los sofás quedaban dos estudiantes de colegio, una pareja de adolescentes que escuchaban la misma grabación y cada cierto tiempo se miraban y se reían con una risa obscena, y un hombre de traje y corbata, con un maletín de cuero desteñido sobre sus piernas, que roncaba sin pudor. Le expliqué la situación a la encargada, una mujer acostumbrada sin duda a exotismos mayores, y ella me escrutó con sus ojos achinados, pareció reconocerme o identificarme con el usuario de tantas otras veces, y extendió una mano.

«A ver, muestre pues», dijo sin entusiasmo. «Qué es lo que quieren poner.»

Laverde le entregó el casete como quien rinde las armas, y cuando lo hizo fueron visibles sus dedos manchados con el azul de la tiza del billar. Se fue a sentar, sumiso como yo nunca lo había visto, al sillón que la mujer le indicó; se puso los audífonos, se recostó y cerró los ojos. Mientras tanto, yo buscaba en qué ocupar los minutos de la espera, y mi mano escogió los poemas de Silva como hubiera podido escoger cualquier otra grabación (habré cedido a la superstición de los aniversarios). Me senté en mi sillón, cogí los audífonos que me correspondían, me los acomodé con esa sensación de ponerme más allá o más acá de la vida real, de comenzar a vivir en otra dimensión. Y cuando empezó a sonar el *Nocturno,* cuando una voz que no supe identificar —un barítono que rozaba el melodrama— leyó ese primer verso que todo colombiano ha dicho en voz alta alguna vez, me di cuenta de que Ricardo Laverde estaba llorando. *Una noche toda llena de perfumes,* decía el barítono sobre un fondo de piano, y a pocos pasos de mí Ricardo Laverde, que no estaba oyendo los versos que oía yo, se pasaba el dorso de la mano por los ojos, luego la manga entera, *De murmullos y de música de alas.* Los hombros de Ricardo Laverde comenzaron a sacudirse; bajó la cabeza, juntó las manos como quien reza. *Y tu sombra, fina y lánguida,* decía Silva en la voz del barítono melodramático, *Y mi sombra, por los rayos de la luna proyectada.* Yo no sabía si mirar o no a Laverde, si dejarlo solo con su pena o ir y preguntarle qué le ocurría. Recuerdo haber pensado que podría por lo menos quitarme los audífonos, una manera como cualquier otra de abrir un espacio entre Laverde y yo, de invitarlo a que me hablara; y recuerdo haber decidido lo contrario, haber preferido la seguridad y el silencio de mi grabación, donde la melancolía del poema de Silva me entristecía sin arriesgarme. Pensé que la tristeza de Laverde estaba llena de riesgos, tuve miedo de lo que esa tristeza contenía, pero la intuición no me alcanzó para entender lo que había sucedido. No recordé a la mujer que Laverde había estado esperando, no recordé su nombre, no lo asocié con el accidente de El Diluvio, sino que me quedé donde estaba, en mi sillón y con mis audífonos, tratando de no interrumpir la tristeza de Ricardo Laverde, e incluso cerré los ojos para no molestarlo con mi mirada indiscreta, para permitirle una cierta intimidad en medio de aquel lugar público. En mi cabeza, y sólo en mi cabeza, Silva decía *Y eran una sola sombra larga*. En mi mundo sin ruido, donde todo estaba lleno de la voz del barítono y de las palabras de Silva y del piano decadente que las envolvía, pasó un tiempo que se alarga en mi memoria. Quienes oyen poesía saben que eso puede suceder, el tiempo marcado por los versos como por un metrónomo y a la vez estirándose y dispersándose y confundiéndonos como el tiempo de los sueños.

Cuando abrí los ojos, Laverde ya no estaba.

«¿Adónde se fue?», dije con los audífonos todavía puestos. Mi voz me llegó desde lejos, y tuve la reacción absurda de quitarme los audífonos y volver a hacer la pregunta, como si la encargada no la hubiera oído bien la primera vez.

«¿Quién?», me dijo ella.

«Mi amigo», dije. Era la primera vez que lo describía en esos términos, y de repente me sentí ridículo: no, Laverde no era mi amigo. «El que estaba ahí sentado.»

«Ah, pues yo no sé, no dijo nada», repuso ella. Entonces se dio la vuelta, revisó los equipos de sonido; con desconfianza, como si yo le estuviera reclamando algo, añadió: «Y el casete se lo devolví a él, ¿oyó? Pregúntele si quiere».

Salí de la sala y di una vuelta rápida al lugar. La casa donde José Asunción Silva había vivido sus últimos días tenía un patio luminoso en el medio, separado de los corredores que lo enmarcaban por ventanas de vidrio delgado que no habían existido en tiempos del poeta y que ahora protegían a los visitantes de la lluvia: mis pasos, en esos corredores silenciosos, resonaban sin eco. Laverde no estaba en la biblioteca, ni sentado en las bancas de madera, ni en la sala de conferencias. Tenía que haber salido. Avancé hacia la puerta estrecha de la casa, pasé junto a un vigilante de uniforme marrón (tenía la gorra ladeada, como un matón de película), pasé junto a la habitación donde el poeta se había pegado un tiro en el pecho cien años atrás, y al salir a la calle 14 vi que el sol ya se había ocultado detrás de los edificios de la carrera Séptima, vi que los faroles amarillos comenzaban a encenderse tímidamente, y vi a Ricardo Laverde, la cabeza gacha y el abrigo largo, caminando a dos cuadras de donde yo estaba, ya casi llegando a los billares. Pensé *Y eran una sola sombra larga,* absurdamente el verso volvió a mi cabeza; y en ese mismo instante vi una moto que había estado quieta hasta ahora sobre la acera. Tal vez la vi porque sus dos tripulantes habían hecho un movimiento apenas perceptible: los pies del que iba atrás subiéndose a los estribos, la mano desapareciendo al interior de la chaqueta. Los dos llevaban cascos, por supuesto; y las viseras de ambos, por supuesto, eran oscuras, un gran ojo rectangular en medio de la gran cabeza.

Llamé a Laverde de un grito, pero no porque supiera ya que algo le ocurriría, no porque quisiera advertirle de nada: todavía en ese momento mi única intención era alcanzarlo, preguntarle si se encontraba bien, quizás ofrecerle mi ayuda. Pero Laverde no me oyó. Comencé a dar pasos más largos, esquivando caminantes en la estrecha acera que en ese punto tiene dos palmos de alta, bajando si era necesario a la calzada para ir más rápido, y pensando sin pensar *Y eran una sola sombra larga,* o más bien tolerando el verso como un sonsonete del que no logramos desprendernos. En la esquina de la carrera Cuarta, el denso tráfico de la tarde progresaba lentamente, en fila india, hacia la salida de la avenida Jiménez. Encontré un espacio para cruzar la calle por delante de una buseta verde cuyas luces, recién encendidas, habían traído a la vida el polvo de la calle, el humo de un tubo de escape, una llovizna incipiente. En eso pensaba, en la lluvia de la que me tocaría protegerme en un rato, cuando alcancé a Laverde, o más bien llegué a estar tan cerca de él que podía ver cómo la lluvia oscurecía los hombros de su abrigo. «Todo va a estar bien», dije: una frase estúpida, porque no sabía qué era *todo,* mucho menos si iba a estar bien o no. Ricardo me miró con la cara desfigurada por el dolor. «Ahí venía Elena», me dijo. «¿En dónde?», pregunté. «En el avión», repuso él. Creo que en un breve momento de confusión Aura tuvo el nombre de Elena, o me imaginé a Elena con la cara y el cuerpo embarazado de Aura, y creo que en ese momento tuve un sentimiento novedoso que no podía ser miedo, no todavía, pero que se le parecía bastante. Entonces vi la moto bajando a la calzada con un corcoveo de caballo, la vi acelerar para acercarse como un turista que busca una dirección, y en el preciso momento en que tomé a Laverde del brazo, en que mi mano se aferró a la manga de su abrigo a la altura del codo izquierdo, vi las cabezas sin rostro que nos miraban y la pistola que se alargaba hacia nosotros tan natural como una prótesis metálica, y vi los dos fogonazos, y oí los estallidos y sentí la brusca remoción del aire. Recuerdo haber levantado un brazo para protegerme justo antes de sentir el repentino peso de mi cuerpo. Mis piernas dejaron de sostenerme. Laverde cayó al suelo y yo caí con él, los dos cuerpos cayendo sin ruido, y la gente comenzó a gritar y apareció en mis oídos un zumbido continuo. Un hombre se acercó al cuerpo de Laverde para intentar levantarlo, y recuerdo la sorpresa que me causó que otro llegara para ayudarme a mí. *Yo estoy bien,* dije o recuerdo haber dicho, *yo no tengo nada.* Desde el suelo vi que alguien más se lanzaba a la calzada manoteando como un náufrago y se paraba frente a una pick-up blanca que doblaba la esquina. Pronuncié el nombre de Ricardo, una, dos veces; noté un calor en el vientre, fugazmente se me ocurrió la posibilidad de haberme orinado, y descubrí enseguida que no era orina lo que me bañaba la camiseta gris. Poco después perdí el sentido, pero la última imagen que tengo sigue bastante clara en mi memoria: es la de mi cuerpo levantado en vilo y el esfuerzo de los hombres que me subían al platón del carro, que me ponían junto a Laverde como una sombra junto a otra, dejando en la carrocería una mancha de sangre que a esa hora, y con tan poca luz, era negra como el cielo nocturno.

# II. Nunca será uno de mis muertos

Sé, aunque no recuerde, que la bala me atravesó el vientre sin tocar órganos pero quemando nervios y tendones y alojándose al final en el hueso de mi cadera, a un palmo de la columna vertebral. Sé que perdí mucha sangre y que, a pesar de la supuesta universalidad de mi tipo sanguíneo, las existencias en el hospital San José eran escasas en esa época, o su demanda por parte de la atribulada sociedad bogotana era demasiado alta, y mi padre y mi hermana tuvieron que hacer donaciones para salvarme la vida. Sé que tuve suerte. Me lo dijo todo el mundo en cuanto fue posible, pero además lo sé, lo sé de una manera instintiva. La noción de mi suerte, esto lo recuerdo, fue una de las primeras manifestaciones de mi conciencia recuperada. No recuerdo, en cambio, los tres días de cirugías: han desaparecido por completo, obliterados por la anestesia intermitente. No recuerdo las alucinaciones, pero sí que las tuve; no recuerdo haberme caído de la cama durante los bruscos movimientos que una de ellas produjo, y, aunque no recuerdo que me hayan atado a la cama para evitar que eso volviera a suceder, recuerdo bien la claustrofobia violenta, la conciencia terrible de mi vulnerabilidad. Recuerdo la fiebre, el sudor que por las noches me bañaba el cuerpo entero y obligaba a las enfermeras a cambiar las sábanas, el daño que me hice en la garganta y en las comisuras de los labios resecos al intentar una vez arrancarme el tubo respiratorio; recuerdo el sonido de mi propia voz al gritar y sé, aunque tampoco esto lo recuerdo, que mis gritos angustiaban a los demás pacientes del piso. Se quejaron los pacientes o sus familiares, las enfermeras acabaron por cambiarme de habitación, y en esa habitación nueva, durante un breve momento de lucidez, pregunté por la suerte de Ricardo Laverde y me enteré (no recuerdo por boca de quién) de que había muerto. No creo haberme sentido triste, o bien confundo, y confundí siempre, la tristeza por la noticia con el llanto producto del dolor, y de todas formas sé que allí, ocupado como estaba con la tarea de sobrevivir, viendo la gravedad de mi propia situación en las expresiones desgarradas de los que me rodeaban, no hubiera podido pensar demasiado en el muerto. No recuerdo, en todo caso, haberlo culpado por lo que me había ocurrido.

Lo hice después. Maldije a Ricardo Laverde, maldije el momento en que nos conocimos, y ni por un instante se me pasó por la mente que no fuera Laverde el responsable directo de mi desgracia. Me alegré de que hubiera muerto: le deseé, como contraprestación por mi propio dolor, una muerte dolorosa. Entre las neblinas de mi conciencia entrecortada respondí con monosílabos a las preguntas de mis padres. ¿Lo conociste en los billares? Sí. ¿Nunca supiste qué hacía, si estaba metido en cosas raras? No. ¿Por qué lo mataron? No sé. ¿Por qué lo mataron, Antonio? No sé, no sé. Antonio, ¿por qué lo mataron? No sé, no sé, no sé. La pregunta se repetía con insistencia y mi respuesta siempre era la misma, y pronto fue evidente que la pregunta no necesitaba una respuesta: era más bien un lamento. La misma noche en que fue abaleado Ricardo Laverde se cometieron otros dieciséis asesinatos en diversas zonas de la ciudad y con métodos diversos, y a mí se me ha quedado en la memoria el caso de Neftalí Gutiérrez, taxista, muerto a golpes de cruceta, y el de Jairo Alejandro Niño, mecánico automotriz, que recibió nueve machetazos en un descampado del occidente. El crimen de Laverde era uno más, y resultaba casi arrogante o pretencioso creer que a nosotros nos correspondería el lujo de una respuesta. «¿Pero qué habrá hecho para que lo mataran?», me preguntaba mi padre.

«No sé», le decía yo. «No había hecho nada.»

«Algo habrá hecho», me decía él.

«Pero ya qué importa», decía mi madre.

«Pues sí», decía mi padre. «Ya qué importa.»

A medida que fui saliendo a la superficie, el odio a Laverde cedió el lugar al odio de mi propio cuerpo y lo que el cuerpo sentía. Y ese odio que me tenía por objetivo se transformó en odio hacia los demás, y un buen día decidí que no quería ver a nadie, y expulsé a mi familia del hospital y les prohibí volver a verme hasta que mi situación mejorara. «Pero nos preocupamos», dijo mi madre, «queremos cuidarte». «Pero yo no. Yo no quiero que me cuides, no quiero que me cuide nadie. Yo quiero que se vayan.» «¿Y si necesitas algo? ¿Y si podemos ayudarte y no estamos?» «No necesito nada. Necesito estar solo. Quiero estar solo.» Quiero catar silencio, pensé entonces: un verso de León de Greiff, otro de los poetas que yo solía escuchar en la Casa Silva, la poesía nos acosa en los momentos más inesperados. Quiero catar silencio, non curo de compaña. Dejadme solo. Sí, eso les dije a mis padres: Dejadme solo.

Un médico vino para explicarme los usos del disparador que tenía en la mano: cuando sintiera demasiado dolor, me dijo, podía oprimir una vez el botón, y un escupitajo de morfina intravenosa me aliviaría de manera inmediata. Pero había límites. El primer día agoté la dosis diaria de morfina en una tercera parte del tiempo (oprimí el botón como un niño con un videojuego), y las horas que siguieron son en mi recuerdo lo más parecido al infierno. Lo cuento porque así, entre las alucinaciones del dolor y las de la morfina, pasaron los días de mi recuperación. Dormía en cualquier momento, sin rutina aparente, como los presos de los cuentos; abría los ojos para encontrarme con un paisaje siempre extraño, cuya característica más curiosa era que nunca cobraba familiaridad, que siempre me parecía verlo por primera vez. En algún momento que no logro precisar, Aura apareció en ese paisaje, su figura sentada en el sofá marrón cuando yo abría los ojos, mirándome con lástima genuina. Fue una sensación novedosa (o lo novedoso era la conciencia de que me miraba y me cuidaba una mujer que esperaba una hija mía), pero no creo haberlo pensado en ese instante.

Las noches. Recuerdo las noches. El miedo a la oscuridad comenzó en esos últimos días de mi hospitalización, y sólo desaparecería un año después: a las seis y media de la tarde, la hora en que cae la noche súbita en Bogotá, el corazón me empezaba a latir con furia, y al principio se requirió el esfuerzo dialéctico de varios médicos para convencerme de que no estaba a punto de morir de un infarto. La larga noche bogotana —dura más de once horas siempre, sin importar la época del año ni mucho menos el estado mental de los que la sufren— me resultó apenas soportable en el hospital, cuya vida nocturna estaba marcada por los blancos corredores siempre encendidos, por la penumbra de neón de las habitaciones blancas; pero en el cuarto de mi apartamento la oscuridad era perfecta, pues las luces de la calle no llegaban hasta mi piso décimo, y el terror que sentía con sólo imaginarme despertando a ciegas me obligó a dormir con la luz encendida, igual que cuando era niño. Aura soportó las noches iluminadas mejor de lo que yo hubiera creído, a veces recurriendo a esas máscaras que regalan en los aviones para fabricarse una oscuridad personal, a veces dándose por vencida y encendiendo la televisión para ver un programa publicitario y deleitarse con las máquinas que cortaban todas las frutas, con las cremas que reducían toda la grasa del cuerpo. Su propio cuerpo, por supuesto, se transformaba; una niña de nombre Leticia crecía en él, pero yo no estaba en capacidad de darle la atención que hubiera merecido. Más de una noche me desperté con una pesadilla absurda: había vuelto a vivir en la casa de mis padres, pero esta vez con Aura, y de repente estallaba la estufa de gas y moría toda la familia y yo me daba cuenta y no podía hacer nada. Y, sin importar la hora que fuera, acababa llamando a casa, sólo para asegurarme de que nada hubiera pasado en realidad, de que el sueño siguiera siendo un sueño. Aura intentaba tranquilizarme. Se quedaba mirándome, yo la sentía mirarme. «No es nada», le decía yo. Y sólo al final de la noche lograba dormir unas horas, enrollado en mí mismo, como un perro asustado por los fuegos artificiales, preguntándome por qué en el sueño no estaba Leticia, qué había hecho Leticia para ser desterrada del sueño.

En mi memoria, los meses que siguieron son una época de grandes miedos y de pequeñas incomodidades. En la calle me atacaba la inequívoca certidumbre de ser observado; los daños internos que me había causado el balazo me obligarían a usar muletas durante varios meses. Un dolor que nunca había sentido apareció en mi pierna izquierda, parecido a lo que sienten quienes están a punto de sufrir una apendicitis. Los médicos me explicaban el ritmo al que crecen los nervios y el tiempo que tardaría la recuperación de una cierta autonomía, y yo los escuchaba sin entender, o sin entender que hablaban de mí; en otra parte, lejos de donde yo estaba, mi mujer atendía a las explicaciones de otros médicos sobre temas harto distintos, y tomaba pastillas de ácido fólico y recibía inyecciones de cortisona para madurar los pulmones de la criatura (en la familia de Aura había un historial de partos prematuros). Su vientre estaba cambiando, pero yo no me daba cuenta. Aura me ponía la mano a un lado del ombligo prominente. «Ahí, ahí está. ¿Sentiste?» «¿Pero qué se siente?», preguntaba yo. «No sé, es como una mariposa, como unas alas que te rozan la piel. No sé si me entiendes.» Y yo le decía que sí, que la entendía perfectamente, aunque fuera mentira.

No sentía nada: estaba distraído: el miedo me distraía. Imaginaba los rostros de los asesinos, escondidos tras las viseras; el estruendo de los disparos y el silbido continuo en mis tímpanos resentidos; la aparición repentina de la sangre. Ni siquiera ahora, mientras escribo, consigo recordar esos detalles sin que el mismo miedo frío se me meta en el cuerpo. El miedo, en el lenguaje fantástico del terapeuta que me atendió después de los primeros problemas, se llamaba estrés postraumático, y según él tenía mucho que ver con la época de bombas que nos había asolado unos años atrás. «Así que no se preocupe si tiene problemas en la vida íntima», me dijo el hombre (esas palabras pronunció, *vida íntima*). A esto no dije nada. «El cuerpo está lidiando con algo serio», siguió el médico. «Tiene que concentrarse en eso y eliminar lo que no es necesario. La libido es lo primero que se va, ¿me entiende? Así que no se preocupe. Toda disfunción es normal.» Tampoco esta vez respondí. *Disfunción:* la palabra me pareció fea, me pareció que sus sonidos se entrechocaban, que afeaban el ambiente, y pensé que no le hablaría del tema a Aura. El médico siguió hablando, no había manera de que dejara de hablar. El miedo era la principal enfermedad de los bogotanos de mi generación, me decía. Mi situación, me decía, no tenía nada de particular: pasaría eventualmente, como había pasado para todos los que habían visitado su consultorio. Todo eso me decía. Nunca logró entender que a mí no me interesaba la explicación racional ni mucho menos el aspecto estadístico de esas palpitaciones violentas, de la sudoración instantánea que en otro contexto hubiera sido cómica, sino las palabras mágicas para que la sudoración y las palpitaciones desaparecieran, el mantra que me permitiera volver a dormir de corrido.

Me acostumbré a rutinas de noctámbulo: después de que un ruido o la ilusión de un ruido me espantara el sueño (y me dejara a merced del dolor de mi pierna), buscaba las muletas, me iba a la sala, me sentaba en la silla reclinable y me quedaba así, mirando los movimientos de la noche en los cerros bogotanos, las luces verdes y rojas de los aviones que se veían cuando el cielo estaba limpio, el rocío que se iba acumulando en las ventanas como una sombra blanca cuando en las madrugadas caía la temperatura. Pero no sólo las noches se vieron perturbadas, sino también la vigilia. Meses después de lo de Laverde seguía bastando el estallido de un tubo de escape, o un portazo, o incluso un libro grueso que cae de una forma determinada sobre una determinada superficie, para lanzarme a la ansiedad y a la paranoia. En cualquier momento, sin que mediara una causa clara, me ponía a llorar desconsoladamente. El llanto me caía encima sin aviso: en la mesa del comedor, frente a mis padres o a Aura, o en una reunión de amigos, y a la sensación de estar enfermo se unía la vergüenza. Al principio siempre hubo alguien que se lanzó a abrazarme, hubo las palabras con que se consuela a un niño: «Pero ya pasó, Antonio, ya pasó». Con el tiempo la gente, mi gente, se acostumbró a esos llantos momentáneos, y cesaron las palabras de consuelo, y los abrazos desaparecieron, y la vergüenza fue mayor entonces, porque era evidente que yo, más que producirles lástima, les resultaba ridículo. Con los extraños, que ninguna lealtad me debían ni tampoco compasión ninguna, fue peor. Durante una de las primeras clases que di después de reincorporarme, un estudiante me hizo una pregunta sobre las teorías de Von Ihering. «La justicia», comencé a decir, «tiene una doble base evolutiva: la lucha del individuo por hacer respetar su derecho y la del Estado por imponer, entre sus coasociados, el orden necesario». «Entonces», me preguntó un alumno, «¿podemos decir que el hombre que reacciona, al sentirse amenazado o violado, es el verdadero creador del Derecho?». Y yo le iba a hablar de esos tiempos en que todo el derecho se hallaba incorporado a la religión, esos tiempos remotos en que la distinción entre moral, higiene, lo público y lo privado, era todavía inexistente, pero no alcancé a hacerlo. Me cubrí los ojos con la corbata y rompí a llorar. La sesión se suspendió. Al salir, escuché que el estudiante decía: «Pobre tipo. No va a salir de ésta».

No fue la última vez que escuché ese diagnóstico. Una noche Aura llegó tarde de una reunión con amigas, eso que en mi ciudad se llama con un anglicismo, *shower*, una lluvia de regalos para la futura madre. Entró con cuidado, sin duda para no disturbar mi sueño, pero me encontró bien despierto y tomando notas sobre ese Von Ihering que me había lanzado a la crisis. «Por qué no te tratas de dormir», me dijo, pero no era una pregunta. «Estoy trabajando», le dije yo, «termino y me duermo». La recuerdo entonces quitándose un abrigo delgado (no, un abrigo no, era como una gabardina), poniéndolo en el espaldar de la silla de mimbre, recostándose al marco de la puerta con una mano sosteniendo su inmensa barriga y pasándose la otra mano por el pelo, todo un elaborado preludio como los que hace la gente cuando no quiere decir lo que va a decir, cuando espera que un milagro lo libere de esa obligación. «Están hablando de nosotros», dijo Aura.

«¿Quiénes?»

«En la universidad. No sé, la gente, los alumnos.»

«¿Los profesores?»

«No sé. Los alumnos por lo menos. Ven a la cama y te cuento.»

«Ahora no», le dije. «Mañana. Ahora tengo trabajo.»

«Son más de las doce», dijo Aura. «Los dos estamos cansados. Tú estás cansado.»

«Yo tengo trabajo. Tengo que preparar la clase.»

«Pero estás cansado. Y no duermes, y no dormir tampoco es bueno para preparar clases.» Hizo una pausa, me miró en la luz amarilla del comedor y dijo: «No saliste hoy, ¿verdad?».

No respondí.

«No te has bañado», continuó ella. «No te has vestido en todo el día, te has pasado todo el día aquí metido. La gente dice que el accidente te cambió, Antonio, y yo les digo que claro que te cambió, que no sean imbéciles, cómo no te va a cambiar. Pero no me gusta lo que veo, si quieres que te diga la verdad.»

«Pues no me la digas», le ladré. «Que nadie te la ha pedido.»

La conversación hubiera podido acabar ahí, pero Aura se dio cuenta de algo, vi en su rostro todos los movimientos de quien se acaba de dar cuenta de algo, y me hizo una sola pregunta: «¿Me estabas esperando?».

No respondí esta vez tampoco. «¿Estabas esperando a que llegara?», insistió ella. «¿Estabas preocupado?»

«Estaba preparando mi clase», le dije, mirándola a los ojos. «Parece que ni eso se puede ahora.»

«Estabas preocupado», me dijo. «Te quedaste despierto por eso.» Y luego: «Antonio, Bogotá no es una ciudad en guerra. No es que haya balas flotando por ahí, no es que lo mismo nos vaya a pasar a todos».

Tú no sabes nada, quise decirle, tú creciste en otra parte. No hay terreno común entre los dos, eso quise decirle también, no hay forma de que entiendas, nadie te lo puede explicar, yo no te lo puedo explicar. Pero esas palabras no se formaron en mi boca.

«Nadie cree que nada nos vaya a pasar a todos», le dije en cambio. Me sorprendió que mi voz sonara tan fuerte si no había sido mi intención alzar el tono. «Nadie estaba preocupado por que no llegaras. Nadie cree que te pueda tocar una bomba como la bomba de los Tres Elefantes, ni como la bomba del DAS, porque tú no trabajas en el DAS, ni como la bomba del Centro 93, porque tú nunca vas a comprar al Centro 93. Además esa época ya pasó, ¿no es cierto? Así que nadie cree que te vaya a tocar eso, Aura, seríamos muy de malas, ¿verdad? Y nosotros no somos de malas, ¿verdad?»

«No te pongas así», dijo Aura. «Yo...»

«Yo estoy preparando mi clase», la corté, «¿es mucho pedir que me respetes eso? En lugar de estar hablándome de huevonadas a las dos de la mañana, ¿es mucho pedirte que te vayas a dormir y me dejes de joder, a ver si termino esta puta vaina?».

Tal como lo recuerdo, ella no empezó a moverse hacia mi cuarto en ese momento, sino que pasó primero por la cocina, y oí la nevera que se abría y se cerraba y luego una puerta, la puerta de una alacena de esas que se cierran casi solas si uno les da un empujoncito. Y en esa serie de ruidos domésticos (en los que podía seguir los movimientos de Aura, imaginarlos uno por uno) hubo una familiaridad molesta, una suerte de irritante intimidad, como si Aura, en lugar de haberme cuidado durante semanas y haber supervisado mi recuperación, hubiera invadido mi espacio sin autorización ninguna. La vi salir de la cocina con un vaso en una mano: era un líquido de color intenso, una de esas gaseosas que le gustaban a ella, no a mí. «¿Sabes cuánto está pesando?», me preguntó.

«¿Quién?»

«Leticia», dijo. «Tengo los resultados, la niña está inmensa. Si en una semana no ha nacido, programamos cesárea.»

«En una semana», dije.

«Los exámenes salieron bien», dijo Aura.

«Qué bueno», dije yo.

«¿No quieres saber cuánto pesa?», preguntó ella.

«¿Quién?», pregunté yo.

La recuerdo quieta en mitad del salón, a la misma distancia de la puerta de la cocina que del umbral del corredor, en una especie de tierra de nadie. «Antonio», me dijo, «no tiene nada de malo preocuparse. Pero lo tuyo comienza a ser enfermizo. Estás enfermo de preocupación. Y entonces soy yo la que me preocupo». Dejó la gaseosa recién servida sobre la mesa del comedor y se encerró en el baño. La oí abrir la llave del agua el tiempo de llenar la bañera; la imaginé llorando mientras lo hacía, cubriendo sus sollozos con el ruido del agua corriente. Cuando llegué a dormir, un buen rato más tarde, Aura seguía en la tina, ese lugar donde su vientre no era una carga, ese mundo ingrávido y feliz. Me dormí sin esperarla, y al día siguiente salí mientras ella dormía. Pensé, lo confieso, que Aura no estaba dormida en realidad, que fingía para no despedirme. Pensé que mi mujer me odiaba en ese momento. Pensé, con algo que se parece mucho al miedo, que su odio estaba justificado.

Llegué a la universidad unos cuantos minutos antes de las siete. En los ojos y en los hombros me pesaba la noche, el poco sueño de la noche. Yo tenía la costumbre de esperar fuera del salón a que llegaran los alumnos, apoyado en las barandas de piedra del viejo claustro, y entrar sólo cuando fuera evidente que el grueso de la clase estaba ya presente; esa mañana, quizás por el cansancio que sentía en la cintura, quizás porque sentado se notaban menos las muletas, decidí entrar y esperar sentado. Pero no llegué ni siquiera a acercarme a mi silla: un dibujo llamó mi atención desde el tablero, y al girar la cabeza me descubrí frente a un par de monigotes en posiciones obscenas. El pene de él era tan largo como su brazo; la cara de ella no tenía facciones, era apenas un círculo de tiza en el cual crecía un pelo largo. Debajo del dibujo había una leyenda en letras de imprenta:

*El profesor Yammara la introduce al derecho.*

Me sentí mareado, pero no creo que nadie se haya dado cuenta. «¿Quién fue?», dije en voz alta, pero no recuerdo que la voz haya salido tan alta como yo quería. En las caras de mis alumnos no había nadie: se habían vaciado de todo contenido; eran círculos de tiza como el de la mujer del tablero. Empecé a caminar hacia las escaleras, tan rápido como me lo permitía mi paso renqueante, y al comenzar a bajarlas, cuando pasé junto al dibujo del sabio Caldas, ya había perdido el dominio de mí mismo. Dice la leyenda que Caldas, uno de los próceres de nuestra independencia, bajaba por esas escaleras camino al cadalso cuando se agachó para recoger un tizón, y sus verdugos lo vieron pintar sobre la pared de cal un óvalo cruzado por una línea: una *O larga y negra partida*. Junto a ese jeroglífico inverosímil y absurdo y sin duda apócrifo pasé yo con el pecho latiéndome y las manos, pálidas y sudorosas, bien cerradas sobre los travesaños de las muletas. La corbata me torturaba el cuello. Salí de la universidad y seguí caminando, sin mucha conciencia de las calles que atravesaba ni de la gente que rozaba mis ropas, hasta que los brazos comenzaron a dolerme. En la esquina norte del parque Santander, el mimo que siempre está ahí comenzó a seguirme, a imitar mi andar dificultoso y mis torpes movimientos, e incluso mis jadeos. Llevaba un traje enterizo negro y cubierto de botones, la cara pintada de blanco pero ningún otro maquillaje de ningún otro color, y movía los brazos en el aire con tanto talento que a mí mismo me pareció ver de repente sus muletas ficticias. Allí, mientras aquel buen actor fracasado se burlaba de mí y provocaba las risas de los transeúntes, pensé por primera vez que mi vida se estaba cayendo en pedazos, y que Leticia, niña ignorante, no podía haber escogido peor momento para venir al mundo.

Leticia nació una mañana de agosto. Habíamos pasado la noche en la clínica, preparándonos para la cirugía, y en el ambiente de la habitación —Aura en la cama, yo en el sofá de los acompañantes— hubo una suerte de inversión macabra de otra habitación, de otro momento. Cuando las enfermeras llegaron para llevársela, Aura estaba ya borracha de medicamentos, y lo último que me dijo fue: «Yo creo que el guante sí era de O. J. Simpson». Me hubiera gustado tomarla de la mano, no tener muletas y tomarla de la mano, y se lo dije, pero ella estaba ya inconsciente. La acompañé por corredores y ascensores mientras las enfermeras me decían que tranquilo, papá, que todo iba a salir muy bien, y yo me preguntaba qué derecho tenían estas mujeres de llamarme papá, ya no digamos de darme su opinión sobre el futuro. Después, frente a las inmensas puertas batientes de la sala de cirugía, me acomodaron en una sala de espera que más bien era un lugar de paso con tres sillas y una mesa con revistas. Dejé las muletas recostadas en una esquina, junto a la fotografía o más bien el afiche de un bebé rosado que sonreía sin dientes, abrazado a un girasol gigante, sobre un fondo de cielo azul. Abrí una revista vieja, traté de entretenerme con el crucigrama: *Lugar donde se trilla. Hermano de Onán. Personas tardas en sus acciones, especialmente por disimulo.* Pero sólo conseguía pensar en la mujer que dormía allá adentro mientras un bisturí le abría la piel y la carne, en las manos enguantadas que se iban a meter en su cuerpo para sacar de él a mi niña. Que tengan cuidado esas manos, pensé, que se muevan con destreza, que no toquen lo que no hay que tocar. Que no te hagan daño, Leticia, y que no te asustes, porque no hay nada que temer. Estaba de pie cuando salió un hombre joven y, sin quitarse la máscara, me dijo: «Sus dos princesas están perfectamente». No supe en qué momento me había levantado de la silla, y ya la pierna me había comenzado a doler, así que me volví a sentar. Me llevé las manos a la cara por pudor, a nadie le gusta exhibir su llanto. *Personas tardas en sus acciones,* pensé, *especialmente por disimulo.* Y después, cuando vi a Leticia en una suerte de piscina azulada y translúcida, cuando la vi por fin dormida y bien envuelta en paños blancos que incluso desde lejos parecían cálidos, volví a pensar en esa ridícula frase. Me concentré en Leticia. Desde una distancia antipática vi sus ojos sin pestañas, vi la boca más pequeña que había visto nunca, y lamenté que la hubieran acostado con las manos escondidas, porque nada me pareció tan urgente en ese instante como verle las manos a mi hija. Supe que nunca volvería a querer a nadie como quise a Leticia en ese instante, que nadie nunca sería para mí lo que allí fue esa recién llegada, esa completa desconocida.

No volví a pisar la calle 14, ya no digamos los billares (dejé de jugar del todo: mantenerme de pie durante demasiado tiempo empeoraba el dolor de pierna hasta hacerlo insoportable). Así perdí una parte de la ciudad; o, por mejor decirlo, una parte de mi ciudad me fue robada. Imaginé una ciudad en que las calles, las aceras, se van cerrando poco a poco para nosotros, como las habitaciones de la casa en el cuento de Cortázar, hasta acabar por expulsarnos. «Estábamos bien, y poco a poco empezábamos a vivir sin pensar», dice el hermano del cuento aquel después de que la presencia misteriosa se ha tomado otra parte de la casa. Y añade: «Se puede vivir sin pensar». Es cierto: se puede. Después de que la calle 14 me fuera robada —y después de largas terapias, de soportar mareos y estómagos destrozados por la medicación— comencé a aborrecer la ciudad, a tenerle miedo, a sentirme amenazado por ella. El mundo me pareció un lugar cerrado, o mi vida una vida emparedada; el médico me hablaba de mi miedo de salir a la calle, me arrojaba la palabra *agorafobia* como si fuera un objeto delicado que no hay que dejar caer, y para mí era difícil explicarle que justo lo contrario, una claustrofobia violenta, era lo que me atormentaba. Un día, durante una sesión que no recuerdo por nada más, ese médico me aconsejó una suerte de terapia íntima que, según dijo, les había funcionado bien a varios de sus pacientes.

«¿Usted lleva un diario, Antonio?»

Le dije que no, que los diarios siempre me habían parecido ridículos, una vanidad o un anacronismo: la ficción de que nuestra vida importa. Él me respondió:

«Pues comience uno. No estoy diciendo un diario-diario, sino un cuadernito para hacerse preguntas.»

«Preguntas», repetí. «Como cuáles.»

«Como qué peligros hay realmente en Bogotá. Qué posibilidades hay de que le vuelva a pasar lo que le pasó, si quiere yo le paso algunas estadísticas. Preguntas, Antonio, preguntas. Por qué le pasó lo que le pasó, y de quién fue la culpa, si fue o no suya. Si esto le hubiera pasado en otro país. Si esto le hubiera pasado en otro momento. Si estas preguntas tienen alguna pertinencia. Es importante distinguir las preguntas pertinentes de las que no lo son, Antonio, y una forma de hacerlo es ponerlas por escrito. Cuando haya decidido cuáles son pertinentes y cuáles son intentos bobos por buscarle explicación a lo que no lo tiene, hágase otras preguntas: cómo recuperarse, cómo olvidar sin engañarse, cómo volver a tener una vida, a estar bien con la gente que lo quiere. Cómo hacer para no tener miedo, o para tener una dosis razonable de miedo, la que tiene todo el mundo. Cómo se hace para seguir adelante, Antonio. Muchas serán cosas que ya se le han ocurrido, seguro, pero es que uno ve las preguntas en papel y es muy distinto. Un diario. Escriba de aquí a quince días y luego hablamos.»

Me pareció una recomendación imbécil, más propia de un libro de autoayuda que de un profesional con canas en las sienes, papeles membreteados en el escritorio, diplomas en varios idiomas en las paredes. No se lo dije, por supuesto, y tampoco fue necesario, porque enseguida lo vi ponerse de pie y dirigirse a su biblioteca (los libros empastados y homogéneos, las fotos de familia, un dibujo infantil enmarcado y firmado de forma ilegible). «No va a hacer nada de esto, ya me di cuenta», decía mientras abría un cajón. «Le parece una estupidez todo lo que le estoy diciendo. Bueno, puede que sea así. Pero hágame un favor, llévese esto.» Sacó un cuaderno de espiral igual a los que yo usaba en el colegio, con esas tapas que ridículamente imitan la tela de unos jeans; arrancó cuatro, cinco, seis páginas del comienzo y miró la última página, como para asegurarse de que no hubiera ninguna anotación allí; me lo entregó, o más bien lo puso sobre la mesa, frente a mí. Yo lo tomé y, por hacer cualquier cosa, lo abrí y lo hojeé como si fuera una novela. Era un cuaderno cuadriculado:

siempre odié los cuadernos cuadriculados. En la primera página se alcanzaba a notar la presión de la escritura de la página arrancada, esas palabras fantasma. Una fecha, una palabra subrayada, la letra Y. «Gracias», dije, y salí. Esa misma noche, a pesar del escepticismo que me había provocado en un primer momento la estrategia, cerré con seguro la puerta de mi cuarto, abrí el cuaderno y escribí: *Querido diario*. El sarcasmo cayó en el vacío. Pasé la página y traté de empezar:

¿

Pero eso fue todo. Así, con el bolígrafo en el aire y la mirada hundida en el signo solitario, permanecí unos segundos largos. Aura, que durante toda la semana había padecido un resfrío leve pero molesto, dormía con la boca abierta. La miré, traté de hacer un croquis de sus rasgos y fracasé. Hice un inventario mental de nuestras obligaciones del día siguiente, que incluirían una vacuna para Leticia. Luego cerré el cuaderno, lo guardé en la mesa de noche y apagué la luz.

Afuera, al fondo de la noche, ladraba un perro.

Un día de 1998, poco después de que terminara el mundial de fútbol en Francia y poco antes de que Leticia cumpliera un año de vida, yo estaba esperando un taxi a la altura del Parque Nacional. No recuerdo de dónde venía, pero sé que me dirigía al norte, a una de las tantas citas de control con que los médicos pretendían tranquilizarme, decirme que la recuperación se estaba produciendo a un ritmo normal, que pronto mi pierna volvería a ser la de antes. Los taxis hacia el norte no pasaban, y en cambio pasaban con frecuencia hacia el centro. Yo no tenía nada que hacer en el centro, pensé absurdamente, nada se me había perdido allí. Y luego pensé: allí se me ha perdido todo. Y así, sin meditarlo demasiado, como un acto de valor privado que nadie fuera de mis circunstancias entendería, crucé la calle y me subí al primer taxi que pasó. Unos minutos después me descubrí, más de dos años después de los hechos, acercándome a pie a la plaza del Rosario, entrando al café Pasaje, buscando un sitio libre y desde allí mirando hacia la esquina del atentado, un niño que se asoma con tanta fascinación como prudencia al prado nocturno donde pasta un toro.

Mi mesa, un disco de color marrón con una sola pata metálica, estaba en primera fila: apenas un palmo la separaba del ventanal. No podía ver desde allí la puerta de los billares, pero sí la ruta que tomaron los asesinos de la moto. Los sonidos de la greca de aluminio se mezclaban con el tráfico de la avenida próxima, con el taconeo de los transeúntes; el aroma de los granos molidos se mezclaba con el olor que salía del baño público cada vez que alguien usaba la puerta batiente. La gente poblaba el triste cuadrado de la plaza, cruzaba las avenidas que la enmarcan, rodeaba la estatua del fundador de la ciudad (su coraza oscura salpicada desde siempre de blanca mierda de palomas). Los emboladores estacionados frente a la universidad con sus cajones de madera, los corrillos de esmeralderos: yo los miraba y me maravillaba que ignoraran lo que había sucedido allí, tan cerca de esa acera donde ahora mismo resonaban sus pasos. Fue tal vez mirándolos que pensé en Laverde y me di cuenta de que lo hacía sin ansiedad ni miedo.

Pedí un café, luego pedí otro. La mujer que me trajo el segundo limpió la mesa con un melancólico trapo maloliente y enseguida me puso la taza nueva sobre un nuevo plato. «¿Se le ofrece algo más, señor?», me preguntó. Vi sus nudillos secos, cruzados de carreteras despavimentadas; un espectro de humo se levantó del líquido negruzco. «Nada», dije, y traté de encontrar algún nombre en mi memoria, sin éxito. Toda la carrera viniendo a este café, y fui incapaz de recordar el nombre de la mujer que, a su turno, llevaba toda la vida atendiendo las mesas. «¿Le puedo hacer una pregunta?»

«A ver».

«¿Usted sabe quién era Ricardo Laverde?»

«Depende», dice ella, secándose las manos con el delantal, entre impaciente y aburrida. «¿Era un cliente?»

«No», le dije. «O tal vez, pero no creo. Lo mataron allá, del otro lado de la plaza.»

«Ah», dijo la mujer. «¿Hace cuánto?»

«Dos años», dije. «Dos y medio.»

«Dos y medio», repitió ella. «Pues no, no me acuerdo de ningún muerto de hace dos años y medio. Qué pena con usted.»

Pensé que me mentía. No tenía prueba ninguna de ello, por supuesto, ni me daba mi magra imaginación para inventar las razones de la mentira, pero no me pareció posible que alguien hubiera olvidado un crimen tan reciente. O bien Laverde había muerto y yo había pasado por la agonía y la fiebre y las alucinaciones sin que los hechos quedaran fijos en el mundo, en el pasado o en la memoria de mi ciudad. Esto, por alguna razón, me perturbó. Creo que en ese momento decidí algo, o me sentí capaz de algo, aunque no recuerdo las palabras que usé para formular la decisión. Salí hacia la derecha del café, dando un rodeo para evitar la esquina, y acabé cruzando La Candelaria hacia el lugar donde había estado viviendo Laverde hasta el día en que murió abaleado.

Bogotá, como todas las capitales latinoamericanas, es una ciudad móvil y cambiante, un elemento inestable de siete u ocho millones de habitantes: aquí uno cierra los ojos demasiado tiempo y puede muy bien que al abrirlos se encuentre rodeado de otro mundo (la ferretería donde ayer vendían sombreros de fieltro, el chance donde despachaba un zapatero remendón), como si la ciudad entera fuera el plató de uno de esos programas bromistas donde la víctima va al baño del restaurante y regresa no a un restaurante, sino a un cuarto de hotel. Pero en todas las ciudades latinoamericanas hay uno o varios lugares que viven fuera del tiempo, que permanecen inmutables mientras el resto se transforma. Así es el barrio de La Candelaria. En la calle de Ricardo Laverde, la imprenta de la esquina seguía estando allí, con la misma enseña junto al marco de la puerta y aun las mismas invitaciones matrimoniales y las mismas tarjetas de visita que habían servido como reclamo en diciembre de 1995; las paredes que en 1995 estaban cubiertas con carteles de papel barato seguían cubiertas, dos años y medio después, con otros carteles del mismo papel y del mismo formato, rectángulos amarillentos que anunciaban unas exequias o una corrida de toros o una candidatura al Concejo donde lo único que cambiaba eran los nombres propios. Todo seguía igual aquí. Aquí la realidad se ajustaba —como no suele hacerlo a menudo— a la memoria que tenemos de ella.

La casa de Laverde también era idéntica a la memoria que yo tenía de ella. La línea de tejas estaba rota en dos partes, como dientes faltantes en la boca de un anciano; la pintura de la puerta de entrada estaba descascarada a la altura de los pies y la madera astillada: el punto exacto donde el que llega demasiado cargado da una patada para que la puerta no se cierre. Pero todo lo demás era igual, o así me lo pareció al escuchar el retumbo de mi llamado en el interior de la casa. Cuando nadie abrió, di dos pasos atrás y levanté la mirada, esperando una señal de vida humana en el tejado. No la encontré: vi un gato retozando junto a la antena de televisión y un parche de musgo que crecía junto a la base de la antena, y eso fue todo. Ya había comenzado a resignarme cuando sentí movimientos del otro lado de la puerta. Abrió una mujer. «¿Qué se le ofrece?», me dijo. Y lo único que pude encontrar fue un prodigio de torpeza: «Es que yo era amigo de Ricardo Laverde».

Vi una expresión de desconcierto o suspicacia. La mujer me habló entonces con hostilidad pero sin sorpresa, como si me hubiera estado esperando.

«Yo ya no tengo nada que decir», dijo. «Todo eso fue hace tiempo, ya se lo conté todo a los periodistas.»

«¿Qué periodistas?»

«Eso fue hace rato, yo ya les conté todo.»

«Pero yo no soy periodista», dije. «Yo era amigo...»

«Yo ya conté todo», dijo la mujer. «Ustedes ya sacaron esas cochinadas, no crea que se me ha olvidado.»

En ese momento apareció, detrás de ella, un muchachito que juzgué demasiado crecido para tener la boca sucia. «¿Qué pasa, Consu? ¿La está molestando este señor?» Se acercó un poco más a la puerta y la luz del día le dio en la cara: no era suciedad lo que había en su boca, sino la sombra de un bozo incipiente. «Dice que era amigo de Ricardo», dijo Consu en voz baja. Me miró de arriba abajo, y yo hice lo mismo con ella: era gorda y bajita, llevaba el pelo recogido en una moña que no parecía gris, sino dividida en mechones negros y blancos como un juego de mesa, y la cubría un vestido negro de algún material elástico que se pegaba a sus formas, de manera que el cinturón de lana tejida quedaba devorado por la carne suelta de su vientre, y lo que uno veía era una especie de gruesa lombriz blanca saliendo del ombligo. Se acordó de algo, o pareció que se acordaba de algo, y en su cara —en los pliegues de su cara, rosados y sudorosos como si Consu acabara de hacer algún trabajo físico— se formó un puchero. La mujer sesentona se convirtió entonces en una niña inmensa a la que alguien ha negado un dulce. «Con permiso, señor», dijo Consu, y empezó a cerrar la puerta.

«No cierre», le pedí. «Déjeme que le explique.»

«Váyase, hermano», dijo el joven. «Aquí nada se le ha perdido.»

«Yo lo conocí», dije.

«No le creo», dijo Consu.

«Yo estaba con él cuando lo mataron», dije entonces. Me levanté la camiseta, le mostré a la mujer la cicatriz de mi vientre. «Una bala me dio a mí», dije.

Las cicatrices son elocuentes.


Durante las horas que siguieron le hablé a Consu de aquel día, de mi encuentro con Laverde en los billares, de la Casa de Poesía y de lo que ocurrió después. Le hablé de lo que Laverde me había contado y le dije que todavía no entendía por qué me había contado aquello. Le hablé también de la grabación, del desconsuelo que había arrollado a Laverde mientras la escuchaba, de las especulaciones que me cruzaron por la mente en su momento sobre sus posibles contenidos, sobre lo que puede decirse para que se produzca ese efecto en un adulto más o menos curtido. «No puedo imaginarme», le dije. «Y he tratado, le juro, pero no lo logro. No se me ocurre.» «No, ¿verdad?», me dijo ella. «No», le dije yo. Para ese momento ya estábamos en la cocina, Consu sentada en una silla de plástico blanco y yo en una butaca de madera con un travesaño roto, tan cerca de la pipeta de gas que hubiéramos podido tocarla con sólo estirar el brazo. El interior de la casa era tal como me lo había imaginado yo: el patio, las vigas de madera visibles en el techo, las puertas verdes de las habitaciones de alquiler. Consu me escuchaba y asentía, metía las manos entre las rodillas y cerraba las piernas como si no quisiera que las manos se le escaparan. Después de un rato me ofreció un café negro que hacía llenando de granos molidos un pedazo de media velada y luego metiendo la media en una olleta de latón cubierta de abolladuras grises, y cuando lo terminé me ofreció otro y repitió el procedimiento, y cada vez el aire quedó impregnado con el olor del gas y luego del fósforo quemado. Le pregunté a Consu cuál era la habitación de Laverde, y ella la señaló frunciendo los labios e indicando con la cabeza como un potro incómodo. «Ésa de allá», dijo. «Ahora la ocupa un músico, lo más buena gente, si viera, toca la guitarra en el Camarín del Carmen.» Se quedó callada, mirándose las manos, y al cabo dijo: «Tenía un candado de clave, porque a Ricardo no le gustaba andar con llaveros. Me tocó romperlo cuando lo mataron».

La policía había llegado, por uno de esos azares, a la hora en que Ricardo Laverde solía llegar, y Consu, pensando en él, les abrió antes de que golpearan. Se encontró con dos agentes, uno de pelo canoso que ceceaba al hablar y otro que se mantuvo dos pasos por detrás y no dijo una sola palabra. «Se notaba que las canas eran prematuras, quién sabe qué habría visto ese señor», dijo Consu. «Me mostró una cédula y me preguntó si reconocía al individuo, así dijo, el individuo, qué palabra tan rara para un muerto. Y yo, la verdad, no lo reconocí», dijo Consu, santiguándose. «Es que había cambiado mucho. Tuve que leer para decirles que sí, que ese señor se llamaba Ricardo Laverde y vivía aquí desde tal mes. Primero pensé: se metió en problemas. Lo van a encanar otra vez. Me dio lástima, porque Ricardo cumplía con todas sus cosas desde que salió.»

«¿Con qué cosas?»

«Las cosas que hacen los presos. Los que eran presos y ya no son.»

«Así que usted sabía», dije.

«Claro, mijito. Todo el mundo sabía.»

«¿Y también se sabía qué había hecho?»

«No, eso no», dijo Consu. «Bueno, yo no quise averiguar nunca. Se hubiera dañado mi relación con él, ¿sí o no? Ojos que no ven, corazón que no siente, eso es lo que yo digo.»

Los policías la siguieron hasta el cuarto de Laverde. Usando un martillo como palanca, Consu hizo estallar la medialuna de aluminio, y el candado fue a dar a una de las acequias del patio interior. Cuando abrió la puerta se encontró con una habitación de monje: el rectángulo perfecto del colchón tendido, la sábana impecable, la almohada con su funda sin dobleces, sin las curvas y las avenidas que marca una cabeza con el paso de las noches. Al lado del colchón, una tabla de madera sin tratar sobre dos ladrillos; sobre la tabla, un vaso de agua que parecía turbia. Al día siguiente esa imagen, la del colchón y la improvisada mesita de noche, salió en el periódico amarillista junto a la mancha de sangre en la acera de la calle 14. «Desde ese día no entra un periodista en esta casa», dijo Consu. «Esa gente no respeta nada.»

«¿Quién lo mató?»

«Ay, si yo supiera. No sé, no sé quién lo mató, si era lo más bueno. De la gente buena que yo he conocido, le juro. Aunque haya hecho cosas malas.»

«¿Qué cosas?»

«Eso sí no sé», dijo Consu. «Algo habrá hecho.»

«Algo habrá hecho», repetí.

«Además, qué importa ya», dijo Consu. «O acaso es que averiguando lo vamos a resucitar.»

«Pues no», dije yo. «¿Y dónde está enterrado?»

«¿Para qué quiere saber?»

«No sé. Para visitarlo. Para llevarle flores. ¿Cómo fue el entierro?»

«Chiquito. Lo organicé yo, claro. Yo era lo más parecido que Ricardo tenía a un pariente.»

«Claro», dije. «La esposa se acababa de matar.»

«Ah», me dijo Consu. «Usté también sabe sus cosas, quién lo viera.»

«Ella venía para pasar Navidad con él. Él se había hecho tomar una foto absurda para regalársela a ella.»

«¿Absurda? ¿Por qué absurda? A mí me pareció tierna.»

«Era una foto absurda.»

«La foto de las palomas», dijo Consu.

«Sí», dije yo. «La foto de las palomas.» Y luego: «Seguro que tenía que ver con eso».

«Qué cosa.»

«Lo que estaba oyendo. Siempre he pensado que lo que estaba oyendo tenía que ver con ella, con la esposa. Me imagino una carta grabada, no sé, un poema que a ella le gustaba.»

Por primera vez, Consu sonrió. «¿Eso se imagina?»

«No sé, algo así.» Y entonces, no sé por qué, mentí o exageré. «Me he pasado dos años y medio pensando en eso, es curioso que un muerto ocupe tanto espacio aunque no lo hayamos conocido. Dos años y medio pensando en Elena de Laverde. O Elena Fritts, o como se llamara. Dos años y medio», dije. Me sentí bien al decirlo.

No sé qué haya visto Consu en mi cara, pero su expresión cambió, e incluso cambió su manera de sentarse.

«Dígame una cosa», me dijo, «pero dígame la verdad. ¿Usté lo quería?».

«¿Cómo?»

«¿Lo quería o no?»

«Sí», dije, «lo quería mucho».

Tampoco esto era cierto, claro. La vida no nos había dado tiempo para el afecto, y lo que me movía no era el sentimiento ni la emoción, sino esa intuición que a veces tenemos de que algunos hechos han modelado nuestras vidas más de lo aceptado o evidente. Pero he aprendido muy bien que esas sutilezas no sirven para nada en el mundo real, y muchas veces hay que sacrificarlas, dar al otro lo que el otro quiere oír, no ponernos demasiado honestos (la honestidad es ineficaz, no llega a ninguna parte). Miré a Consu y lo que vi fue una mujer sola, sola como yo mismo estoy solo. «Mucho», repetí. «Lo quería mucho.»

«Bueno», dijo ella, poniéndose de pie. «Espéreme aquí, le voy a mostrar algo.»

Desapareció durante unos instantes. Yo pude seguir sus movimientos con el oído, el chancleteo de sus pies, el breve intercambio con un inquilino —«Va tarde, papito»;

«Ay, doña Consu, no se meta en lo que no le importa»—, y por un instante pensé que la charla se había terminado y lo siguiente sería un muchachito de bigote ralo que me pide que me vaya con alguna frase relamida, *lo acompaño a la puerta* o *señor, gracias por su visita.* Pero entonces la vi regresar como distraída, mirándose las uñas de la mano izquierda: de nuevo la niña que yo había visto en la puerta de la casa. En la otra mano (sus dedos se hacían delicados para sostenerlo, como a un animalito enfermo) llevaba un balón de fútbol demasiado pequeño que muy pronto se convirtió en una vieja radio en forma de balón de fútbol. Dos de los hexágonos negros eran los parlantes; en la parte superior había una ventanilla que dejaba ver la casetera; en la casetera había puesto un casete negro. Un casete negro de etiqueta naranja. En la etiqueta, una sola palabra: BASF.

«Es sólo el lado A», me dijo Consu. «Cuando termine de oírlo, deje todo junto a la estufa. Ahí donde están los fósforos. Y que la puerta le quede bien cerrada al salir.»

«Un momento, un momento», dije. Las preguntas se me agolparon en la boca. «¿Usted tiene esto?»

«Yo tengo esto.»

«¿Cómo lo consiguió? ¿No lo va a oír conmigo?»

«Es lo que llaman efectos personales», dijo ella. «Me lo trajo la policía junto con todo lo que había en los bolsillos de Ricardo. Y no, no lo voy a oír. Me lo sé de memoria, y no lo quiero oír más, este casete no tiene nada que ver con Ricardo. Y en el fondo tampoco tiene nada que ver conmigo. Tan raro, ¿cierto? Una de mis pertenencias más preciadas, y no tiene nada que ver con mi vida.»

«Una de sus pertenencias más preciadas», repetí.

«Usté ha visto que a la gente le preguntan qué sacaría de su casa si hubiera un incendio. Bueno, pues yo sacaría este casete. Será porque nunca tuve una familia, y por aquí no hay álbumes de fotos ni ninguna de esas vainas.»

«¿Y el muchacho que me recibió?»

«¿Qué pasa con él?»

«¿No es familia?»

«Es un inquilino», dijo Consu, «uno como cualquier otro». Pensó un instante y añadió: «Mis inquilinos son mi familia».

Con esas palabras (y con perfecto sentido del melodrama) salió a la calle y me dejó solo.

Lo que había en la grabación era un diálogo en inglés entre dos hombres: hablaban de las condiciones climáticas, que eran buenas, y luego hablaban de trabajo. Uno de los hombres explicaba al otro las regulaciones sobre el número de horas que era permitido volar antes del descanso obligatorio. El micrófono (si es que se trataba de un micrófono) captaba un zumbido constante y, sobre el fondo blanco del zumbido, un revoloteo de papeles.

«Me dieron este cuadro», decía el primer hombre.

«Bueno, pues a ver qué puedes encontrar», decía el segundo. «Yo me encargo del avión y la radio.»

«Bien. Pero en este cuadro sólo hablan del tiempo de trabajo, no de los periodos de descanso.»

«Eso también es muy confuso.»

Recuerdo muy bien haber escuchado la conversación durante varios minutos —la atención puesta toda en encontrar una referencia a Laverde— antes de comprobar, entre desconcertado y perplejo, que la gente que hablaba en ella no tenía relación ninguna con la muerte de Ricardo Laverde, y, lo que es más, que Ricardo Laverde no se mencionaba en ella en ningún momento. Uno de los hombres empezó a hablar de las ciento treinta y seis millas que les quedaban hasta el VOR, de los treinta y dos mil pies que deberían bajar, y de que encima de todo tenían que ir reduciendo la velocidad, así que bueno, ya era tiempo de ponerse manos a la obra. En ese momento el otro dijo esas palabras que lo cambiaron todo: «Bogotá, American nueve sesenta y cinco, permiso para descender». Y me pareció inverosímil haber tardado tanto en comprender que en pocos minutos ese vuelo se estrellaría en El Diluvio, y que entre los muertos estaría la mujer que venía a pasar las fiestas con Ricardo Laverde.

«American Airlines Operations en Cali, aquí American nueve sesenta y cinco. ¿Me copia?»

«Adelante, American nueve seis cinco, aquí Cali.»

«Muy bien, Cali. Estaremos allí en unos veinticinco minutos.»

Esto era lo que había estado escuchando Ricardo Laverde poco antes de ser asesinado: la caja negra del vuelo en que había muerto su mujer. Sufrí la revelación como un puñetazo, con la misma pérdida de equilibrio, el mismo trastorno de mi mundo inmediato. ¿Pero cómo la había conseguido?, me pregunté entonces. ¿Era eso posible, pedir la grabación de un vuelo accidentado y obtenerla como se obtiene, no sé, un documento del catastro? ¿Hablaba inglés Laverde, o por lo menos lo comprendía lo suficiente para escuchar y entender y lamentar —sí, sobre todo lamentar— esa conversación? O tal vez no era necesario entender nada para lamentarla, porque nada en la conversación se refería a la mujer de Laverde: ¿no bastaba con la conciencia, la terrible conciencia, de esa proximidad entre los pilotos que hablaban y una de sus pasajeras? Dos años y medio después, esas preguntas seguían sin respuesta. Ahora el capitán pedía la puerta de llegada (era la dos), ahora pedía la pista (era la cero uno), ahora encendía las luces del avión porque había mucho tráfico visual en el área, ahora hablaban de una posición que quedaba cuarenta y siete millas al norte de Rionegro y la buscaban en el plan de vuelo... Y ahora, por fin, llegaba el anuncio por el altavoz: «Damas y caballeros, les habla el capitán. Hemos comenzado nuestro descenso».

Han comenzado el descenso. Una de esas damas es Elena Fritts, que viene de ver a su madre enferma en

Miami, o del entierro de su abuela, o simplemente de visitar a sus amigos (de pasar con ellos el día de Acción de Gracias). No, es su madre, su madre enferma. Elena Fritts piensa acaso en esa madre, preocupándose por haberla dejado, preguntándose si ha hecho bien en dejarla. También piensa en Ricardo Laverde, su marido. ¿Piensa en su marido? Piensa en su marido, que ha salido de la cárcel. «Quiero desear a todos unas vacaciones muy felices, y un 1996 lleno de salud y prosperidad», dice el capitán. «Gracias por haber volado con nosotros.» Elena Fritts piensa en Ricardo Laverde. Piensa que ahora podrán retomar la vida donde la dejaron. Mientras tanto, en la cabina, el capitán le ofrece maní al copiloto. «No, gracias», dice el copiloto. El capitán dice: «Qué bonita noche, ¿no?». Y el copiloto: «Sí. Está muy agradable por estos lados». Luego se dirigen a la torre de control, piden permiso para descender a una menor altitud, la torre les dice que bajen al nivel dos cero cero, y luego el capitán dice, en español y con acento pesado: «Feliz Navidad, señorita».

¿En qué piensa, sentada en su puesto, Elena Fritts? Me la imagino, no sé por qué, ocupando un puesto de ventanilla. Mil veces he imaginado ese momento, mil veces lo he reconstruido como un escenógrafo construye una escena, y lo he llenado con especulaciones sobre todo: desde la ropa que lleva puesta Elena —una blusa ligera de color azul claro y zapatos sin medias— hasta sus opiniones y sus prejuicios. En la imagen que me he formado y se me ha impuesto, la ventanilla está a la izquierda; a la derecha, un pasajero dormido (los brazos velludos, un ronquido irregular). La mesa auxiliar está abierta; Elena Fritts ha querido cerrarla cuando el capitán ha anunciado el descenso, pero todavía nadie ha pasado a recoger su vasito de plástico. Elena Fritts mira por la ventanilla y ve un cielo limpio; no sabe que su avión está bajando a veinte mil pies de altura; no le importa no saberlo. Tiene sueño: son más de las nueve de la noche, y Elena Fritts ha comenzado a viajar desde muy temprano, porque la casa de su madre no queda en Miami propiamente, sino en un suburbio. O incluso en otro lugar completamente distinto, Fort Lauderdale, digamos, o Coral Springs, alguna de esas pequeñas ciudades de la Florida que son más bien gigantescos hogares geriátricos, adonde llegan los viejos del país entero a pasar sus últimos años lejos del frío y del estrés y de la mirada resentida de sus hijos. Así que Elena Fritts ha tenido que levantarse temprano esta mañana; un vecino que tenía de todas formas que ir a Miami la ha llevado al aeropuerto, y Elena ha tenido que recorrer con él una o dos o tres horas de esas autopistas rectas y famosas en el mundo entero por sus facultades anestésicas. Ahora sólo piensa en llegar a Cali, tomar la conexión a tiempo, llegar a Bogotá tan cansada como han llegado siempre los pasajeros que toman ese vuelo para hacer esa conexión, pero más contenta que los otros pasajeros, porque a ella la espera un hombre que la quiere. Piensa en eso y luego en darse una buena ducha y acostarse a dormir. Allá abajo, en Cali, una voz dice: «American nueve seis cinco, ¿su distancia?».

«¿Qué necesita, señor?»

«Su distancia DME.»

«OK», dice el capitán, «la distancia hasta Cali es, eh, treinta y ocho».

«¿Dónde estamos?», pregunta el copiloto. «Estamos saliendo hacia...»

«Primero, vamos a Tuluá. ¿OK?»

«Sí. ¿Hacia dónde vamos?»

«No lo sé. ¿Qué es esto? ¿Qué pasó aquí?»

El Boeing 757 ha bajado a trece mil pies dando giros a derecha primero y a izquierda después, pero Elena Fritts no se da cuenta. Es de noche, una noche oscura aunque limpia, y abajo ya se ven los contornos de las montañas. En la ventanilla de plástico Elena ve reflejado su rostro, se pregunta qué está haciendo aquí, si habrá sido un error venir a Colombia, si su matrimonio tiene arreglo en realidad o si es cierto lo que le ha dicho su madre con su tono de pitonisa del apocalipsis: «Volver con él será el último de tus idealismos». Elena Fritts está dispuesta a aceptar su carácter idealista, pero eso, piensa, no tiene por qué condenarla a una vida entera de decisiones erróneas: también los idealistas aciertan de vez en cuando. Las luces se apagan, la cara de la ventanilla desaparece, y Elena Fritts piensa que no le importa lo que diga su madre: por nada del mundo hubiera obligado a Ricardo a estar solo durante su primera Nochebuena en libertad.

«No, en el mío no se ve bien», dice el capitán. «No sé por qué.»

«¿Giro a la izquierda, entonces? ¿Quieres girar a la izquierda?»

«No... No, nada de eso. Sigamos adelante hacia...»

«¿Hacia dónde?»

«Hacia Tuluá.»

«Eso es a la derecha.»

«¿Adónde vamos? Gira a la derecha. Vamos a Cali. Aquí la cagamos, ¿no?»

«Sí.»

«¿Cómo llegamos a cagarla así? A la derecha ahora mismo, a la derecha ahora mismo.»

Elena Fritts, sentada en su puesto de clase turista, no sabe que algo anda mal. Si tuviera algunos conocimientos de aeronáutica podría encontrar sospechosos los cambios de ruta, podría reconocer que los pilotos se han desviado del rumbo establecido. Pero no: Elena Fritts no sabe de aeronáutica, ni imagina que descender a menos de diez mil pies en terreno montañoso puede acarrear riesgos si no se conoce la zona. ¿En qué piensa, entonces?

¿En qué piensa Elena Fritts a un minuto de su muerte?

Suena la alarma en la cabina de mando: «*Terrain, terrain*», dice una voz electrónica. Pero Elena Fritts no la oye: las alarmas no se oyen allí donde ella está sentada, ni se percibe la peligrosa cercanía de la montaña. La tripulación añade potencia, pero no desactiva los frenos. El avión levanta brevemente la nariz. Nada de eso es suficiente.

«Mierda», dice el piloto. «Arriba, chico, arriba.»

¿En qué piensa Elena Fritts? ¿Piensa en Ricardo Laverde? ¿Piensa en la temporada de fiestas que se le viene encima? ¿Piensa en sus hijos? «Mierda», dice el capitán en la cabina, pero Elena Fritts no puede oírlo. ¿Tienen hijos Elena Fritts y Ricardo Laverde? ¿Dónde están esos hijos, si es que existen, y cómo han cambiado sus vidas después de la ausencia de su padre? ¿Conocen las razones de esa ausencia, han crecido envueltos en una red de mentiras familiares, de sofisticados mitos, de cronologías revueltas?

«Arriba», dice el capitán.

«Todo va bien», dice el copiloto.

«Arriba», dice el capitán. «Suavemente, suavemente.» El automático se ha desconectado. La palanca empieza a sacudirse entre las manos del piloto, señal de que la velocidad del avión no basta para mantenerlo en el aire. «Más arriba, más arriba», dice el capitán.

«OK», dice el copiloto.

Y el capitán: «Arriba, arriba, arriba».

De nuevo suena la sirena.

«*Pull up*», dice la voz electrónica.

Hay un grito entrecortado, o algo que se parece a un grito. Hay un ruido que no logro, que nunca he logrado identificar: un ruido que no es humano o es más que humano, el ruido de las vidas que se extinguen pero también el ruido de los materiales que se rompen. Es el ruido de las cosas al caer desde la altura, un ruido interrumpido y por lo mismo eterno, un ruido que no termina nunca, que sigue sonando en mi cabeza desde esa tarde y no da señales de querer irse, que está para siempre suspendido en mi memoria, colgado en ella como una toalla de su percha.

Ese ruido es lo último que se oye en la cabina del vuelo 965.

Suena el ruido, y entonces se interrumpe la grabación.

Me tomó un buen rato recuperarme. No hay nada tan obsceno como espiar los últimos segundos de un hombre: deberían ser secretos, inviolables, deberían morir con quien muere, y sin embargo allí, en esa cocina de esa casa vieja de La Candelaria, las palabras finales de los pilotos muertos pasaron a formar parte de mi experiencia, a pesar de que yo no sabía y todavía no sé quiénes fueron esos hombres desventurados, cómo se llamaban, qué veían cuando se miraban al espejo; esos hombres, por su parte, nunca habían sabido de mí, y sin embargo sus últimos instantes ahora me pertenecían y me seguirían perteneciendo. ¿Con qué derecho? Ni sus esposas ni sus madres o padres o hijos habían escuchado esas palabras que había escuchado yo, y quizás habían vivido estos dos años y medio preguntándose qué había dicho su marido, su padre, su hijo, antes de estrellarse contra El Diluvio. Yo, que no tenía derecho a saberlo, ahora lo sabía; ellos, a quienes pertenecían aquellas voces por derecho, lo ignoraban. Y esto pensé: que yo, en el fondo, *no tenía derecho a escuchar esa muerte,* porque esos hombres que mueren en el avión me son ajenos, y la mujer que viaja atrás *no es, nunca será, uno de mis muertos.*

Y sin embargo esos ruidos formaban parte ya de mi memoria auditiva. Desde que la cinta cayó en el silencio, desde que los sonidos de la tragedia cedieron el lugar a la estática, supe que habría preferido no escucharla, y supe al mismo tiempo que mi memoria seguiría escuchándola para siempre. No, ésos no eran mis muertos, yo no tenía derecho a escuchar esas palabras (así como no tengo derecho, probablemente, a reproducirlas en este relato, sin duda con algunas imprecisiones), pero ya las palabras y las voces de los muertos me tragaban como un remolino de río se traga a un animal cansado. La grabación tuvo, además, la virtud de modificar el pasado, pues el llanto de Laverde ya no era el mismo, no podía ser el mismo que yo había presenciado en la Casa de Poesía: ahora tenía una densidad de la que antes había carecido, debido al hecho simple de que yo había escuchado lo que él, sentado en aquel sofá de cuero mullido, escuchó esa tarde. La experiencia, eso que llamamos experiencia, no es el inventario de nuestros dolores, sino la simpatía aprendida hacia los dolores ajenos.

Con el tiempo he averiguado más cosas acerca de las cajas negras. Sé, por ejemplo, que no son negras, sino anaranjadas. Sé que los aviones las llevan en el *empennage* —la estructura que los profanos llamamos cola—, porque ahí tienen más posibilidades de sobrevivir a un accidente. Y sí, sé que las cajas negras sobreviven: pueden soportar una presión de 2.250 kilogramos y temperaturas de 1.100 grados centígrados. Cuando caen en el mar, se activa un transmisor; la caja negra comienza entonces a emitir pulsaciones durante treinta días. Éste es el tiempo que tienen las autoridades para encontrarla, para conocer las razones de un accidente, para asegurarse de que nada similar se produzca de nuevo, pero no creo que nadie calcule que una caja negra puede tener otros destinos, ir a parar a manos que no estaban contempladas en su plan de vida. Y sin embargo eso fue lo que me pasó con la caja negra del vuelo 965, que, tras sobrevivir al accidente, se convirtió por artes misteriosas en un casete negro con etiqueta naranja y pasó por dos dueños antes de llegar a hacer parte de mis recuerdos. Y así resulta que ese aparato, inventado como memoria electrónica de los aviones, ha acabado por convertirse en parte definitiva de mi memoria. Ahí está, y no hay nada que yo pueda hacer. Olvidarlo no es posible.


Esperé un buen rato antes de irme de la casa de La Candelaria, no sólo por escuchar una vez más la grabación (lo cual hice: no una, sino dos veces), sino porque ver de nuevo a Consu se me había convertido de repente en una urgencia. ¿Qué más sabía ella de Ricardo Laverde? Quizás había sido por no verse obligada a hacer revelaciones, por no encontrarse de repente a merced de mis interrogatorios, que me había dejado solo en su casa y con su posesión más preciada. Comenzaba a caer la tarde. Me asomé a la calle: los faroles amarillos se encendían ya, las paredes blancas de las casas cambiaban de color. Hacía frío. Miré hacia una esquina, hacia la otra. Consu no estaba, no se la veía por ninguna parte, así que volví a la cocina y en una bolsa más grande encontré una pequeña bolsa de papel del tamaño de una media de aguardiente. Mi bolígrafo no escribía bien en esa superficie, pero tendría que arreglármelas.

*Estimada Consu,*
*La estuve esperando casi una hora. Gracias por dejar-me oír la grabación. Quería decírselo en persona, pero no hubo manera.*

Debajo de estas líneas garabateadas escribí mi nombre completo, ese apellido que tan inusual es en Colombia y que no deja de provocarme cierta timidez cuando lo escribo para según qué personas, en mi país hay muchos que desconfían de alguien cuando es necesario deletrear su apellido. Luego alisé la bolsa con las manos y la dejé sobre la grabadora, una de las esquinas atrapada por la puerta de la casetera. Y salí a la ciudad con una mezcla de sensaciones en el pecho y una sola certeza: no quería llegar a casa, quería guardar para mí lo que acababa de sucederme, el secreto a cuya revelación había asistido. Pensé que nunca iba a estar tan cerca de la vida de Ricardo Laverde como lo había estado allí, en su casa, durante los minutos que había durado la grabación de la caja negra, y no quería que esa curiosa exaltación se disipara, así que bajé a la carrera Séptima y comencé a caminar por el centro de Bogotá, pasando por la plaza de Bolívar y siguiendo hacia el norte, metiéndome entre la gente en la acera siempre abarrotada y dejándome empujar por los que tenían más prisa y chocándome con los que venían de frente, y buscando callejones que frecuentara poco e incluso metiéndome al mercado de artesanías de la calle 10, me parece que es la calle 10, y durante todo el tiempo pensando que no quería llegar a casa, que Aura y Leticia formaban parte de un mundo distinto del mundo en que habitaba la memoria de Ricardo Laverde y desde luego distinto del mundo en que se había estrellado el vuelo 965. No, yo no podía llegar todavía a casa. En eso pensaba al llegar a la calle 22, en cómo aplazar la llegada a casa para seguir viviendo en la caja negra, con la caja negra, y entonces mi cuerpo tomó la decisión por mí y acabé entrando a un rotativo porno donde una mujer de pelo largo y muy claro, desnuda en medio de una cocina integral, levantaba una pierna hasta que el tacón de su zapato se enredaba con la rejilla de los fogones, y mantenía ese delicado equilibrio mientras un hombre vestido la penetraba y le daba al mismo tiempo órdenes incomprensibles, pues los movimientos de su boca no llegaban nunca a corresponderse con las palabras que la boca pronunciaba.

El Jueves Santo de 1999, nueve meses después de mi encuentro con la casera de Ricardo Laverde y ocho antes de que se acabara el milenio, llegué a mi apartamento y encontré en el contestador una voz de mujer y un número de teléfono. «Éste es un mensaje para el señor Antonio Yammara», decía la voz, una voz juvenil pero melancólica, una voz cansada y sensual al mismo tiempo, la de una de esas mujeres que han tenido que crecer de manera prematura. «La señora Consuelo Sandoval me dio su nombre, el número me lo conseguí yo. Espero que no le moleste, usted está en el directorio. Llámeme, por favor. Necesito hablar con usted.» Marqué de inmediato. «Estaba esperando su llamada», me dijo la mujer.

«¿Con quién hablo?», pregunté.

«Perdón si lo molesto», me dijo la mujer. «Me llamo Maya Fritts, no sé si mi apellido le dice algo. Bueno, no es mi apellido original, es el de mi madre, el de verdad es Laverde.» Y al quedarme yo en silencio, la mujer añadió lo que ya era para ese momento innecesario: «Soy la hija de Ricardo Laverde. Necesito preguntarle unas cosas». Creo que entonces dije algo, pero es posible que me limitara a repetir el nombre, los dos nombres, el nombre suyo y el de su padre. Maya Fritts, hija de Ricardo Laverde, siguió hablando. «Pero mire, yo vivo lejos y no puedo ir a Bogotá, es largo de explicar. Por eso el favor es doble, porque quiero invitarlo a pasar el día aquí, en mi casa, conmigo. Quiero que venga a hablarme de mi padre, a contarme todo lo que sepa. Es un favor grande, sí, pero aquí hace calor y se cocina rico, le prometo que no va a perder la venida. Así que usted dirá, señor Yammara. Si tiene papel y lápiz ahí, ya mismo le explico cómo se llega.»

# III. La mirada de los ausentes

A las siete de la mañana siguiente me encontré bajando por la calle 80, con un café negro como todo desayuno, rumbo a las salidas occidentales de la ciudad. Era una mañana encapotada y fría, y el tráfico a esa hora resultaba ya denso y aun agresivo; pero no tardé demasiado en llegar a las fronteras de la ciudad, allí donde los paisajes urbanos cambian y los pulmones notan la brusca ausencia de la contaminación. La salida había cambiado con los años: vías amplias y recién pavimentadas que ostentaban el blanco refulgente de sus señalizaciones, esos pasos de cebra, la línea intermitente en la calzada. No sé cuántas veces hice de niño trayectos similares, cuántas veces subí a las montañas que rodean la ciudad para luego hacer un descenso drástico, y así pasar en cuestión de tres horas de nuestros dos mil seiscientos metros fríos y lluviosos al valle del río Magdalena, donde algunos lugares quedan por debajo del nivel del mar y las temperaturas pueden acercarse en ciertas zonas malhadadas a los cuarenta grados centígrados. Era el caso de La Dorada, la ciudad que marca la mitad del camino entre Bogotá y Medellín y que suele servir a los que hacen ese recorrido de parada o lugar de encuentro o incluso balneario de ocasión. En los alrededores de La Dorada, en un lugar que por la descripción parecía ajeno a la ciudad, a su ajetreo de pavimento y tráfico pesado, vivía Maya Fritts. Pero yo, en lugar de pensar en ella y en el azar que nos había puesto en contacto, me pasé las cuatro horas de trayecto pensando en Aura o, mejor, en lo que había ocurrido con Aura la noche anterior.

Después de tomarle dictado a Maya Fritts y de acabar con un mapa mal hecho sobre el reverso de una página (del otro lado estaban los apuntes para una de mis próximas clases: discutiríamos el derecho que tenía Antígona a violar la ley para enterrar a su hermano), Aura y yo habíamos cubierto la rutina de la noche de la manera más pacífica posible, haciendo la comida entre los dos mientras Leticia veía una película, contándonos nuestros días respectivos, riendo, tocándonos al cruzarnos en la cocina estrecha. *Peter Pan,* ésta le gustaba mucho a Leticia, y también *El libro de la selva,* y Aura le había comprado dos o tres shows de los Muppets, menos para darle gusto a la niña que por satisfacer ella sus nostalgias privadas, el cariño que le tenía al Conde Contar, el desprecio fácil que sentía por Miss Piggy. Pero no, no eran los Muppets lo que sonaba esa noche en la televisión de nuestro cuarto, sino una de aquellas películas. *Peter Pan,* sí: era *Peter Pan* lo que estaba sonando —«esta historia ha sucedido antes y volverá a suceder», decía el narrador anónimo que la presenta— cuando Aura, enfundada en un delantal de tela roja con el anacrónico rostro de Papá Noel, me dijo sin mirarme a los ojos:

«Compré una cosa. Recuérdame después que te la muestre.»

«¿Qué cosa?»

«Una cosa», dijo Aura.

Estaba removiendo algo en los fogones, el extractor de humo funcionaba a toda marcha y nos obligaba a levantar la voz, y la luz de la campana le bañaba el rostro con un tono cobrizo. «Qué linda eres», le dije. «No me acostumbro.» Ella sonrió, me iba a decir algo, pero en ese momento apareció Leticia en la puerta, silenciosa y discreta y peinada con una cola de caballo, el pelo castaño todavía mojado por el baño reciente. La levanté del suelo, le pregunté si tenía hambre, y la misma luz cobriza le dio en la cara: sus facciones eran las mías, no las de Aura, y eso siempre me había conmovido y decepcionado al mismo tiempo. Esa idea estuvo curiosamente fija en mi cabeza mientras comíamos: que Leticia se hubiera podido parecer a Aura, hubiera podido heredar la belleza de Aura, y en cambio había heredado mis rasgos toscos, mis huesos demasiado gruesos, mis orejas demasiado visibles. Tal vez por eso estuve mirándola tanto cuando la llevé a la cama. La acompañé un rato en la oscuridad de su cuarto, sólo rota por una lámpara en forma de globo que suelta una luz débil de color pastel y cambia de tono a lo largo de la noche, de manera que el cuarto de Leticia es azul cuando me llama porque ha tenido una pesadilla, y puede muy bien ser rosado o verde claro cuando me llama porque se le ha acabado el agua de su botellita. En fin: allí, en la penumbra de colores, mientras Leticia se quedaba dormida y el susurro de su respiración cambiaba, yo espiaba sus facciones y los juegos de la genética en su rostro, todas esas proteínas moviéndose misteriosamente para imprimir mi mentón en el suyo, mi color de pelo en el pelo de mi niña. Y en ésas estaba cuando se entreabrió la puerta y apareció una franja de luz y luego la silueta de Aura y su mano llamándome.

«¿Se durmió?»

«Sí.»

«¿Seguro?»

«Sí.»

Me llevó de la mano a la sala, nos sentamos en el sofá. La mesa del comedor estaba recogida ya y el lavaplatos sonaba en la cocina, su murmullo de vieja paloma moribunda. (No solíamos pasar tiempo en la sala después de la comida: preferíamos acostarnos en nuestra cama y ver una vieja *sitcom* gringa, algo ligero y alegre y balsámico. Aura se había acostumbrado a prescindir de los noticieros en la noche, y podía bromear acerca de mi boicot, pero comprendía bien la seriedad con que yo me tomaba aquello. Yo no veía noticieros, era así de simple. Tardaría mucho tiempo en soportarlos de nuevo, en admitir de nuevo que las noticias de mi país invadieran mi vida.) «Bueno, mira», me dijo Aura. Sus manos se perdieron del otro lado del sofá y volvieron a aparecer con un paquete pequeño envuelto en papel periódico. «¿Es para mí?», le dije. «No, no es un regalo», dijo ella. «O sí, pero es para ambos. Mierda, no sé, no sé cómo se hacen estas cosas.» La vergüenza no era un sentimiento que molestara con frecuencia a Aura, y sin embargo era eso, vergüenza, lo que le llenaba los gestos. Lo siguiente fue su voz (su voz nerviosa) explicándome dónde había comprado el vibrador, cuánto le había costado, de qué forma había pagado para que no quedara constancia de esa compra en ninguna parte, cómo había detestado en ese instante los muchos años de educación religiosa que le habían hecho sentir, al entrar a la tienda de la avenida 19, que cosas muy malas iban a sucederle como castigo, que con esa compra acababa de merecer un lugar permanente en el infierno. Era un aparato de color violeta y de textura rugosa, con más botones y posibilidades que las que yo hubiera imaginado, pero no tenía la forma que yo le hubiera asignado con mi imaginación demasiado literal. Yo lo miraba (ahí, dormido en mi mano) y Aura me miraba mirarlo. No pude evitar que la palabra *consolador,* que también se usa a veces para este objeto, se me apareciera en la mente: Aura como mujer necesitada de consuelo, o Aura como mujer desconsolada. «¿Qué es esto?», le dije. Una pregunta estúpida donde las haya.

«Bueno, es lo que es», dijo Aura. «Es para nosotros.»

«No», dije yo, «para nosotros no es».

Me puse de pie y lo dejé caer sobre la mesa de vidrio y el aparato rebotó ligeramente (después de todo, estaba hecho de materiales elásticos). En otro momento el sonido me hubiera causado gracia, pero no allí, no entonces. Aura me cogió del brazo.

«No tiene nada, Antonio, es para nosotros.»

«No es para nosotros.»

«Tú tuviste un accidente, no pasa nada, yo te quiero», dijo Aura. «No pasa nada, estamos juntos.»

El vibrador o el consolador violeta se veía medio perdido entre los ceniceros y los posavasos y los libros de la mesa, todos escogidos por Aura: *Colombia desde el aire*, un libro grande sobre José Celestino Mutis y otro reciente de un fotógrafo argentino sobre París (éste no lo había escogido Aura, se lo habían regalado). Sentí vergüenza, una vergüenza infantil y absurda. «¿Necesitas consuelo?», le dije a Aura. Mi tono me sorprendió incluso a mí.

«¿Qué?»

«Esto es un consolador. ¿Necesitas consuelo?»

«No hagas esto, Antonio. Estamos juntos. Tuviste un accidente y estamos juntos.»

«El accidente lo tuve yo, no seas imbécil», dije. «El tiro me lo pegaron a mí.» Me calmé un poco. «Perdón», dije. Y luego: «El médico me lo dijo».

«Pero es que fue hace tres años.»

«Que no me preocupara, que el cuerpo sabe cómo hace sus vainas.»

«Hace tres años, Antonio. Lo que está pasando es otra cosa. Y yo te quiero, y estamos juntos.»

No dije nada.

«Podemos encontrar la manera», dijo Aura.

No dije nada.

«Hay tantas parejas», dijo Aura. «No somos los únicos.»

Pero yo no dije nada. Un bombillo de alguna parte se debió de fundir en ese momento, porque la sala estaba de repente un poco más oscura, el sofá y las dos sillas y el único cuadro —unos billaristas de Saturnino Ramírez que juegan, por razones que nunca he logrado descubrir, con gafas oscuras— habían perdido los contornos. Me sentí cansado y necesitado de un analgésico. Aura se había sentado de nuevo en el sofá y ahora tenía la cara entre las manos, pero no me pareció que estuviera llorando.

«Pensé que te iba a parecer bien», dijo. «Pensé que estaba haciendo algo bueno.» Me di la vuelta y la dejé sola, tal vez incluso a media frase, y me encerré en nuestro baño. En el estrecho armario azul busqué las pastillas, el tarrito de plástico blanco y su tapa roja que una vez Leticia había mascado hasta estropear, para gran alarma nuestra (resultó al final que no había descubierto las pastillas escondidas debajo del algodón, pero una niña de dos o tres años está en riesgo todo el tiempo, el mundo entero es un peligro para ella). A punta de agua de la llave me tomé tres pastillas, una dosis mayor de la recomendada o recomendable, pero mi tamaño y mi peso me permiten esos excesos cuando el dolor es mucho. Luego me di una ducha larga, cosa que siempre me alivia; para cuando volví a nuestro cuarto Aura dormía o fingía dormir, y procuré no despertarla o mantener la conveniente ficción. Me desvestí, me acosté a su lado pero de espaldas a ella, y luego ya no supe más: un sueño inmediato me cayó encima.

Era muy temprano, sobre todo para un Viernes Santo, cuando salí a la mañana siguiente. La luz todavía no llenaba el aire del apartamento. Quise creer que fue por eso, por la somnolencia general que flotaba en el mundo, que no desperté a nadie para despedirme. El vibrador seguía en la mesa de la sala, colorido y plástico como un juguete que Leticia hubiera extraviado por ahí.

En el Alto del Trigo una neblina dura bajó sobre los viajeros, repentina como una nube que hubiera perdido el rumbo, y la visibilidad casi nula me obligó a reducir tanto la marcha que las campesinas en bicicleta iban más rápido que yo. La neblina se acumulaba en el vidrio como rocío, de manera que era necesario usar los limpiaparabrisas aunque no hubiera lluvia, y las figuras —el carro de adelante, un par de soldados flanqueando la vía con sus metralletas terciadas, un burro de carga— surgían poco a poco entre aquella sopa lechosa que no dejaba pasar la luz. Pensé en aviones volando bajo: «Arriba, arriba, arriba». Pensé en la neblina y recordé el célebre accidente de El Tablazo, en los remotos años cuarenta, pero no recordé si había sido culpa de la visibilidad de estas alturas traicioneras. «Arriba, arriba, arriba», me dije. Y luego, al bajar hacia Guaduas, la neblina se levantó como se había posado, y de repente se abrió el cielo y un golpe de calor transformó el día: estalló la vegetación, estallaron los olores, aparecieron puestos de frutas a la vera del camino. Comencé a sudar. Al abrir la ventana en algún momento, para comprarle a un vendedor ambulante una de las cervezas que se calentaban lentamente en una caja llena de hielo, mis gafas oscuras se empañaron con el golpe de calor. Pero el sudor era lo que más me molestaba. Los poros de mi cuerpo estaban, de repente, en el centro de mi conciencia.

Sólo pasado el mediodía llegué a la zona. Después de un trancón de casi una hora a la altura de Guarinocito (un camión con un eje roto puede ser letal en una vía de sólo dos carriles que carece de berma), después de que los farallones se alzaran en la distancia y mi carro entrara en la zona de las haciendas ganaderas, vi la rudimentaria escuelita que debía ver, seguí la distancia indicada junto a un gran tubo blanco que bordeaba la vía y giré a la derecha, en dirección al río Magdalena. Pasé junto a una estructura metálica donde alguna vez hubo una pancarta publicitaria, pero que ahora, vista desde lejos, era una suerte de gran corsé abandonado (unos cuantos gallinazos vigilaban la parcela desde los travesaños); pasé junto a un abrevadero donde bebían dos vacas, los cuerpos muy juntos, estorbándose y empujándose, las cabezas protegidas del sol por un escuálido techo de aluminio. Al cabo de trescientos metros de una carretera despavimentada, me encontré pasando junto a varios grupos de niños de torso desnudo que se gritaban y reían y levantaban una nube de polvo suelto al avanzar. Uno de ellos alargó una mano pequeña y morena con un pulgar extendido. Me detuve, acerqué el carro a la berma; ya quieto, sentí de nuevo en la cara y en el cuerpo el golpe violento del calor de las doce. Sentí de nuevo la humedad; sentí los olores. El niño habló primero.

«Yo voy hasta donde usté vaya, don.»

«Voy para Las Acacias», le dije. «Si sabe dónde es, lo llevo hasta allá.»

«Pues entonces no me sirve, don», me dijo el niño sin perder ni un segundo la sonrisa. «Es metiéndose por ahí, mire. Ese perro es de ahí. No muerde, tranquilo.»

Era un pastor alemán negro y cansado con una mancha blanca en la cola. Notó mi presencia, levantó las orejas y me miró sin interés; luego dio un par de vueltas debajo de un árbol de mango, la nariz junto a la tierra y la cola pegada a las costillas como un plumero, y al final se acostó junto al tronco y comenzó a lamerse una pata. Le tuve lástima: su pelaje no estaba diseñado para estos climas. Conduje un rato más, siempre debajo de árboles cuyo denso follaje no dejaba pasar la luz, hasta llegar frente a un portal de columnas sólidas y travesaño de madera del cual colgaba una tabla que parecía recién embadurnada con aceite para muebles, y en la tabla aparecía, pirograbado, el nombre soso y sin gracia de la propiedad. Tuve que bajar para abrir la puerta, cuyo pasador original parecía haberse atascado en su sitio en el principio de los tiempos; seguí avanzando un buen trecho sobre un camino abierto en el prado a fuerza de transitar por él, dos senderos de tierra separados por una cresta de hierba dura; y al final, más allá de un poste donde descansaba un gallinazo pequeño, llegué frente a una casa blanca de una sola planta.

Llamé, pero nadie apareció. La puerta estaba abierta: un comedor de vidrio y una sala de sillones claros, todo bajo el dominio de un ventilador cuyas aspas parecían animadas por una suerte de vida interior, de misión privada contra las altas temperaturas. En la terraza colgaban tres hamacas de colores vivos, y debajo de una de ellas alguien había dejado una guayaba mordida a medias que ahora se devoraban las hormigas. Estaba a punto de preguntar de un grito si no había nadie en casa cuando oí un silbido, y luego otro, y me costó un par de segundos descubrir, más allá de las buganvillas que flanqueaban la casa, más allá de los árboles de guanábana que crecían detrás de las buganvillas, la silueta que movía los brazos como pidiendo auxilio. Había algo monstruoso en aquella figura demasiado blanca de cabeza demasiado grande y piernas demasiado gruesas; pero no pude mirarla con la atención necesaria mientras caminaba hacia ella, porque toda mi concentración estaba puesta en no romperme un tobillo con las piedras o los desniveles del terreno, en no rasgarme la cara con las ramas bajas de los árboles. Detrás de la casa brillaba el rectángulo de una piscina que no parecía bien cuidada: un rodadero azul con la pintura dañada por el sol, una mesa redonda con el parasol plegado, la red de limpiar recostada a un árbol como si no hubiera sido utilizada nunca. En eso pensaba cuando llegué junto al monstruo blanco, pero para entonces ya la cabeza se había convertido en una máscara con velo, y la mano, en un guante de dedos gruesos. La mujer se quitó la máscara, se pasó una mano rápida por el pelo (castaño tirando a claro, cortado con intencionada torpeza, peinado con genuino descuido), me saludó sin sonreír y me explicó que había tenido que interrumpir la inspección de sus colmenas para venir a recibirme. Ahora tenía que volver al trabajo. «Es una bobada que vaya a aburrirse esperándome en la casa», me dijo pronunciando todas las letras, casi una por una, como si la vida le fuera en ello. «¿Alguna vez ha visto un panal de cerca?»

De inmediato me di cuenta de que tenía mi edad, años más o menos, aunque no podría decir qué secreta comunicación generacional había entre nosotros, ni si eso existe realmente: un conjunto de gestos o de palabras o un determinado timbre de voz, una manera de saludar o de moverse o de dar las gracias o de cruzar la pierna al sentarnos, que compartimos con los otros miembros de nuestra camada. Tenía los ojos verdes más claros que he visto nunca, y en su cara se daban cita la piel de una niña y la expresión de una mujer madura y trasegada: su cara era como una fiesta de la cual ya se han ido todos. No había adornos en ella, salvo por dos chispas de diamante (me pareció que eran diamantes) apenas visibles en los lóbulos estrechos. Vestida con su traje de apicultora que ocultaba sus formas, Maya Fritts me llevó a un cobertizo que alguna vez pudo haber sido una pesebrera: un cuarto oloroso a estiércol de cuyas paredes colgaban dos máscaras y un overol blanco.

«Póngaselo», me ordenó. «A mis abejas no les gustan los colores fuertes.»

Yo no hubiera dicho que el azul de mi camisa era fuerte, pero no protesté. «Yo no sabía que las abejas vieran en colores», le dije, pero ella estaba ya poniéndome un sombrero blanco en la cabeza y explicándome cómo se amarraba el velo de nylon de la máscara. Al pasarme los cordones por debajo de las axilas para abrocharlos detrás de la espalda, me abrazó como un pasajero al motociclista; me gustó la proximidad de su cuerpo (creí sentir la presión fantasma de sus senos sobre mi espalda) pero también la seguridad con que actuaban sus manos, la firmeza o la desvergüenza con que tocaban mi cuerpo. De alguna parte sacó otro par de cordones blancos, puso una rodilla en el suelo, me cerró con ellos las perneras del pantalón y me dijo, mirándome a los ojos sin pudor ninguno: «Para que no lo vayan a picar en zonas sensibles». Luego agarró una especie de botella de metal pegada a un fuelle amarillo y me pidió que la llevara, y se metió en los bolsillos un cepillo rojo y una palanqueta de acero.

Le pregunté cuánto hacía que tenía este pasatiempo.

«De pasatiempo nada», me dijo ella. «Yo vivo de esto, mi querido. La mejor miel de la región, si no le importa que se lo diga yo.»

«Bueno, pues la felicito. ¿Y hace cuánto produce la mejor miel de la región?»

Me lo explicó de camino a las colmenas. También me explicó otras cosas. Y así supe cómo había llegado a instalarse en esta propiedad que era su única herencia. «Mis padres compraron el terreno cuando yo nací, más o menos», dijo. De manera, comenté, que esto era lo único que le quedaba de ellos. «Quedó plata también», dijo Maya, «pero me la gasté en abogados». «Los abogados son caros», dije yo. «No», me dijo ella, «son como los perros: huelen el miedo y atacan. Y yo era muy inexperta cuando comenzó todo. Hay que decir que alguien menos honesto me habría podido quitar todo». Tan pronto como fue mayor de edad y pudo disponer de su vida, empezó a planear la manera de salir de Bogotá, y no había cumplido aún los veinte años cuando lo hizo definitivamente, renunciando a los estudios y peleándose con su madre por eso mismo. Para cuando salió por fin el juicio de sucesión, Maya llevaba ya una buena década instalada aquí. «Y nunca me arrepentiré de haberme ido de Bogotá», me dijo. «No podía más, detesto esa ciudad. No he vuelto, no sabría decir qué pasa ahora, tal vez usted me pueda contar. ¿Usted vive en Bogotá?»

«Sí.»

«¿Nunca ha salido?»

«Nunca», dije. «Ni durante los peores años.»

«Ni yo. Me tocó todo.»

«¿Con quién vivía?»

«Con mi madre, claro», dijo Maya. «Una vida rara, ahora que lo pienso, las dos solas. Luego cada una escogió su camino, usted sabe cómo funcionan esas cosas.»

En 1992 puso en Las Acacias las primeras colmenas rústicas, una decisión por lo menos curiosa en una persona que, según su propia confesión, no sabía de apicultura más que yo en este momento. Pero aquellas colmenas apenas le duraron unos cuantos meses: Maya no soportaba tener que destruir los panales y matar a las abejas cada vez que recogía la miel y la cera, y en secreto le parecía que las abejas sobrevivientes escapaban llevando el mensaje a toda la región y un día, durante la siesta en la hamaca de la piscina, le caería encima una nube de aguijones vengadores. Cambió las cuatro colmenas rústicas por tres de panales móviles, y nunca más tuvo que matar a una abeja.

«Pero de eso hace ya siete años», le dije. «¿No ha vuelto a Bogotá en todo este tiempo?»

«Bueno, sí. Para cosas de abogados. Para buscar a la señora aquella, Consuelo Sandoval. Pero nunca he pasado la noche en Bogotá, ni siquiera he dejado que la noche me coja en Bogotá. No lo soportaría, no soporto más de algunas horas.»

«Y por eso prefiere que los demás vengamos a verla.»

«Nadie viene a verme. Pero sí, así es la cosa. Por eso preferí que usted viniera.»

«Entiendo», dije.

Maya levantó la cara.

«Sí, creo que usted me entiende», dijo. «Cosas de nuestra generación, me imagino. Los que hemos crecido en los ochenta, ¿verdad? Tenemos una relación especial con Bogotá, yo no creo que sea normal eso.»

Las últimas sílabas de su frase quedaron ahogadas en un zumbido estridente. Estábamos a unos pasos del apiario. El terreno allí era ligeramente inclinado, y a través del velo no me quedaba fácil mirar dónde ponía los pies, pero aun así pude asistir al mejor espectáculo del mundo: una persona haciendo bien su oficio. Maya Fritts me tomó del brazo para que nos acercáramos a las colmenas de lado, no de frente, y con señas me pidió la botella que yo había cargado todo el tiempo. La levantó a la altura de la cara y accionó el fuelle una vez, para probar el mecanismo, y un fantasma de humo blanco salió por la boquilla y se disolvió en el aire. Maya metió la boquilla por una abertura de la primera colmena y volvió a oprimir el fuelle amarillo, una vez, dos veces, tres, llenando la colmena de humo, y luego quitó la tapa para fumigar de un golpe el interior. Yo di un paso atrás y me llevé un brazo a la cara, por puro instinto; pero allí donde había pensado encontrarme una revolución de abejas histéricas saliendo a picar lo que se cruzara en su camino, lo que vi fue todo lo contrario: las abejas estaban quietas y tranquilas, y los cuerpos se solapaban. El zumbido cedió entonces: casi fue posible ver las alas deteniéndose, los anillos negros y amarillos dejando de vibrar como si se les hubieran acabado las pilas.

«¿Qué les echó?», pregunté. «¿Qué hay en esa botella?»

«Madera seca y boñiga de vaca», dijo Maya.

«¿Y el humo las duerme? ¿Qué les hace?»

No me contestó. Con ambas manos levantó el primer panal y le dio una brusca sacudida, y las abejas drogadas o dormidas o atontadas cayeron en la colmena. «Páseme el cepillo», me dijo Maya Fritts, y lo utilizó para barrer delicadamente a las pocas tercas que se habían mantenido aferradas a la miel. Algunas abejas se subían a los dedos, daban vueltas entre las cerdas suaves del cepillo, un poco curiosas o quizás borrachas, y Maya se las quitaba de encima con un movimiento fino, el trazo de un pincel. «No, linda», le decía a alguna, «tú a tu casa». O bien: «Bájate de ahí, que hoy no estamos para jugar». El mismo procedimiento —la extracción de los panales, la barrida de las abejas, los diálogos cariñosos— se repitió en las demás colmenas, y mientras tanto Maya Fritts miraba todo con los ojos bien abiertos y de seguro tomaba notas mentales de cosas que veía y que yo, profano, era incapaz de ver. Les daba la vuelta a los marcos de madera, los miraba del derecho y del revés, un par de veces volvió a utilizar el humo de la botella, como si temiera que alguna abeja indisciplinada fuera a despertarse a destiempo, y yo aproveché para quitarme un guante y poner la mano en el chorro, sólo por saber un poco más acerca de aquel humo frío y oloroso: el olor, que tenía más de madera que de boñiga, permanecería en mi piel hasta bien entrada la noche. Además, quedaría para siempre asociado a la larga conversación con Maya Fritts.

Después de revisar las colmenas, después de devolver ahumadores y cepillos y palanquetas a sus lugares en el cobertizo, Maya me llevó a la casa y me sorprendió con una lechona que sus empleados habían estado cocinando toda la mañana para nosotros. Lo primero que sentí al entrar fue el alivio instantáneo del cuerpo, que se había acostumbrado sin chistar al calor del mediodía, pero que al recibir ese golpe de sombra y aire fresco se dio cuenta por fin de cuánto había sufrido antes, metido en el overol y los guantes y la máscara. Tenía la espalda empapada de sudor y la camisa pegada al pecho, y mi cuerpo pedía a gritos un consuelo cualquiera. Dos ventiladores, uno sobre el salón y otro sobre el comedor, giraban furiosamente. Antes de sentarnos a almorzar, Maya Fritts sacó de alguna parte una caja y la trajo al comedor. Era una artesanía de mimbre del tamaño de una maleta pequeña, con una tapa rígida y fondo reforzado, y en cada extremo llevaba una manija o asa tejida para poder levantarla mejor, cargarla mejor. Maya la puso en la cabecera de la mesa, como un invitado, y se sentó en la cabecera opuesta. Entonces, mientras se servía la ensalada en un cuenco de madera, me preguntó qué había llegado a saber de Ricardo Laverde, si había llegado a conocerlo a fondo.

«No mucho», le dije. «Fueron unos meses solamente.»

«¿Le molesta recordar estas cosas? Por lo de su accidente, digo.»

«Ya no», dije. «Pero es como le digo, no sé gran cosa. Sé que quería mucho a su madre. Sé lo del vuelo de Miami. No sabía de usted, en cambio.»

«¿Nada? ¿Él nunca habló de mí?»

«Nunca. Sólo de su madre. Elena, ¿no?»

«Elaine. Se llamaba Elaine, los colombianos le cambiaron el nombre por Elena y ella se dejó. O se acostumbró.»

«Pero Elena no quiere decir Elaine.»

«Si supiera», me dijo, «cuántas veces la oí explicar eso».

«Elaine Fritts», dije. «Para mí debería ser una extraña, y no lo es. Es raro. Bueno, usted sabrá lo de la caja negra.»

«¿Lo del casete?»

«Sí. Yo no tenía manera de saber que estaría hoy aquí, Maya. Habría tratado de quedarme con esa cinta. No creo que hubiera sido tan difícil.»

«Ah, por eso no se preocupe», dijo Maya. «Yo la tengo.»

«¿Cómo?»

«Claro, ¿qué esperaba? Es el avión donde murió mi madre, Antonio. Yo me demoré un poco más que usted. En encontrar la cinta, quiero decir, la casa de Ricardo y la cinta. Usted me llevaba ventaja, usted que lo acompañó al final, pero bueno, busqué y al fin llegué, tampoco es culpa mía.»

«Y Consu le dio la cinta.»

«Me la dio, sí. Y ahí la tengo. La primera vez que la oí quedé destrozada. Tuve que dejar que pasaran días enteros antes de volverla a oír, y con todo y eso me parece que he sido muy valiente, otra persona la habría guardado para no oírla nunca más. Pero yo sí, yo sí volví a oírla, y luego ya no he parado. No sé cuántas veces, veinte o treinta. Al principio pensaba que volvía a ponerla para encontrar algo en ella. Luego me he dado cuenta de que la pongo precisamente porque no voy a encontrar nada. Papá la oyó una sola vez, ¿verdad?»

«Que yo sepa.»

«Ni me puedo imaginar lo que sintió.» Maya hizo una pausa. «La adoraba, adoraba a mi madre. Como las buenas parejas, claro, pero con él era especial. Por lo que se fue.»

«No entiendo.»

«Pues que él se fue y ella siguió siendo la misma de antes. Quedó como paralizada en su memoria, por decirlo así.»

Se quitó las gafas, se llevó dos dedos (una pinza) a los lagrimales: el gesto universal de los que no quieren llorar. Me pregunté en qué parte de nuestro código genético están esos gestos que se repiten en cualquier parte del mundo, en todas las razas y todas las culturas, o casi. O tal vez no era así, pero el cine ubicuo nos lo había hecho creer. Sí, eso también era posible. «Perdón», decía Maya Fritts. «Todavía me pasa.» En la piel pálida de su nariz apareció un rubor, un repentino resfrío.

«Maya», le dije, «¿le puedo hacer una pregunta?».

«A ver.»

«¿Qué hay ahí?»

No tuve que aclarar a qué me refería. No miré la caja de mimbre al hablar, no la señalé de ninguna manera (ni siquiera con la boca, según suelen hacer algunos: frunciendo los labios y moviendo la cabeza como un caballo). Maya Fritts, en cambio, miró hacia el otro lado de la mesa y me habló con la mirada fija en el puesto vacío.

«Bueno, es para eso que le pedí venir», dijo. «A ver si puedo explicárselo bien.» Hizo una pausa, rodeó el vaso de cerveza con los dedos pero no llegó a llevárselo a la boca. «Quiero que me hable de mi padre.» Otra pausa. «Perdón, eso ya se lo dije.» Una pausa más. «Mire, yo no llegué a... Yo era muy pequeña cuando él... En fin, quiero que me cuente de sus últimos días, usted que los vivió con él, y quiero que lo haga con todo el detalle posible.»

Entonces se puso de pie y trajo la caja de mimbre, que debía de pesar lo suyo porque Maya tenía que cargarla apoyándosela en el vientre y poniendo una mano en cada manija, como la batea de ropa sucia de una lavandera de otro siglo. «Mire, Antonio, el asunto es así», dijo. «Esta caja está llena de cosas sobre mi padre. Fotos, cartas que le escribieron, cartas que él escribió y que yo he recuperado. Todo este material lo he conseguido yo, no es que me lo haya encontrado por la calle, me ha costado un esfuerzo. La señora Sandoval tenía muchas cosas, por ejemplo. Tenía esta foto, mire.» La reconocí de inmediato, por supuesto, y la hubiera reconocido aun si alguien hubiera recortado o eliminado la figura de Ricardo Laverde. Ahí estaban las palomas de la plaza de Bolívar, ahí estaba el carrito de maíz, ahí el Capitolio, ahí el fondo gris del cielo de mi gris ciudad. «Era para su madre», dije. «Era para Elaine Fritts.»

«Yo sé», dijo Maya. «¿Usted ya la había visto?»

«Él me la mostró, acababa de tomársela.»

«¿Y le mostró otras cosas? ¿Le dio algo a usted, una carta, un documento?»

Pensé en la noche en que me negué a entrar en la pensión de Laverde. «Nada», dije. «¿Qué más hay?»

«Cosas», dijo Maya, «cosas sin importancia, cosas que no dicen nada. Pero a mí tenerlas me tranquiliza. Son la prueba. Mire», dijo, y me mostró un papel timbrado. Era una factura: arriba, a la izquierda, estaba el logotipo del hotel, un círculo de un color indefinido o indefinible (el tiempo había hecho de las suyas sobre el papel) sobre el cual se distribuían las palabras *Hotel, Escorial* y *Manizales*. A la derecha del logotipo, el siguiente texto formidable:

> *Las cuentas se cobran el viernes de cada mes y el pago debe ser inmediato. Sin alimentación no se acepta. A quien ocupe un cuarto le cobrará el Hotel como mínimo un día.*

Luego constaban la fecha, 29 de septiembre de 1970, la hora de llegada de la huésped, 3:30 p. m., y el número de la habitación, 225; sobre la cuadrícula que seguía, escrita a mano, la fecha de salida (30 de septiembre, se había quedado sólo una noche) y la palabra *Cancelada*. La huésped se llamaba Elena de Laverde —me la imaginé dando su apellido de casada para quitarse de encima a cualquier acosador potencial— y durante su breve estadía en el hotel había hecho una llamada y comido una comida y un desayuno, pero no había utilizado el servicio de cablegramas, lavandería, prensa o automóvil. Una página sin importancia y a la vez una ventana a otro mundo, pensé. Y esta caja estaba llena de ventanas semejantes.

«¿La prueba de qué?», dije.

«¿Perdón?»

«Usted dijo antes que estos papeles son la prueba.»

«Sí.»

«Pues eso. La prueba de qué.»

Pero Maya no me contestó. En cambio siguió revolviendo los documentos con la mano y me habló sin mirarme. «Todo esto lo conseguí hace poco», me dijo. «Averigüé nombres y direcciones, escribí a Estados Unidos diciendo quién soy, negocié por carta y por teléfono. Y un día me llegó un paquete con las cartas que mamá escribió cuando llegó a Colombia por primera vez, allá por el 69. Así ha sido con todo, una labor de historiadora. A mucha gente le parece absurdo. Y no sé, no sé muy bien cómo justificarlo. No he cumplido treinta años y ya vivo aquí, lejos de todo, como una solterona, y esto se ha vuelto importante para mí. Construir la vida de mi padre, averiguar quién era. Eso es lo que estoy tratando de hacer. Claro, no me hubiera metido en nada de esto si no me hubiera quedado así, sola, sin nadie, y tan de repente. La vaina comenzó con lo de mi madre. Fue tan absurdo eso... A mí la noticia me llegó aquí, yo estaba en esta hamaca donde estoy ahora, cuando supe que se había estrellado el avión. Yo sabía que ella iba en ese avión. Y tres semanas después, lo de mi padre.»

«¿Cómo se enteró?»

«Por *El Espacio*», me dijo ella. «Salió en *El Espacio,* con fotos y todo.»

«¿Fotos?»

«Del charco de sangre. De dos o tres testigos. De la casa. De la señora Sandoval, la que me habló de usted. Del cuarto de él, y eso fue muy doloroso. Un periódico amarillista que yo siempre había despreciado, siempre había despreciado sus viejas empelotas y sus fotos morbosas y sus textos mal escritos y hasta su crucigrama, que es demasiado fácil. Y la noticia más importante de mi vida me llega por ahí. Dígame que no es irónico. Pues eso, fui a comprar algo a La Dorada y ahí estaba el periódico, colgando junto a los balones de playa y los juegos de caretas y aletas para turistas de tierra caliente. Después, un día cualquiera, me di cuenta. Pongamos que era sábado (yo estaba desayunando aquí, en la terraza, y eso sólo lo hago los fines de semana), sí, digamos un sábado, me di cuenta de que me había quedado sola. Habían pasado ya meses y yo había sufrido mucho y no sabía por qué sufría tanto, si llevábamos mucho tiempo separados, viviendo cada uno por su cuenta. No teníamos una vida en común ni nada que se le pareciera. Y eso fue lo que me pasó: que estaba sola, me había quedado sola, ya no había nadie entre mi muerte y yo. Ser huérfano es eso: no hay nadie por delante, uno es el siguiente en la línea. Es su turno. Nada cambió en mi vida, Antonio, yo llevaba muchos años sin ellos, pero ahora ellos ya no estaban en ninguna parte. No sólo no estaban conmigo: no estaban en ninguna parte. Era como si se hubieran ausentado. Y como si me miraran, sí, esto es difícil de explicar, pero me miraban, Elaine y Ricardo me miraban. Es dura, la mirada de los ausentes. En fin, usted ya se imagina lo que vino después.»

«Siempre me ha parecido muy raro», dije.

«¿Qué cosa?»

«Pues que la esposa de un piloto se haya matado en un accidente de avión.»

«Ah. Bueno, no es tan raro cuando uno sabe ciertas cosas.»

«¿Como qué?»

«¿Tiene tiempo?», me preguntó Maya. «¿Quiere leer algo que no tiene nada que ver con mi padre y al mismo tiempo tiene todo que ver?»

De la caja sacó una revista *Cromos* con un diseño que yo no conocía —el nombre en letras blancas sobre un recuadro rojo— y una foto a colores de una mujer en vestido de baño, las manos puestas delicadamente sobre un cetro, la corona haciendo equilibrio sobre su pelo hinchado: una reina de belleza. La revista era de noviembre de 1968, y la mujer, según me enteré de inmediato, era Margarita María Reyes Zawadzky, señorita Colombia de ese año. La portada traía varios titulares, letras amarillas sobre el fondo azulado del mar Caribe, pero no tuve tiempo de leerlos, porque los dedos de Maya Fritts ya estaban abriendo la revista en una página marcada con un *post-it* amarillo. «Hay que tratarla con cuidado», me dijo Maya. «El papel no dura nada en esta humedad, yo no sé cómo ha aguantado tantos años éste. Bueno, aquí está.» LA TRA-GEDIA DE SANTA ANA, era el titular de cuerpo generoso. Y luego un reclamo de pocas líneas: «Treinta años después del accidente aéreo que marcó a Colombia, *Cromos* rescata en exclusiva el testimonio de un sobreviviente». El artículo aparecía al lado de un aviso del *Club del Clan,* y me pareció gracioso, porque varias veces había escuchado a mis padres hablar de ese programa de televisión. Una jovencita dibujada tocaba la guitarra sobre la leyenda *Televisión limitada.* «Un mensaje dirigido a la juventud colombiana», se jactaba el aviso, «no está completo si no incluye el *Club del Clan*».

Iba a preguntar de qué se trataba aquello cuando mis ojos cayeron sobre el apellido Laverde, desperdigado por las páginas como las huellas de un perro con patas sucias.

«¿Quién es este Julio?»

«Mi abuelo», dijo Maya. «Que en el momento de los hechos todavía no era mi abuelo. Ni era mi abuelo ni nada, tenía quince años.»

«Mil novecientos treinta y ocho», dije.

«Sí.»

«Ricardo no está en este artículo.»

«No.»

«No ha nacido todavía.»

«Le faltan unos cuantos años», dijo Maya.

«¿Entonces?»

«Entonces le pregunto: ¿tiene tiempo? Porque si está de afán yo lo entendería. Pero si quiere saber de verdad quién era Ricardo Laverde, comience por aquí.»

«¿Quién lo escribió?»

«Eso no importa. No sé. No importa.»

«Cómo que no importa.»

«La redacción», dijo Maya, impaciente. «Lo escribió la redacción, un periodista cualquiera, un reportero, no sé. Un tipo sin nombre que un día llegó a la casa de mis abuelos y comenzó a hacer preguntas. Y luego vendió el artículo y luego siguió escribiendo otros. ¿Qué importa, Antonio? ¿Qué importa quién lo escribió?»

«Pero es que no entiendo», dije. «Qué es esto.»

Maya suspiró: fue un suspiro caricaturesco, como el de un mal actor, pero en ella parecía genuino, igual que genuina era su impaciencia. «Esto es el relato de un día», dijo. «Mi bisabuelo lleva a mi abuelo a una exhibición de aviones. El capitán Laverde lleva a su hijo Julio a ver aviones. Su hijo Julio tiene quince años. Luego va a crecer y se va a casar y va a tener a un hijo y le va a poner Ricardo. Y Ricardo va a crecer y me va a tener a mí. No sé qué es tan difícil de entender. Esto es el primer regalo que le hizo mi padre a mi madre, mucho antes de que se casaran. Yo lo leo ahora y entiendo muy bien.»

«Qué cosa.»

«Que le haya regalado esto. Para ella fue un gesto ostentoso y hasta un poco arribista: mire lo que escriben de mi familia, mi familia sale en la prensa, etcétera. Pero luego se fue dando cuenta. Ella era una gringa perdida que estaba saliendo con un colombiano sin entender gran cosa ni de Colombia ni del colombiano. Cuando uno es nuevo en una ciudad, lo primero es conseguir una guía, ¿cierto? Bueno, pues eso es este artículo de 1968 sobre un día de treinta años atrás. Mi padre le estaba entregando a mi madre una guía. Sí, una guía, por qué no pensarlo así. Una guía de Ricardo Laverde. Una guía de sus emociones, con todas las rutas bien marcadas, y todo.»

Dejó un silencio y añadió:

«Bueno, usted dirá. ¿Le pido una cerveza?»

Le dije que sí, una cerveza, muchas gracias. Y comencé a leer. «Bogotá estaba de fiesta», así comenzaba el texto. Y luego:

Ese domingo de 1938 se celebraban los cuatrocientos años de su fundación, y la ciudad entera estaba llena de banderas. El aniversario no era ese día exactamente, sino un poco después; pero las banderas ya estaban por toda la ciudad, pues a los bogotanos de esa época les gustaba hacer las cosas con tiempo. Muchos años después, recordando ese día aciago, Julio Laverde hablaría sobre todo de las banderas. Recordaría a su padre llevándolo a pie desde la casa de la familia hasta el Campo de Marte, en el barrio de Santa Ana, que en esa época era menos un barrio que un descampado y quedaba más bien apartado de la ciudad. Pero con el capitán Laverde no había la más remota posibilidad de que uno agarrara un bus o aceptara un aventón; caminar era una actividad noble y honorable y moverse sobre ruedas, una cosa de nuevos ricos y plebeyos. Según Julio, el capitán Laverde se pasó el trayecto entero hablando de las banderas, repitiendo que un bogotano de verdad tenía que saber el significado de su bandera y proponiéndole a su hijo pruebas constantes de cultura urbana.

—¿No les enseñan estas cosas en el colegio? —decía—. Es una vergüenza. Adónde va esta ciudad en manos de estos ciudadanos.

Y entonces lo obligaba a recitar que el rojo era símbolo de libertad, caridad y salud, y el amarillo de justicia, virtud y clemencia. Y Julio repetía sin chistar:

—Justicia, clemencia y virtud. Libertad, salud, caridad.

El capitán Laverde era un héroe condecorado de la guerra con el Perú. Había volado junto con Gómez Niño y Herbert Boy, entre otras leyendas, y había tenido un comportamiento distinguido en la operación de Tarapacá y en la toma de Güepí. Gómez, Boy y Laverde, éstos eran los tres nombres de que se habló después siempre que se quiso hablar del papel de las Fuerzas Aéreas Colombianas en la victoria. Los tres mosqueteros del aire: uno para todos y todos para uno. Aunque no siempre eran los mismos los mosqueteros. A veces se trataba de Boy, Laverde y Andrés Díaz; o de Laverde, Gil y Von Oertzen. Eso dependía de quién contara la historia. Pero el capitán Laverde siempre estaba allí.

Pues bien, esa mañana de domingo, en el Campo de Marte, se había programado una revista de aviación militar para celebrar el aniversario de Bogotá. Era un evento fastuoso como el que hubiera armado un emperador romano. El capitán Laverde se había citado allí con tres veteranos, amigos que no veía desde el armisticio porque ninguno de ellos vivía en Bogotá, pero tenía, además, otras razones para asistir a la revista. Por una parte, había sido invitado a la tribuna presidencial por el mismísimo presidente López Pumarejo. O casi: el general Alfredo De León, muy cercano al Presidente, le había dicho que al Presidente le daría mucho gusto contar con su ilustre presencia.

—Imagínese —le decía—, una figura como usted que ha defendido nuestros colores contra el enemigo agresor, un hombre como usted a quien debemos la libertad de la patria y la integridad de sus fronteras.

El honor de la invitación presidencial era entonces otra de las razones. Pero había una razón añadida, menos honrosa pero más perentoria. Entre los pilotos que iban a volar estaba el capitán Abadía.

César Abadía no había cumplido los treinta, pero ya el capitán Laverde había vaticinado que aquel jovencito de provincias, delgado y sonriente y que a pesar de su corta edad contaba unas dos mil quinientas horas de vuelo, se iba a convertir en el mejor piloto de máquinas livianas de la historia colombiana. Laverde lo había visto volar durante la guerra con el Perú, cuando el capitán no era capitán sino teniente, un jovenzuelo de Tunja que daba lecciones de valor y dominio a los más experimentados pilotos alemanes. Y Laverde lo admiraba como se admira desde la simpatía y la experiencia: la simpatía de saber que uno también es admirado y la experiencia de saber que uno tiene la que al otro le falta. Pero lo que le importaba a Laverde no era ver él mismo las reputadas hazañas aéreas del capitán Abadía: lo que buscaba y deseaba era *que las viera su hijo*. Para eso llevaba a Julio al Campo de Marte. Para eso le había hecho atravesar Bogotá a pie y entre banderas. Para eso le había explicado que iban a ver tres tipos de aviones, los Junker, los Falcon de la cuadrilla de observación y los Hawk de la cuadrilla de caza. El capitán Abadía volaría un Hawk 812, una de las máquinas más ágiles y veloces jamás inventadas por el hombre para las duras y crueles tareas de la guerra.

—Hawk quiere decir halcón en inglés —le dijo el capitán al joven Julio, al tiempo que le desordenaba con la mano el pelo corto—. Tú sabes lo que es un halcón, ¿no?

Julio dijo que sí, que lo sabía bien, que muchas gracias por la explicación. Pero habló sin entusiasmo. Iba mirando el pavimento, o tal vez mirando los zapatos de la multitud, las cincuenta mil personas con que ya se habían topado y entre las cuales ya se mezclaban. Los abrigos rozándose, los bastones de madera y los paraguas cerrados chocando y enredándose, las ruanas que dejaban una estela de olor a lana virgen, los uniformes militares de hombros engalanados y pechos cubiertos de medallas, los policías en activo que caminaban con paso lento entre la gente o que la observaban desde arriba, montados en caballos altos y mal alimentados que iban dejando en lugares impredecibles un azaroso rastro de excrementos hediondos... Julio nunca había visto tanta gente junta. En Bogotá nunca se había reunido tanta gente en un mismo lugar y con un mismo propósito.

Y tal vez fue el ruido que hacía la gente, sus saludos entusiastas, sus conversaciones a gritos, o tal vez los olores mezclados que despedían sus alientos y sus ropas, el caso es que Julio se sintió de repente metido en un carrusel que giraba demasiado rápido, sintió que los colores sabían a algo amargo y que tenía pasto en la lengua.

—Estoy mareado —le dijo al capitán Laverde.

Pero Laverde no le hizo caso. O mejor, sí le hizo caso, pero no para preocuparse de su mareo sino para presentarle a un hombre que ya se acercaba. Era alto, tenía bigote a lo Rodolfo Valentino y vestía uniforme militar.

—General De León, le presento a mi hijo —dijo el capitán. Y luego le habló a Julio—: El general es el prefecto general de seguridad.

—General prefecto general —dijo el general—. Ojalá le cambiaran el nombre al puesto. Mire, capitán Laverde, me manda el Presidente para que lo lleve a su sitio, es que en esta marabunta es tan fácil perderse.

Ése era Laverde: un capitán a quien venían a buscar generales en nombre del Presidente. Y así fue como el capitán y su hijo se encontraron caminando hacia la tribuna presidencial un par de pasos por detrás del general De León, tratando de seguirlo, de no perderlo de vista y de fijarse al mismo tiempo en el mundo extraordinario de las celebraciones. Había llovido la noche anterior y quedaban charcos aquí y allá, y si no había charcos había parches de barro donde los tacones de las mujeres se quedaban clavados. Eso le sucedió a una jovencita de bufanda rosada: perdió un zapato, éste de color crema, y Julio se agachó para recuperarlo mientras ella, coja y sonriente, se quedaba paralizada como un flamenco. Julio la reconoció. Estaba seguro de haberla visto en las páginas sociales: era extranjera, le parecía, hija de negociantes o de industriales. Sí, era eso, la hija de unos empresarios europeos. ¿Pero quiénes eran? ¿Importadores de máquinas de coser, fabricantes de cerveza? Trató de encontrar el nombre en su memoria, pero no tuvo tiempo de hacerlo, porque ya el capitán Laverde lo agarraba del brazo y lo hacía subir por los crujientes peldaños de madera que llevaban a la tribuna presidencial, y por encima del hombro Julio alcanzó a ver cómo la bufanda rosada y los zapatos crema empezaban a subir las otras escaleras, las de la tribuna diplomática. Eran dos estructuras idénticas y estaban separadas por una franja de terreno ancha como una avenida, como cabañas de dos niveles construidas sobre pilotes gruesos, la una puesta al lado de la otra pero las dos mirando hacia el terreno baldío sobre el cual pasarían los aviones. Idénticas, sí, salvo por un detalle: en el medio de la tribuna presidencial se levantaba un mástil de dieciocho metros de alto donde ondeaba la bandera colombiana. Años después, hablando de lo sucedido ese día, Julio llegaría a decir que esa bandera, puesta precisamente en ese espacio, le había causado desconfianza desde el primer momento. Pero es fácil decir esas cosas cuando ya todo ha pasado.

El ambiente era el de una fiesta mayor. Las ráfagas de aire traían olores de fritanga, la gente llevaba en la mano bebidas que terminaban antes de subir. Cada tablón de las dos escaleras estaba lleno con la gente que no había cabido en las tribunas, y también el espacio de terreno entre las dos escaleras. Julio se sintió mareado y lo dijo, pero el capitán Laverde no lo oyó: caminar entre los invitados era difícil, había que saludar a los conocidos y al mismo tiempo despreciar a los advenedizos, cuidarse mucho de desairar a alguien a la vez que se cuidaba uno de honrar con el saludo a quien no debía. Abriéndose paso entre la gente, sin despegarse un instante, el capitán y su hijo ganaron la baranda. Desde allí Julio vio a dos hombres de pelo escaso que conversaban con aire circunspecto a pocos metros del mástil, y a éstos sí que los reconoció enseguida: eran el presidente López, vestido de colores claros y corbata oscura y gafas de marco redondo, y el presidente electo Santos, vestido con colores oscuros y chaleco claro y gafas de marco redondo también. El hombre que salía y el hombre que entraba: el destino del país resuelto en dos metros cuadrados de una construcción de carpintería. Una pequeña muchedumbre de gente prestante —los Lozano, los Turbay, los Pastrana— separaba el palco de los presidentes de la parte trasera de la tribuna, digamos del nivel superior, donde estaban los Laverde. Desde la distancia, por encima de la muchedumbre prestante, el capitán saludó con la mano a López, López le devolvió el saludo con una sonrisa que no enseñaba los dientes, y entre los dos se hicieron señas mudas de encontrarse después porque ahora la cosa comenzaba. Santos se dio la vuelta para ver con quién se hacía señas López; reconoció a Laverde, inclinó levemente la cabeza, y en ese momento aparecieron en el cielo los trimotores Junker y arrastraron con su estela todas las miradas.

Julio estaba absorto. Nunca había visto maniobras de tanta complejidad a tan poca distancia. Los Junkers eran pesados, y su cuerpo veteado les daba un aspecto de grandes peces prehistóricos, pero se movían con dignidad. Cada vez que pasaban, el aire desplazado llegaba como olas a la tribuna, despeinando a las damas que no llevaban sombrero. El cielo nublado de Bogotá, esa sábana sucia que parecía haber cubierto la ciudad desde su fundación, era la pantalla perfecta para la proyección de esta película. Sobre el fondo de las nubes pasaban los tres trimotores y ahora los seis Falcon, como de un lado al otro de un gigantesco teatro. La formación era de una perfecta simetría. Julio olvidó por un instante el sabor amargo de la boca y su mareo desapareció y su atención se perdió en los cerros orientales de la ciudad, su silueta brumosa que se extendía al fondo, larga y oscura como la de un lagarto dormido. Sobre los cerros estaba lloviendo: la lluvia, pensó, no tardaría en llegar hasta aquí. Los Falcon volvían a pasar y se volvía a sentir el remezón del aire. El estruendo de los motores no alcanzaba a ahogar los gritos admirados de las tribunas. El disco traslúcido de las hélices en movimiento soltaba breves estallidos de luz cuando el avión dibujaba un giro. Entonces aparecieron los cazas. Salieron de ninguna parte, asumieron de inmediato una formación de golondrinas migratorias, y de repente era difícil recordar que las criaturas no estaban vivas, que había alguien al mando. «Es Abadía», dijo una voz de mujer. Julio se dio la vuelta para ver quién había sido, pero entonces las mismas palabras se repitieron desde otro lado de la tribuna: el nombre del piloto estrella se movía entre la gente como un mal rumor. El presidente López levantó un brazo marcial y señaló el cielo.

—Ahora sí —dijo el capitán Laverde—. Aquí viene lo de verdad.

Junto a Julio había una pareja de unos cincuenta años, un hombre de corbatín a lunares y su mujer, cuya cara de ratón no ocultaba que alguna vez había sido bella. Julio escuchó que el hombre decía que iba a acercar el carro. Y escuchó también a su esposa: «Pero qué bobada, quédate aquí y vamos después, te vas a perder lo mejor». En ese momento, el escuadrón pasó volando a poca altura frente a la tribuna y enfiló hacia el sur. Los aplausos estallaron, y Julio aplaudió también. El capitán Laverde se había olvidado de él: su mirada estaba fija en lo que sucedía en el cielo, los peligrosos diseños que tenían lugar allá arriba, y entonces Julio comprendió que tampoco su padre había visto nunca nada semejante. «Yo no sabía que cosas así se podían hacer con un avión», diría Laverde mucho después, cuando el episodio fuera revivido en reuniones sociales, o en cenas familiares. «Era como si Abadía hubiera suspendido las leyes de la gravedad.» Volviendo desde el sur, el caza Hawk del capitán Abadía se apartó de la formación, o más bien fueron los demás Hawks los que se apartaron, dispersándose como un ramillete. Julio no supo en qué momento se quedó solo Abadía, ni dónde se habían metido los otros ocho pilotos, que desaparecieron de repente como si la nube se los hubiera tragado. Entonces la nave solitaria pasó por primera vez frente a la tribuna haciendo un rollo que arrancó gritos y aplausos. Las cabezas la siguieron y la vieron serpentear y volverse sobre sí misma y regresar, esta vez volando más bajo y a más velocidad, dibujar un nuevo rollo con las montañas como fondo, luego perderse de nuevo en los cielos del norte, luego volver a aparecer en ellos, como surgiendo de la nada, y enfilar hacia las tribunas.

—¿Qué está haciendo? —dijo alguien.

El Hawk de Abadía venía en línea recta hacia donde estaban los asistentes.

—Pero qué hace ese loco —dijo alguien más.

Esta vez la voz vino desde abajo, desde alguno de los acompañantes del presidente López. Sin saber por qué, Julio miró en ese momento al Presidente y lo vio aferrado con ambas manos a la baranda de madera, como si no estuviera en una construcción bien plantada sobre la tierra, sino en un barco en altamar. Volvió a sentir el sabor acre en la boca, el mareo, y además un repentino dolor en la frente y detrás de los ojos. Y fue entonces que el capitán Laverde dijo, en voz baja y para nadie, o sólo para sí mismo, con una mezcla de admiración y envidia, como quien observa a otro resolver un enigma:

—Caray. Quiere coger la bandera.

Lo que siguió después ocurrió para Julio como fuera del tiempo, como una alucinación producida por la jaqueca. El caza del capitán Abadía se acercó a la tribuna presidencial a cuatrocientos kilómetros por hora, pero parecía flotar inmóvil en el mismo lugar del aire fresco; y a pocos metros dio un rollo en el aire y luego otro —rizar el rizo, lo llamaba el capitán Laverde—, y todo en medio de un silencio de muerte. Julio recordaría cómo tuvo tiempo de mirar a su alrededor, de ver las caras paralizadas por el miedo y el asombro, y las bocas abiertas como si gritaran. Pero no había gritos: el mundo se había callado. En un instante Julio comprendió que su padre tenía razón: el capitán Abadía había buscado terminar sus dos rollos pasando tan cerca de la bandera ondeante que pudiera coger la tela con la mano, una pirueta imposible dedicada al presidente López como un torero dedica un toro. Todo eso lo comprendió, y tuvo tiempo aun de preguntarse si los demás lo habían comprendido también. Y entonces sintió en los ojos la sombra del avión, cosa imposible porque no había sol, y sintió un soplo que olía a algo quemado, y tuvo la presencia de espíritu para ver cómo el caza de Abadía daba un salto extraño en el aire, se doblaba como si fuera de caucho y se precipitaba a tierra, destrozando al caer las tejas de madera de la tribuna diplomática, llevándose por delante la escalera de la tribuna presidencial y reventando en pedazos al chocar contra el prado.

El mundo estalló. Estalló el ruido: el de los gritos, el de los taconeos sobre los suelos de madera, el ruido que hacen los cuerpos que huyen. Estalló, allí donde el avión había caído, una nube negra que no parecía humo, sino ceniza densa, y que se mantuvo en su lugar más tiempo del que hubiera debido. Del lugar del impacto salió una onda de calor brutal que mató en segundos a los que estaban más cerca, y a los demás les dio la impresión de calcinarse en vida. Los que mejor suerte tuvieron pensaron que morían de asfixia, porque el calor consumió durante un momento demasiado largo todo el oxígeno del aire. Era como estar en un horno, diría después uno de los presentes. Al desprenderse la escalera de la tribuna, el entablado cedió y cedieron las barandas y los dos Laverde cayeron a tierra, y fue entonces, diría Julio mucho después, que comenzó el dolor.

—Papá —llamó, y vio al capitán Laverde incorporarse para tratar de auxiliar a una mujer que había quedado atrapada bajo los maderos de la escalera, pero era evidente que la mujer ya estaba más allá de todo auxilio—. Papá, tengo algo.

Julio escuchó la voz de un hombre que llamaba a una mujer. «Elvia», gritaba, «Elvia». Y enseguida Julio vio al tipo del corbatín a lunares, el que había ido a recuperar el carro, caminando entre los cuerpos caídos, pisándolos a veces y a veces tropezando con ellos. Ahí estaba ese olor a quemado, y Julio lo identificó: era el olor de la carne. Entonces el capitán Laverde se dio la vuelta y Julio vio, reflejado en su cara, el desastre de lo que le había ocurrido. El capitán Laverde lo tomó de la mano y comenzaron a caminar para alejarse de la catástrofe, buscando la forma de llegar a un hospital lo antes posible. Julio ya había comenzado a llorar, menos por el dolor que por el miedo, cuando pasó junto a la tribuna diplomática y vio dos cuerpos muertos, y reconoció en uno de ellos los zapatos crema. Luego perdió el sentido. Despertó horas más tarde, adolorido y rodeado de caras preocupadas, en una cama del hospital San José.

Nadie supo nunca cómo ocurrió, si el avión se rompió en el aire o si fue cosa del choque. Lo cierto es que Julio recibió un escupitajo de aceite de motor en plena cara, y el aceite le quemó la piel y la carne y fue una suerte que no lo matara, como les sucedió a tantos otros. Cincuenta y siete muertos quedaron después del accidente: el primero de ellos fue el capitán Abadía. Se explicaba que la maniobra había producido una bolsa de aire; que el avión, después del doble rollo, había entrado en un vacío; que todo eso causó la pérdida de altura y de control y la caída inevitable. En los hospitales, los heridos recibían esas noticias con indiferencia o con extrañeza, y escuchaban que el erario se haría cargo de enterrar a los muertos, que las familias más pobres recibirían de la ciudad un auxilio y que el Presidente había visitado a todas las víctimas la primera noche. Al joven Julio Laverde, por lo menos, sí que lo visitó. Pero él no estaba despierto en ese momento y no se percató de la visita. Se la contaron sus padres con todo detalle.

Al día siguiente, su madre se quedó con él mientras su padre asistía a los funerales de Abadía, del capitán Jorge Pardo y de dos soldados de caballería acantonados en Santa Ana, todos enterrados en el Cementerio Central después de un desfile que incluyó a varios representantes del Gobierno y a lo más granado de las fuerzas militares de Tierra y Aire. Julio, acostado sobre el lado bueno de la cara, recibía inyecciones de morfina. Veía el mundo como desde un acuario. Se tocaba la venda esterilizada y se moría por rascarse, pero no se podía rascar. En los momentos de más dolor odiaba al capitán Laverde y luego rezaba un padrenuestro y pedía perdón por los malos sentimientos. Pedía también que no se le infectara la herida, porque le habían dicho que lo hiciera. Y luego veía a la joven extranjera y empezaba a hablar con ella. Se veía con la cara quemada. A veces ella también tenía la cara quemada y a veces no, pero siempre tenía la bufanda rosa y los zapatos crema. En aquellas alucinaciones la joven le hablaba de vez en cuando. Le preguntaba cómo estaba. Le preguntaba si sentía dolor. Y a veces le preguntaba:

—¿Te gustan los aviones?

La noche estaba cayendo. Maya Fritts encendió una vela olorosa para espantar a los zancudos. «A esta hora salen todos», me dijo. Me pasó una barra de repelente y me dijo que me echara en todo el cuerpo, pero sobre todo en los tobillos, y al tratar de leer la etiqueta me di cuenta de la violencia con que estaba oscureciendo. Me di cuenta también de que no había ya posibilidad ninguna de que yo volviera a Bogotá, y me di cuenta de que Maya Fritts se había dado cuenta también, como si los dos hubiéramos trabajado hasta ahora en el entendido de que yo pasaría la noche aquí, con ella, como su huésped de honor, dos extraños compartiendo techo porque no eran tan extraños, después de todo: los unía un muerto. Miré el cielo, azul marino como uno de esos cielos de Magritte, y antes de que se hiciera de noche vi los primeros murciélagos, sus siluetas negras dibujadas sobre el fondo. Maya se puso de pie, instaló una silla de madera entre dos hamacas, y sobre la silla dispuso la vela que había encendido, una pequeña nevera de icopor repleta de hielo troceado, una botella de ron y una de cocacola. Volvió a acostarse en su hamaca (un movimiento diestro para abrirla y subir al mismo tiempo). La pierna me dolía. En cuestión de minutos estalló el escándalo musical de los grillos y las chicharras y en algunos minutos más ya se había calmado de nuevo, y sólo quedaban algunos intérpretes aislados aquí y allá, interrumpidos de vez en cuando por el croar de una rana perdida. Los murciélagos aleteaban a tres metros de nuestras cabezas, saliendo y entrando de sus refugios en el techo de madera, y la luz amarilla se movía con los soplos de brisa suave, y el aire era tibio y el ron entraba bien en el cuerpo. «Pues hay alguien que no va a dormir hoy en Bogotá», dijo Maya Fritts. «Si quiere llamar, hay un teléfono en mi cuarto.»

Pensé en Leticia, en su carita dormida. Pensé en Aura. Pensé en un vibrador del color de las moras maduras.

«No», le dije, «no tengo que llamar a nadie».

«Un problema menos», dijo ella.

«Pero tampoco tengo ropa», dije yo.

«Bueno», dijo ella, «eso lo podemos arreglar».

La miré: sus brazos desnudos, sus senos, su mentón cuadrado, sus orejas pequeñas de lóbulos estrechos donde brillaba una chispa de luz cada vez que Maya movía la cabeza. Maya tomó un trago, se puso el vaso sobre el vientre, y yo la imité. «Mire, Antonio, el caso es éste», dijo entonces: «Necesito que usted me cuente de mi padre, cómo era al final de su vida, cómo fue el día de su muerte. Nadie vio las cosas que vio usted. Si todo esto es un rompecabezas, usted tiene una ficha que nadie más tiene, no sé si me explico. ¿Me puede ayudar?». No contesté de inmediato. «¿Puede ayudarme?», insistió Maya, pero yo no contesté. Se apoyó en un codo, cualquiera que haya estado en una hamaca sabe lo difícil que es apoyarse en un codo, se pierde el equilibrio y se cansa uno enseguida. Me hundí en la hamaca de manera que me envolvió el tejido oloroso a humedad y a sudores pasados, a una historia de hombres y mujeres acostándose aquí tras bañarse en la piscina o trabajar en la propiedad. Dejé de ver a Maya Fritts. «Y si yo le cuento lo que usted quiere saber», dije, «¿usted va a hacer lo mismo?». De repente estaba pensando en mi cuaderno virgen, en aquel signo de interrogación solitario y perdido, y unas palabras se esbozaron en mi mente: *Quiero saber*. Maya no respondió, pero en la penumbra la vi acomodarse en su hamaca como lo estaba yo, y no necesité nada más. Comencé a hablar, le conté a Maya todo lo que sabía y lo que creía saber sobre Ricardo Laverde, todo lo que recordaba y lo que temía haber olvidado, todo lo que Laverde me había contado y también todo lo que había averiguado tras su muerte, y así permanecimos hasta las primeras horas de la madrugada, cada uno envuelto en su hamaca, cada uno escrutando el techo donde se movían los murciélagos, llenando con palabras el silencio de la noche cálida, pero sin mirarnos nunca, como un cura y un pecador en el sacramento de la confesión.

# IV. Somos todos escapados

Estaba ya amaneciendo cuando, exhausto y medio borracho y casi afónico de tanto hablar, me dejé conducir por Maya Fritts al cuarto de huéspedes, o a lo que ella, en ese momento, llamó cuarto de huéspedes. No había una cama, sino dos catres sencillos de apariencia más bien frágil (algún crujido soltó el mío cuando me dejé caer en el colchón, sobre la escuálida sábana blanca, como un cuerpo muerto). Un ventilador aleteaba con furia sobre mi cabeza, y creo que tuve una fugaz paranoia de borracho al escoger la cama que no estaba directamente debajo de las aspas, no fuera a ser que el aparato se desprendiera en mitad de la noche y me cayera encima. Pero antes recuerdo haber recibido, en medio de la bruma del sueño y el ron, ciertas instrucciones. No dejar las ventanas abiertas sin mosquitero, no dejar las latas de cocacola en cualquier parte (se llena la casa de hormigas), no tirar el papel higiénico al inodoro. «Esto es muy importante, a los de la ciudad siempre se les olvida», me dijo o creo que me dijo, con estas palabras o con otras. «Ir al baño es una de las cosas más automáticas que existen, nadie piensa cuando está ahí sentado. Y ni le pinto los problemas que hay después con el pozo séptico.» La discusión de mis funciones corporales por parte de una completa extraña no me incomodó. Había en Maya Fritts una naturalidad que yo nunca había visto, y que desde luego era muy distinta del puritanismo de los bogotanos, capaces de pasarse la vida entera fingiendo que nunca han cagado. Creo que asentí, no sé si dije nada. Me dolía la pierna más que de costumbre, me dolía la cadera. Lo achaqué a la humedad y al agotamiento de tantas horas de trayecto por una carretera impredecible y peligrosa.

Me desperté desorientado. Fue el calor del mediodía lo que me despertó: estaba sudando y mi sábana estaba empapada, como las sábanas del hospital San José bajo los sudores de mis alucinaciones, y al mirar al techo me di cuenta de que el ventilador había dejado de girar. La claridad agresiva del día se filtraba por las persianas de madera y formaba charcos de luz en las baldosas blancas del suelo. Junto a la puerta cerrada, sobre una silla de mimbre, había algo como un atado de ropa: dos camisas de manga corta y diseño a cuadros, una toalla verde. Había un silencio quieto en la casa. A lo lejos se oían voces, las voces de gente que trabaja, y también el rumor de sus herramientas al trabajar: no supe quiénes eran, qué hacían a esa hora y con ese calor, y justo cuando estaba preguntándomelo cesaron sus ruidos, y pensé que se habrían ido a descansar. Abrí las persianas y la ventana y me asomé con la nariz casi pegada al mosquitero, y no vi a nadie: vi el rectángulo luminoso de la piscina, vi el rodadero solitario, vi una ceiba como las que había visto en la carretera, diseñada especialmente para dar sombra a las pobres criaturas que habitaban este mundo de sol inclemente. Debajo de la ceiba estaba el pastor alemán que yo había visto al llegar. Detrás de la ceiba se abría la llanura, y detrás de la llanura, en alguna parte, corría el río Magdalena, cuyo rumor podía fácilmente imaginarme o conjeturar, porque lo había oído de niño, si bien en otras partes del río, muy lejos de Las Acacias. Maya Fritts no estaba por ahí, de manera que me di una ducha fría (tuve que matar a una araña de tamaño considerable que resistió un buen rato en una esquina) y me puse la camisa que me quedara más amplia. Era una camisa de hombre; me dejé atrapar por la fantasía de que hubiera pertenecido a Ricardo Laverde, lo imaginé a él con la camisa puesta; en la imagen que me figuré, por alguna razón, se parecía a mí. Tan pronto salí al corredor se me acercó una mujer joven de bermudas rojas de bolsillos azules en cuya camiseta sin mangas se daban un beso una mariposa y un girasol. Llevaba en las manos una bandeja y en la bandeja un vaso alto de jugo de naranja. También en el salón estaban quietos los ventiladores.

«La señorita Maya le dejó las cosas en la terraza», me dijo. «Que se ven para almorzar.» Me sonrió, esperó a que yo tomara el vaso de la bandeja.

«¿No podemos prender los ventiladores?»

«Es que se fue la luz», dijo la mujer. «¿El señor quiere un tinto?»

«Primero un teléfono. Para llamar a Bogotá, si no es problema.»

«Pues el teléfono está ahí», me dijo. «Eso sí usté se arregla con la señorita.»

Era uno de esos viejos aparatos de una sola pieza, como los que yo había conocido en mi niñez, a finales de los setenta: una especie de pequeño pájaro barrigón y de cuello largo que llevaba por debajo el disco de marcado y un botón rojo. Para descolgar bastaba con levantarlo. Marqué el número de mi casa y me maravilló volver a sentir la impaciencia de mi niñez mientras esperaba a que el disco diera su vuelta antes de poder marcar el siguiente número. Aura contestó antes de que el teléfono hubiera timbrado por segunda vez. «¿Dónde estás?», me dijo. «¿Estás bien?»

«Claro que sí. ¿Por qué no iba a estar bien?»

Su tono cambió, se hizo frío y denso y pesado. «Dónde estás», dijo.

«En La Dorada. Visitando a una persona.»

«¿La del mensaje?»

«¿Qué?»

«¿La del mensaje del contestador?»

No me sorprendió su clarividencia (me había dado muestras de ella desde el comienzo de nuestra relación). Le expliqué la situación sin mucho detalle: la hija de Ricardo Laverde, los documentos que poseía y las imágenes que albergaba su memoria, la posibilidad para mí de entender tantas cosas. Quiero saber, pensé, pero no lo dije. Mientras hablaba escuché una serie de ruidos breves, quizá guturales, y luego el llanto súbito de Aura. «Eres un hijo de puta», me dijo. No me dijo *hijueputa*; forma comprimida que hubiera sido más eficaz y más idiosincrásica, sino que separó las palabras y las pronunció sin dejarse ni una letra en el camino. «No he pegado el ojo, Antonio. No me he ido a visitar hospitales porque no tengo con quién dejar a la niña. No entiendo, no entiendo nada», decía Aura entre sollozos, y me pareció violenta su manera de llorar, nunca había oído un llanto semejante salir de su boca: era la tensión, sin duda, la tensión acumulada durante toda la noche. «¿Quién es esta persona?», preguntó.

«No es nadie», dije. «Mejor dicho, no es lo que te imaginas.»

«Tú no sabes lo que me imagino. ¿Quién es?»

«Es la hija de Ricardo Laverde», dije. «El que estaba...»

Sonó un resoplido. «Yo sé quién era», dijo Aura, «no me insultes más, por favor».

«Quiere que yo le cuente, yo también quiero que ella me cuente. Nada más.»

«Nada más.»

«No. Nada más.»

«¿Y es bonita? Quiero decir, ¿está buena?»

«Aura, no hagas esto.»

«Pero es que no entiendo», dijo Aura de nuevo. «No veo por qué no llamaste ayer, qué te costaba. ¿No tenías ese teléfono a la mano ayer? ¿No pasaste la noche ahí?»

«Sí», le dije.

«¿Sí qué? ¿Sí tenías el teléfono a mano o sí pasaste la noche ahí?»

«Sí pasé la noche aquí. Sí hubiera podido usar este teléfono.»

«¿Y entonces?»

«Entonces nada», dije.

«¿Qué hiciste? ¿Qué hicieron?»

«Hablar. Toda la noche. Me desperté tarde, por eso llamo hasta ahora.»

«Ah, es por eso.»

«Sí.»

«Ya veo», dijo Aura. Y luego: «Eres un hijo de puta, Antonio».

«Pero aquí hay información», dije, «aquí puedo saber cosas».

«Un desconsiderado y un hijo de puta», dijo Aura. «Esto no se lo puedes hacer a tu familia. Toda la noche despierta, muerta de miedo, pensando las peores cosas. Qué hijo de puta. Las peores cosas. Todo el viernes metida aquí, encerrada aquí con Leticia, esperando noticias, sin salir para que no fueras a llamar preciso en ese momento. Y toda la noche despierta, muerta de miedo. ¿No pensaste en eso? ¿No te importó? ¿Y si hubiera sido al revés? Ahí sí, ¿verdad? Tú imagínate que me voy un día entero con la niña y tú no sabes dónde estoy. Tú que vives cagado del susto, tú que me controlas como si fuera a ponerte los cachos todo el tiempo. Tú que quieres que te llame al llegar a cualquier parte para que sepas que llegué bien. Tú que quieres que te llame al salir, para que sepas a qué horas salí. ¿Por qué haces esto, Antonio? ¿Qué está pasando, qué quieres conseguir?»

«No sé», le dije entonces. «No sé qué quiero.»

En los segundos de silencio que siguieron alcancé a oír y reconocer los movimientos de Leticia, ese rastro sonoro parecido al cascabel de un gato que los padres aprendemos a notar sin darnos cuenta: Leticia caminando o corriendo por el suelo alfombrado, Leticia hablando con sus juguetes o dejando que los juguetes hablaran entre ellos, Leticia moviendo los objetos de la casa (los adornos prohibidos, los ceniceros prohibidos, la prohibida escoba que le gustaba sacar de la cocina para barrer la alfombra:

todos los sutiles desplazamientos del aire que su pequeño cuerpo producía). La eché de menos; me percaté de que nunca antes había pasado una noche sin ella, tan lejos de ella; y sentí, como lo había sentido tantas veces, la ansiedad de su desprotección y la intuición de que los accidentes (que la esperaban agazapados en cada habitación, en cada calle) eran más probables en mi ausencia. «¿Está bien la niña?», pregunté.

Aura tardó un pálpito en contestar. «Sí, está bien. Desayunó bien.»

«Pásamela.»

«¿Qué?»

«Pásamela, por favor. Dile que quiero hablar con ella.»

Un silencio. «Antonio, ya son más de tres años. ¿Por qué no quieres superar esto? ¿Qué ganas con quedarte a vivir en tu accidente? No sé qué ganas, la verdad, no sé de qué te sirve esto. ¿Qué es lo que pasa?»

«Que quiero hablar con Leticia. Dale el teléfono. Llámala y dale el teléfono.»

Aura resopló con algo que parecía fastidio o desespero, o tal vez franca irritación, la irritación de quien se siente impotente: son emociones que no es fácil distinguir a través del teléfono, hay que ver la cara de la persona para interpretarlas correctamente. En mi casa de un décimo piso, en mi ciudad colgada a dos mil seiscientos metros sobre el nivel del mar, mis dos mujeres se movían y hablaban y yo las escuchaba y las quería, sí, las quería a ambas y no quería hacerles daño. En eso estaba pensando cuando habló Leticia. «¿Aló?», dijo. Es una palabra que los niños aprenden sin que nadie tenga que enseñársela. «Hola, preciosa», le dije.

«Es papá», dijo ella.

Oí entonces la voz alejada de Aura. «Sí», le dijo. «Pero oye, oye a ver qué te dice.»

«¿Aló?», repitió Leticia.

«Hola», le dije. «¿Quién soy?»

«Papá», dijo ella, pronunciando la segunda P con fuerza, demorándose en ella.

«No», le dije, «soy el lobo feroz».

«¿El lobo feroz?»

«Soy Peter Pan.»

«¿Peter Pan?»

«¿Quién soy, Leticia?»

Ella reflexionó un instante. «Papá», dijo entonces.

«Exactamente», le dije. La escuché reír: una risita breve, el aleteo de un colibrí. Y luego le dije: «¿Estás cuidando a mamá?».

«Ajá», dijo Leticia.

«Tienes que cuidar mucho a mamá. ¿La estás cuidando?»

«Ajá», dijo Leticia. «Te la paso.»

«No, espera», traté de decirle, pero ya era tarde, ya se había desembarazado del auricular y me había dejado en manos de Aura, mi voz en manos de Aura, y mi nostalgia colgando del aire cálido: la nostalgia de las cosas que aún no se han perdido. «Bueno, ve a jugar», oí que le decía Aura con su tono más dulce, hablándole casi en susurros, una canción de cuna en cinco sílabas. Entonces me habló a mí, y el contraste fue violento: había tristeza en su voz, por más próxima que me sonara; había desencanto y también un velado reproche. «Hola», dijo Aura.

«Hola», dije. «Gracias.»

«¿Por qué?»

«Por pasarme a Leticia.»

«Le da miedo el corredor», dijo Aura.

«¿A la niña?»

«Dice que en el corredor hay cosas. Ayer no quiso irse sola de la cocina a su cuarto. Me tocó acompañarla.»

«Es la edad», dije. «Todos los miedos se pasan después.»

«Quiso dormir con la luz prendida.»

«Es la edad.»

«Sí», dijo Aura.

«El pediatra nos lo había dicho.»

«Sí.»

«Es la edad de las pesadillas.»

«Es que no quiero», dijo Aura. «No quiero que sigamos así, Antonio. No se puede.» Antes de que yo pudiera responder, añadió: «No es bueno para nadie. No es bueno para la niña, no es bueno para nadie».

Entonces era eso. «Ya entiendo», dije. «Entonces la culpa es mía.»

«Nadie ha hablado de culpas.»

«Es culpa mía que la niña le tenga miedo al corredor.»

«Nadie ha dicho eso.»

«Qué idiotez, por favor. Como si el miedo fuera hereditario.»

«Hereditario no», dijo Aura. «Contagioso.» Y enseguida: «No quería decir eso». Y luego: «Tú me entiendes».

Me sudaban las manos, en particular la que sostenía el teléfono, y tuve un miedo absurdo: pensé que el aparato podría escurrirse entre mi puño sudoroso y caer al suelo, y la comunicación se cortaría entonces sin que mi voluntad hubiera intervenido. Un accidente: los accidentes pasan. Aura me estaba hablando de nuestro pasado, de los planes que habíamos hecho antes de que una bala que no llevaba mi nombre me tocara en suerte, y yo la escuchaba con atención, juro que lo hacía, pero en mi mente no se formaba ninguna memoria. *En el ojo de la mente*, se dice a veces. El ojo de mi mente trató de ver a Aura antes de la muerte de Ricardo Laverde; trató de verme a mí mismo; pero fue en vano. «Tengo que colgar», me escuché decir, «estoy en teléfono prestado». Aura —esto lo recuerdo bien— me estaba diciendo que me quería, que podíamos salir de esto juntos, que íbamos a trabajar para lograrlo. «Tengo que colgar», le dije.

«¿Cuándo vienes?»

«No sé», le dije. «Aquí hay información, hay cosas que quiero saber.»

Hubo un silencio en la línea.

«Antonio», dijo entonces Aura, «¿vas a volver?».

«Pero qué pregunta es ésa», dije. «Claro que voy a volver, no sé dónde crees que estoy.»

«Yo no creo nada. Dime cuándo.»

«No sé. Apenas pueda.»

«Cuándo, Antonio.»

«Apenas pueda», dije. «Pero no llores, no es para tanto.»

«No estoy llorando.»

«No es para tanto. La niña se va a preocupar.»

«La niña, la niña», repitió Aura. «Vete a la mierda, Antonio.»

«Aura, por favor.»

«Vete a la mierda», dijo ella. «Nos vemos cuando puedas.»

Después de colgar salí a la terraza. Allí, reposando debajo de una hamaca como un animal de compañía, estaba la caja de mimbre; allí estaban, repartidas en documentos, las vidas de Elena Fritts y Ricardo Laverde, las cartas que se habían escrito, las que habían escrito a otra gente. El aire había dejado de moverse. Me acomodé en la hamaca que Maya Fritts había usado la noche anterior y allí, con la cabeza sobre un cojín de funda blanca y bordada, saqué la primera carpeta y me la puse sobre el vientre, y de la carpeta saqué la primera carta. Era de un papel verdoso y casi translúcido. *«Dear grandpa & grandma»*, decía el encabezado. Y luego la primera línea, suelta y solitaria, apoyada sobre el párrafo que la seguía como un suicida sobre su cornisa.

*Nadie me había advertido que Bogotá iba a ser así.*

Olvidé el calor húmedo, olvidé el jugo de naranja, olvidé la incomodidad de mi posición (y desde luego no imaginé la tortícolis violenta que me causaría). Acostado en la hamaca de Maya, me olvidé de mí mismo. Después trataría de recordar la última vez que había experimentado algo así, esa anulación sin miramientos del mundo real, ese secuestro absoluto de mi conciencia, y llegué a la conclusión de que nada similar me había pasado desde la niñez. Pero ese razonamiento, ese esfuerzo, vendrían mucho más tarde, durante las horas que pasé hablando con Maya para llenar los vacíos que dejaban las cartas, para que ella me contara todo lo que las cartas no contaban sino apenas sugerían; todo lo que no revelaban, sino que escondían o callaban. Eso sería después, como digo, esa conversación sólo pudo tener lugar después, cuando yo había pasado ya por los documentos y sus revelaciones. Allí, en la hamaca, mientras los leía, sentí otras cosas, algunas inexplicables y sobre todo una muy confusa: la incomodidad de saber que aquella historia en que no aparecía mi nombre hablaba de mí en cada una de sus líneas. Todo eso sentí, y al final todos los sentimientos se redujeron a una soledad tremenda, una soledad sin causa visible y por lo tanto sin remedio. La soledad de un niño.

La historia, según logré reconstruirla y según vive en mi memoria, comenzaba en agosto de 1969, ocho años después de que el presidente John Fitzgerald Kennedy firmara la creación de los Cuerpos de Paz, cuando, tras cinco semanas de entrenamiento en la Florida State University, Elaine Fritts, futura voluntaria con el número 139372, aterrizaba en Bogotá dispuesta a varios clichés: tener una experiencia enriquecedora, dejar su huella, poner su granito de arena. El viaje no comenzaba demasiado bien, pues los ramalazos de viento que sacudieron su avión, un DC-3 de Avianca, la obligaron a apagar su cigarrillo y hacer algo que no hacía desde los quince años: darse la bendición. (Pero fue una bendición rápida, apenas un dibujo descuidado en la cara sin maquillaje, en el pecho adornado con dos collares de cuentas de madera. Nadie la vio.) Antes de partir, su abuela le había hablado de un avión de pasajeros que se había estrellado el año anterior al llegar a Bogotá desde Miami, y allí, mientras el suyo comenzaba el descenso al gris verdoso de las montañas, mientras salía de las nubes bajas en medio de golpes de aire y con las ventanillas marcadas por carreteras de lluvia gruesa, Elaine trató de recordar si en el avión accidentado habían muerto todos los pasajeros. Se aferró a sus rodillas —en sus pantalones quedó la huella arrugada y sudorosa de sus manos— y cerró los ojos cuando el avión, con un estrépito de latas crujiendo, tocó tierra. No dejó de parecerle milagroso haber sobrevivido al aterrizaje, y pensó que escribiría su primera carta a sus abuelos tan pronto se pudiera sentar frente a una mesa en su sitio de acogida. He llegado, estoy bien, la gente es muy amable. Hay mucho trabajo por hacer. Todo va a salir de maravilla.

La madre de Elaine había muerto en el parto, y ella había crecido al amparo de sus abuelos desde que su padre, en misión de reconocimiento cerca de Old Baldy, puso un pie sobre una mina antipersonas y volvió de Corea con la pierna derecha amputada hasta la cadera y perdido para la vida. No había pasado un año de su regreso cuando salió a comprar cigarrillos y desapareció para siempre. No se volvió a saber de él. Elaine era una niña cuando eso sucedió, de manera que nunca notó realmente la ausencia, y sus abuelos se hicieron cargo de su educación y también de su felicidad con tanta prolijidad como cuando habían educado a sus propios hijos, pero con mucha más experiencia. Así que los adultos en la vida de Elaine fueron esas dos figuras de otros tiempos, y ella misma creció con nociones de responsabilidad que no eran las de los demás niños. A su abuelo, en reuniones sociales, le escuchaban opiniones que a Elaine la llenaban de orgullo y de tristeza al mismo tiempo: «Así me tendría que haber salido mi hija». Cuando Elaine decidió suspender los estudios de Periodismo para involucrarse con los Cuerpos de Paz, el abuelo, que había hecho un luto de nueve meses tras el asesinato de Kennedy, fue el primero en apoyarla. «Con una condición», dijo. «Que no te quedes por allá, como tantos otros. Está muy bien ayudar, pero tu país te necesita más.» Ella estuvo de acuerdo.

La organización de la Embajada, contaba Elaine Fritts en su carta, la acomodó en una casa de dos pisos vecina del Hipódromo, media hora al norte de Bogotá, en un conjunto de calles mal asfaltadas que se convertían en barro cuando llovía. El mundo donde pasaría las siguientes doce semanas era un lugar en obra gris: la mayoría de las casas no tenían techo, porque el techo era lo más costoso y lo que se dejaba para el final, y el tráfico diario estaba hecho de mezcladoras anaranjadas grandes y ruidosas como abejas de pesadilla, volquetas que descargaban montañas de recebo en cualquier parte, obreros de mojicón en una mano y botella de gaseosa en la otra que le lanzaban silbidos obscenos al verla salir caminando. Elaine Fritts —los ojos verdes más claros que jamás se habían visto por estos lugares, el largo pelo castaño y liso como una cortina que le barría la cintura, los pezones que se le marcaban en la blusa de flores con el frío de las mañanas sabaneras— fijaba la mirada en los charcos, en el reflejo de los cielos grises, y sólo levantaba la cabeza al llegar al lote baldío que separaba el barrio de la autopista Norte, más que todo para asegurarse de que las dos vacas que pastaban allí estuvieran a una distancia conveniente. Lo demás era subirse a una buseta amarilla de horarios impredecibles y paraderos indeterminados y comenzar, desde el primer momento, a abrirse paso a codazos por entre la sopa de lentejas de los pasajeros. «El reto es muy sencillo», escribió al respecto. «Hay que bajar a tiempo.» En la media hora de trayecto, Elaine tenía que llegar desde el torniquete de aluminio de la entrada (que aprendió a mover a golpes

*el Progreso, No soy agente de la CIA* y, sobre todo, *No tengo dólares, qué pena con usted.*

A finales de septiembre, Elaine escribió una larga carta en que felicitaba a la abuela por su cumpleaños, les agradecía a ambos los recortes de la *Time,* le preguntaba al abuelo si ya había visto la película de Newman y Redford, cuya fama llegaba hasta Bogotá (aunque la película fuera a tardar un poco más). Luego, repentinamente solemne, les preguntaba qué se sabía de los crímenes de Beverly Hills. «Todo el mundo tiene una opinión aquí, no se puede uno sentar a almorzar sin que se hable del tema. Las fotos son horribles. Sharon Tate estaba embarazada, no sé cómo alguien puede hacer algo así. Da miedo este mundo que nos tocó. Abuelo, tú has visto cosas más terribles. Por favor, dime que el mundo siempre ha sido así.» Y luego pasaba a otro tema. «Creo que ya les había contado de los barrios de invasión», escribía. Explicaba que cada clase del CEUCA está dividida en grupos, que cada grupo tiene un barrio, que los otros tres integrantes de su grupo son californianos: todos hombres, muy buenos levantando paredes y hablando con los líderes de la junta local (eso explicaba Elaine), muy buenos también consiguiendo marihuana guajira o samaria de buena calidad y a buen precio en el centro de la ciudad (eso no lo explicaba). Pues bien, con ellos subía una vez por semana a las montañas que hay alrededor de Bogotá, por calles enlodadas donde no era raro patear una rata muerta, entre casas de cartón y madera podrida, junto a pozos sépticos abiertos a la mirada (y a las narices) de todos. «Tenemos mucho por hacer», escribía Elaine. «Pero no les quiero hablar más del trabajo, eso lo dejo para otra carta. Quiero contarles que tuve un golpe de suerte.»

Ocurrió así. Una tarde, después de una larga sesión con la junta del barrio —en la que se habló de agua contaminada, se declaró la imperiosa necesidad de construir un acueducto, se convino que no había dinero para hacerlo—, el grupo de Elaine acabó tomando cerveza en una tienda sin ventanas. Hicieron falta dos rondas (las botellas de vidrio marrón acumulándose sobre la estrecha mesa) para que Dale Cartwright bajara la voz y le preguntara a Elaine si era capaz de guardar un secreto durante unos cuantos días. «¿Sabes quién es Antonia Drubinski?», le preguntó. Elaine, como todo el mundo, sabía quién era Antonia Drubinski: no sólo porque se trataba de una de las voluntarias más veteranas, ni tampoco porque hubiera sido arrestada ya dos veces por desórdenes en la vía pública —donde *desórdenes* debe leerse como *protestas contra la guerra de Vietnam*, y *la vía pública* debe leerse como *frente a la embajada de Estados Unidos*—, sino porque Antonia Drubinski se encontraba, desde hacía unos días, en paradero desconocido.

«De todo menos desconocido», dijo Dale Cartwright. «Ya se sabe dónde está, lo que pasa es que no han querido que la cosa se vuelva noticia.»

«¿Quiénes no han querido?»

«La Embajada. El CEUCA.»

«¿Y por qué? ¿Dónde está?»

Dale Cartwright miró a ambos lados y hundió la cabeza.

«Se fue al monte», dijo casi en susurros. «Va a hacer la revolución, parece. En fin, eso no es importante. Lo importante es que su cuarto quedó libre.»

«¿*El* cuarto?», dijo Elaine. «¿*Ese* cuarto?»

«*Ese* cuarto, sí. El mismo que es la envidia de toda la clase. Y pensé que tal vez a ti te gustaría quedarte con él. Ya sabes, vivir a diez minutos del CEUCA, ducharte con agua caliente.»

Elaine se quedó pensando.

«Yo no vine aquí para tener comodidades», dijo al fin.

«Ducharte con agua caliente», repitió Dale. «No tener que moverte como un *quarterback* para bajar del bus.»

«Pero es que la familia», dijo Elaine.

«¿Qué pasa con la familia?»

«Les pagan setecientos cincuenta pesos por alojarme», dijo Elaine. «Es la tercera parte de lo que ganan.»

«Y eso qué tiene que ver.»

«Pues que no quiero quitarles la plata.»

«Pero quién te crees que eres, Elaine Fritts», dijo Dale con un suspiro teatral. «Te crees única e irrepetible, qué barbaridad. Elaine querida, hoy mismo llegaron quince voluntarios más a Bogotá. Hay otro vuelo de Nueva York el sábado. En todo el país son cientos, tal vez miles, los gringos como tú y como yo, y muchos de ellos van a venir a trabajar en Bogotá. Créeme, tu cuarto se va a llenar antes de que hayas empacado la maleta.»

Elaine tomó un trago de cerveza. Tiempo después, cuando ya había ocurrido todo, recordaría esa cerveza, el ambiente sombrío de la tienda, el reflejo de la tarde que ya se acababa en los cristales del mostrador de aluminio. *Ahí comenzó todo,* pensaría. Pero en ese momento, ante el ofrecimiento transparente de Dale Cartwright, hizo una ecuación rápida en su cabeza. Sonrió.

«Y cómo sabes que yo hago movimientos de *quarterback*», dijo al fin.

«Todo se sabe en los Cuerpos de Paz, mi querida», dijo él. «Todo se sabe.»

Y así fue como tres días más tarde Elaine Fritts hacía por última vez el trayecto desde el Hipódromo, pero esta vez cargada de maletas. Le habría gustado que la familia se entristeciera un poco, no lo podía negar, le habría gustado un abrazo sentido, quizás un regalo de despedida como el que ella les había dado, una cajita de música que empezaba a escupir las notas de *El golpe* cuando uno la abría. No hubo nada de eso: le pidieron la llave y la acompañaron a la puerta, más por desconfianza que por cortesía. El padre salió de prisa, de manera que fue la madre sola, una mujer que llenaba con su figura el vano de la puerta, quien la vio bajar las escaleras y ganar la calle, sin ofrecerse nunca a ayudarla con las maletas. En ese instante apareció el niñito (era hijo único, llevaba la camisa por fuera del pantalón y en la mano un camión de madera pintada de azul y rojo), y preguntó algo que no se entendió bien. Lo último que Elaine escuchó antes de darse la vuelta fue la respuesta de su anfitriona.

«Se va, mijito, se va para una casa de ricos», dijo la mujer. «Gringa desagradecida.»

*Una casa de ricos.* No era cierto, porque los ricos no recibían a voluntarios de los Cuerpos de Paz, pero en ese momento Elaine no tenía los argumentos para embarcarse en un debate sobre la economía de su segunda familia. La nueva casa de acogida, había que confesarlo, tenía lujos que a Elaine le hubieran parecido inimaginables unas semanas atrás: era una cómoda construcción de la avenida Caracas, de fachada estrecha pero muy profunda, con un pequeño jardín en el fondo y un árbol frutal en una esquina del jardín, junto a un muro tejado. La fachada era blanca, los marcos de las ventanas de madera pintada de verde, y para entrar había que abrir una verja de hierro que separaba el antejardín de la acera pública y que soltaba un chillido animal cada vez que alguien llegaba. La puerta principal daba a un corredor penumbroso pero amable. A la izquierda del corredor se abría la doble puerta cristalera de la sala, y más adelante estaba la del comedor, y más adelante el corredor bordeaba el angosto patio interior donde crecían los geranios en macetas colgantes; a la derecha, tan pronto uno entraba, comenzaban a subir las escaleras. Elaine entendió todo al echarle una mirada a los peldaños de madera: la alfombra roja había sido fina, pero ya estaba gastada por el uso (en ciertos escalones comenzaban a ser visibles las hilachas grises del tejido profundo); las traviesas de cobre que mantenían la alfombra pegada a los escalones se habían soltado de sus anillos, o bien los anillos se habían soltado del suelo de madera, y a veces, cuando uno subía de prisa, sentía un resbalón y el tintineo breve de los metales sueltos. La escalera, para Elaine, fue como un memorando o un testigo de lo que esta familia había sido y ya no era. «Una buena familia venida a menos», había dicho el funcionario de la Embajada cuando Elaine fue a hacer el papeleo para el traslado. *Venida a menos:* Elaine pensó mucho en esas palabras, intentó traducirlas literalmente, fracasó en el intento. Sólo al fijarse en la alfombra de las escaleras lo comprendió, pero lo comprendió instintivamente, sin organizarlo en frases coherentes, sin hacerse en la cabeza un diagnóstico científico. Con el tiempo todo cobraría sentido, porque Elaine había visto casos similares varias veces en la vida: familias de buen pasado que un día se dan cuenta de que el pasado no da dinero.

La familia se llamaba Laverde. La madre era una mujer de cejas depiladas y ojos tristes cuyo abundante pelo rojo —un exotismo en este país, o bien un producto de tintes— estaba fijo eternamente en un tocado perfecto y oloroso a laca recién puesta. Doña Gloria era un ama de casa sin delantal: Elaine nunca la vio empuñar un plumero, y sin embargo en los tocadores, en las mesas de noche, en los ceniceros de porcelana, no había rastro del polvo amarillo que se respiraba al salir a la calle: todo cuidado con la obsesión que sólo tienen quienes dependen de las apariencias. Don Julio, el padre, tenía la cara marcada por una cicatriz, no recta y delgada como la que hubiera dejado un corte, sino extendida y asimétrica (Elaine pensó, equivocadamente, en una enfermedad de la piel). En realidad no era sólo la mejilla: el daño se extendía hacia abajo desde la línea de la barba, era como una mancha que le resbalara por el maxilar y le bañara el cuello, y era muy difícil no fijar la mirada en ella. Don Julio era actuario de profesión, y una de las primeras conversaciones en el comedor, bajo la luz azulada de la lámpara de araña, estuvo dedicada a hablarle a la huésped de seguros y probabilidades y estadísticas.

«¿Cómo sabe usted qué seguro de vida debe pagar un hombre?», decía el padre. «A las aseguradoras les interesa saber esas cosas, claro, no es justo que un treintañero de buena salud pague lo mismo que un anciano con dos infartos encima. Ahí entro yo, señorita Fritts: a mirar el futuro. Yo soy el que dice cuándo morirá este hombre, cuándo morirá aquél, o qué probabilidad hay de que este carro se estrelle en estas carreteras. Yo trabajo con el futuro, señorita Fritts, soy el que sabe lo que va a pasar. Es una cuestión de números: en los números está el futuro. Los números nos dicen todo. Los números me dicen, por ejemplo, si el mundo contempla que yo muera antes de los cincuenta. ¿Y usted, señorita Fritts, sabe cuándo va a morir? Yo puedo decírselo. Si me da tiempo, lápiz y papel y un margen de error, yo puedo decirle cuándo es más probable que usted muera, y cómo. Estas sociedades nuestras están obsesionadas con el pasado. Pero a ustedes los gringos el pasado no les interesa, ustedes miran para adelante, sólo les interesa el futuro. Lo han entendido mejor que nosotros, mejor que los europeos: en el futuro es donde hay que poner los ojos. Pues eso hago yo, señorita Fritts: yo me gano la vida poniendo los ojos en el futuro, yo sostengo a mi familia diciéndole a la gente lo que va a pasar. Hoy esa gente son las aseguradoras, claro, pero el día de mañana habrá otras personas interesadas en este talento, es imposible que no. En Estados Unidos lo entienden mejor que nadie. Por eso van ustedes adelante, señorita Fritts, y por eso vamos nosotros tan atrás. Dígame si le parece que estoy equivocado.»

Elaine no dijo nada. Desde el otro lado de la mesa la miraba el hijo menor de la pareja, una sonrisa ladeada y burlona, unas pestañas largas y espesas que le daban a los ojos negros un rasgo vagamente femenino. La había mirado así desde el principio, con una insolencia que a ella, por alguna razón, la halagaba. Nadie la había mirado así en Colombia: meses después de su llegada, todavía

Elaine no se había acostado con alguien que no fuera norteamericano, que no tuviera orgasmos en inglés.

«Ricardo no cree en el futuro», dijo don Julio.

«Claro que sí creo», dijo el hijo. «Pero en mi futuro no hay que pedir plata prestada.»

«Bueno, no comiencen con eso», dijo doña Gloria con una sonrisa. «Qué va a pensar la visita, recién llegada como está, y todo.»

Ricardo Laverde: demasiadas erres para el terco acento de Elaine. «A ver, Elena, diga mi nombre», le había ordenado Ricardo al enseñarle el baño que le correspondía y la habitación donde viviría, la mesita de noche de color pastel y la cómoda de tres cajones y la cama con dosel que habían sido de la hermana mayor hasta su matrimonio (había una foto de estudio de la niña: la raya limpia en la mitad del pelo, la mirada perdida en el aire, la firma barroca del fotógrafo). El cuarto de huéspedes: legiones de gringos como ella habían pasado por allí. «Diga mi nombre tres veces y le doy otra cobija», le decía este Ricardo Laverde. Era un juego, pero un juego hostil. Incómoda, Elaine entró en él.

«Ricardo», dijo con la lengua enredada. «Laverde.»

«Mal, muy mal», dijo Ricardo. «Pero no importa, Elena, la boquita se le ve linda.»

«No me llamo Elena», dijo Elaine.

«No le entiendo, Elena», dijo él. «Va a tener que practicar, si quiere le ayudo.»

Ricardo era un par de años menor que ella, pero se comportaba como si le llevara de ventaja toda la experiencia del mundo. Al principio se encontraban al atardecer, cuando Elaine llegaba de sus clases en el CEUCA, y cruzaban algunas frases en el saloncito del segundo piso, casi debajo de la jaula del canario Paco: qué tal, cómo le fue, qué aprendió hoy, diga mi nombre tres veces y sin enredarse. «Los bogotanos son buenísimos para hablar sin decir nada», escribió Elaine a sus abuelos. *«I'm drowning in small talk.*» Pero una tarde se encontraron en plena carrera Séptima, y les pareció una casualidad notable que ambos acabaran de pasar la mañana gritando consignas frente a la embajada de Estados Unidos, llamando criminal a Nixon y cantando «*End it Now, End it Now, End it Now!*». Mucho después Elaine se enteraría de que el encuentro no había tenido nada de casual: Ricardo Laverde la había esperado a la salida del CEUCA y la había perseguido durante horas, espiándola desde lejos, escondiéndose entre la gente de la calle y detrás de pancartas con las leyendas *Calley = Murderer* y *Proud to be a Draft-Dodger* y *Why are We There, Anyway?*, y tragándose los cánticos un par de metros detrás de donde Elaine se había estacionado, todo eso mientras ensayaba diversas versiones, diversas entonaciones, de las palabras que eventualmente le dijo:

«Bueno, pero qué coincidencia tan rara, ¿no? Venga, la invito a tomar algo, y así me da todas las quejas que tenga de mis papás.»

Fuera de la casa de los Laverde, lejos de las porcelanas bien arregladas y de la mirada de un militar al óleo y del silbido irritante del canario, su relación con el hijo de los anfitriones se transformó o comenzó de nuevo. Allí, sentada con un chocolate caliente entre las manos, Elaine contó cosas y escuchó lo que Ricardo le contaba. Así supo que Ricardo se había graduado de un colegio de jesuitas, que había comenzado a estudiar Economía —una especie de legado o de imposición de su padre— y que hacía unos meses había dejado la carrera para perseguir lo único que le interesaba: pilotar aviones. «A papá no le gusta, claro», le diría Ricardo mucho después, cuando ya podían hacerse esas confesiones. «Siempre se ha resistido. Pero yo cuento con mi abuelo, mi abuelo está de mi lado. Y papá no puede hacer nada. No es fácil llevarle la contraria a un héroe de guerra. Aunque se trate de una guerra pequeñita, una guerra de aficionados comparada con la que hubo antes y la que hubo después en el mundo, una guerra de entreguerras. Pero en fin, una guerra es una guerra y todas las guerras tienen sus héroes, ¿no? El valor del actor no es una función del tamaño del teatro, decía mi abuelo. Y claro, para mí fue una suerte. Mi abuelo me apoyó con lo de los aviones. Cuando empecé a interesarme por aprender a volar, mi abuelo fue el único que no me dijo loco, inmaduro, desquiciado. Me apoyó, me apoyó francamente, incluso enfrentándose a mi padre, y al héroe de la aviación de guerra no es fácil decirle que no. Mi padre trató, de esto me acuerdo perfectamente, pero sin éxito. Eso fue hace ya un par de años, pero me acuerdo como si fuera ayer. Aquí sentados, mi abuelo donde está usted, debajo de la jaula, y mi papá donde estoy yo. Mi abuelo pasándole una mano a papá por la cicatriz de la cara y diciéndole que no me fuera a pegar los miedos que tenía él. Tuvo que morirse el abuelo para que yo entendiera del todo la crueldad que había en ese gesto, un hombre ya viejo y cansado aunque no lo pareciera dándole palmaditas en la cara a un hombre que era joven y fuerte aunque no lo pareciera. No era sólo eso, claro, sino también la cicatriz, el hecho de que fuera la cicatriz la que recibiera las palmadas... Usted me dirá que era muy difícil darle a mi padre una palmada en la cara sin tocar de algún modo la cicatriz, y sí, puede que sí, y más cuando mi abuelo era diestro. Y claro, las palmadas de un diestro caen sobre la mejilla izquierda del que las recibe, sobre la mejilla izquierda de mi padre, su mejilla dañada.»

La conversación sobre el origen de la mejilla dañada llegaría mucho después, cuando ya eran amantes y a la curiosidad por los cuerpos se había sumado la curiosidad por las vidas. El sexo les llegó sin sorpresa, como un mueble que ha estado ahí todo el tiempo sin que uno se dé cuenta. Todas las noches, después de la cena, el anfitrión y la huésped se quedaban hablando un buen rato, luego se despedían y subían juntos las escaleras, y al llegar al segundo piso Elaine seguía hasta el fondo, se metía al baño, pasaba el pestillo y minutos después volvía a salir con un camisón blanco y el pelo agarrado en una larga cola de caballo. Un viernes de lluvia —el agua estallaba en la marquesina y ahogaba los ruidos—, Elaine salió del baño como había salido siempre, pero, en lugar de encontrarse con el corredor oscuro y el resplandor del alumbrado público que atravesaba las claraboyas del patio interior, se vio frente a la silueta de Ricardo Laverde recostada a la baranda. A contraluz su cara no se veía bien, pero Elaine leyó el deseo en su pose y en su tono de voz.

«¿Se va a dormir?», le dijo Ricardo.

«Todavía no», dijo ella. «Entre y me cuenta cosas de aviones.»

Hacía frío, la madera de la cama crujía con cualquier movimiento de los cuerpos, y además era la cama de una jovencita, demasiado estrecha y corta para estos juegos, de manera que Elaine acabó quitando el cubrelecho de un manotazo y extendiéndolo sobre la alfombra, junto a sus pantuflas de felpa. Allí, sobre el cubrelecho de lana, muriéndose de frío, tuvieron un encontrón rápido y al punto. A Elaine le pareció que sus senos se hacían más pequeños en las manos de Ricardo Laverde, pero no se lo dijo. Volvió a ponerse el camisón para salir al baño, y allí, sentada en el inodoro, pensó que le daría tiempo a Ricardo de volver a su cuarto. Pensó también que le había gustado acostarse con él, que lo haría de nuevo si la ocasión se diera, y que esto que acababa de ocurrir debía de estar prohibido por los estatutos de los Cuerpos de Paz. Se lavó en el bidet, se miró al espejo y sonrió, apagó la luz del baño antes de salir, y al volver a su cama a oscuras, caminando despacio para no tropezar, se encontró con que Ricardo no se había ido, sino que había vuelto a tender la cama y la esperaba allí, acostado de medio lado, la cabeza apoyada en una mano como cualquier galán de cualquier pésima película de Hollywood.

«Quiero dormir sola», dijo Elaine.

«Yo no quiero dormir, quiero hablar», dijo él.

«Okay», dijo ella. «¿Y de qué hablamos?»

«De lo que quiera, Elena Fritts. Usted ponga el tema y yo la sigo.»

Hablaron de todo menos de ellos mismos. Estaban desnudos, Ricardo dejaba que su mano se paseara por el vientre de Elaine, que sus dedos peinaran sus vellos lacios, y hablaban de intenciones y proyectos, convencidos, como sólo pueden estarlo los amantes nuevos, de que decir lo que uno quiere es lo mismo que decir quién es. Elaine hablaba de su misión en el mundo, de la juventud como arma de progreso, de la obligación de enfrentarse a los poderes terrenales. Y le hacía preguntas a Ricardo: ¿Le gustaba ser colombiano? ¿Le gustaría vivir en otra parte del mundo? ¿También odiaba a los Estados Unidos? ¿Había leído a los Nuevos Periodistas? Pero fueron necesarios otros siete polvos a lo largo de las dos semanas siguientes para que Elaine se atreviera a hacer la pregunta que la había intrigado desde el primer día: «¿Qué le pasó a su papá en la cara?». «Qué prudente es la señorita», dijo Ricardo. «Nunca nadie se había demorado tanto en preguntarme lo mismo.» Estaban subiendo en teleférico a Monserrate cuando Elaine hizo la pregunta: Ricardo la había esperado a la salida del CEUCA y le había dicho que era tiempo de hacer turismo, que uno no podía venir a Colombia sólo a trabajar, que dejara de comportarse como una protestante, por amor de Dios. Y ahora Elaine se agarraba de Ricardo (pegaba la cabeza a su pecho, cerraba las manos sobre los parches de sus codos) cada vez que pasaba una ráfaga de viento y la cabina se sacudía en su cable y los turistas soltaban un grito unánime. Y a lo largo de la tarde, suspendidos sobre el vacío o sentados en las bancas de la iglesia, dando vueltas en redondo en los jardines del santuario o viendo a Bogotá desde tres mil metros de altura, Elaine comenzó a escuchar la historia de una exhibición aérea en un año tan remoto como 1938, escuchó ha-

blar de pilotos y de acrobacias y de un accidente y el medio
centenar de muertos que el accidente dejó. Y al despertar
a la mañana siguiente un paquete la esperaba junto a su
desayuno recién servido. Elaine rasgó el papel de regalo y
encontró una revista en español con un marcapáginas de
cuero metido entre las páginas. Alcanzó a pensar que era
el marcapáginas el regalo, pero entonces abrió la revista y
vio el apellido de los anfitriones y una nota de Ricardo:
«Para que entienda».

Elaine se dedicó a entender. Hizo preguntas y Ricardo las contestó. La cara quemada de su padre, explicó
Ricardo a lo largo de varias conversaciones, ese mapa de
piel de un color más oscuro y rugoso y áspero como el
desierto de Villa de Leyva, había formado parte del paisaje que lo rodeó toda la vida; pero ni siquiera de niño,
cuando uno lo pregunta todo y nada se da por asumido, se
interesó Laverde por las causas de lo que veía, la diferencia
entre la cara de su padre y la de los demás. Aunque era
posible también (decía Laverde) que su familia no le hubiera dado ni siquiera tiempo de sentir esa curiosidad, pues
el relato del accidente de Santa Ana había flotado entre
ellos desde entonces sin evaporarse nunca, repitiéndose
siempre en las circunstancias más diversas y gracias a los
más diversos narradores, y Laverde recordaba versiones
escuchadas en novenas de Navidad, versiones de viernes en
salón de té y otras de domingo en estadio de fútbol, versiones de camino a la cama antes de dormir y otras de
camino al colegio en las mañanas. Se hablaba del accidente, sí, y se hacía en todos los tonos y con todas las intenciones, para demostrar que los aviones eran cosas peligrosas
e impredecibles como un perro con rabia (según su padre),
o que los aviones eran como los dioses griegos, siempre
ponían a cada uno en su lugar y no toleraban la arrogan-
cia de los hombres (según su abuelo). Y muchos años después también él, Ricardo Laverde, contaría el accidente,
lo adornaría o adulteraría hasta darse cuenta de que eso

no era necesario. En el colegio, por ejemplo, contar los orígenes de la cara quemada de su padre era la mejor forma de captar la atención de sus compañeros. «Traté con las hazañas de guerra de mi abuelo», dijo Laverde. «Luego me di cuenta de que nadie quiere escuchar historias heroicas, y en cambio a todo el mundo le gusta que le cuenten la desgracia ajena.» Y eso lo recordaría, las caras de sus compañeros cuando él les hablaba del accidente de Santa Ana y luego les enseñaba fotos de su padre y su cara quemada para que vieran que no mentía.

«Hoy estoy seguro», dijo Laverde. «Si hoy en día quiero ser piloto, si nada más me interesa en el mundo, es por culpa de Santa Ana. Si alguna vez llego a matarme en un avión, será por culpa de Santa Ana.»

Esa historia tenía la culpa, decía Laverde. Esa historia tenía la culpa de que hubiera aceptado las primeras invitaciones de su abuelo. Esa historia tenía la culpa de que hubiera comenzado a ir a las pistas del Aeroclub de Guaymaral para volar con el veterano heroico y sentirse vivo, más vivo que nunca. Se paseaba entre los Sabre canadienses y conseguía que le dejaran sentarse en las cabinas (su apellido las abría todas), y luego conseguía (de nuevo el apellido) que los mejores profesores de aviación del Aeroclub le dedicaran más horas de las que había pagado: la historia de Santa Ana tenía la culpa de todo eso. Nunca sentiría como sintió en esos días lo que es ser un delfín, lo que es tener un poco de poder heredado. «Lo he aprovechado, Elena, se lo juro», decía. «He aprendido bien, he sido buen alumno.» Su abuelo siempre le dijo que tenía buena madera. Sus profesores eran otros veteranos: de la guerra con el Perú, sobre todo, pero alguno había que voló en Corea y fue condecorado por los gringos, o por lo menos eso se decía. Y todos opinaban que este muchachito era bueno, que tenía un instinto raro y unas manos de oro y, lo más importante, que los aviones lo respetaban. Y los aviones nunca se equivocan.

«Y así hasta hoy», dijo Laverde. «Mi papá se quiere morir, pero yo ya soy dueño de mi propia vida, con cien horas de vuelo uno es dueño de su propia vida. Él se pasa los días adivinando el futuro, pero es el futuro de otros, Elena, mi padre no sabe lo que hay en el mío, ni sus fórmulas ni sus estadísticas se lo pueden decir. Yo he perdido mucho tiempo tratando de averiguarlo, y sólo ahora, en los últimos días, he llegado a entender la relación que hay entre mi vida y la cara de papá, entre el accidente de Santa Ana y esta persona que usted ve aquí, que va a hacer grandes cosas en la vida, un nieto de héroe. Yo voy a salir de esta vida mediocre, Elena Fritts. Yo no tengo miedo, yo voy a recuperar el apellido Laverde para la aviación. Yo voy a ser mejor que el capitán Abadía y mi familia se va a sentir orgullosa de mí. Yo voy a salir de esta vida mediocre, me voy a ir de esta casa donde uno sufre cada vez que otra familia nos invita a comer porque nos va a tocar invitarlos después. Yo voy a dejar de contar centavos como hace mi mamá todas las mañanas. Yo no voy a tener que ponerle una cama a un gringo para que mi familia tenga con qué comer, perdone si la ofendo, no es para ofenderla. Qué quiere, Elena Fritts, yo soy un nieto de héroe, yo estoy para otras cosas. Grandes cosas, así es, lo digo y lo sostengo. Le pese a quien le pese.»

Bajaban en teleférico, igual que habían subido. Atardecía, y el cielo bogotano se había convertido en un gigantesco manto violeta. Debajo de ellos, en la luz escasa, los peregrinos que habían subido a pie y a pie bajaban eran como chinchetas de colores en las escaleras de piedra. «Qué luz tan rara hay en esta ciudad», dijo Elaine Fritts. «Uno cierra los ojos un segundo y ya se ha hecho de noche.» Pasó una ráfaga de viento, sacudió la cabina, pero esta vez los turistas no gritaron. Hacía frío. El viento soltó un susurro al cruzar la cabina. Elaine, abrazada a Ricardo Laverde, recostada a la barra horizontal que protegía la ventana, se vio de pronto a oscuras. Las cabezas de los pasajeros se recortaban contra el cielo, negro sobre negro. La respiración de Ricardo le llegaba en oleadas, un olor de tabaco y agua limpia, y allí, flotando sobre los cerros orientales, viendo la ciudad encenderse para la noche, Elaine quiso que esa cabina nunca llegara abajo. Pensó, acaso por primera vez, que una persona como ella podría vivir en un país como éste. En más de un sentido, pensó, este país estaba todavía comenzando, apenas descubriendo su lugar en el mundo, y ella quería ser parte de ese descubrimiento.

El subdirector de los Cuerpos de Paz en Colombia era un hombrecito delgado y distante, de gafas de marco grueso a la Kissinger y corbata tejida. Recibió a Elaine en camisa, lo cual no hubiera tenido nada de particular si el hombre no usara camisas de manga corta, como si estuviera en el calor insoportable de Barranquilla o Girardot en lugar de morirse de frío en estos páramos. Usaba tanta brillantina en el pelo negro que la luz de un tubo de neón podía producir la ilusión de canas prematuras en sus sienes, o de raíces blancas en su carrera nítida como la de un militar. No podía saberse si era norteamericano o local, o un norteamericano hijo de locales, o un local hijo de norteamericanos; no había pistas, ni afiches en las paredes ni música sonando en ninguna parte ni libros en las estanterías, que permitieran conjeturar una vida, unos orígenes. Hablaba un inglés perfecto, pero su apellido —el largo apellido que miraba a Elaine desde el escritorio, grabado en una enseña de bronce que parecía maciza— era latinoamericano o por lo menos español, Elaine no sabía si había alguna diferencia. La entrevista era una rutina: todos los voluntarios de los Cuerpos de Paz habían pasado o pasarían por esta oficina oscura, por esta silla incómoda donde ahora Elaine se soliviaba para alisarse con las manos la larga falda aguamarina. Aquí, frente al delgado y distante Mr. Valenzuela, todos los que habían sido entrenados en el CEUCA se sentaban tarde o temprano y escuchaban un pequeño discurso sobre cómo se acercaba el final del entrenamiento, cómo pronto los voluntarios estarían viajando a los lugares donde cumplirían su misión, discursos sobre la generosidad y la responsabilidad y la oportunidad de marcar la diferencia. Escuchaban las palabras *permanent site placement* y enseguida la misma pregunta: «¿Tiene usted alguna preferencia?». Y los voluntarios pronunciaban nombres de adquisición reciente y de contenido ignoto: Bolívar, Valledupar, Magdalena, Guajira. O Quindío (pronunciado *Cuindio*). O Cauca (pronunciado *Cohca*). Luego eran trasladados a un lugar cercano al destino final, una especie de escala intermedia donde pasaban tres semanas junto a un voluntario de más experiencia. *Field training,* se llamaba. Todo eso se decidía en media hora de entrevista.

«Bueno, *what's it gonna be?*», dijo Valenzuela. «Cartagena no se puede, ni Santa Marta. Ya están llenos. Todo el mundo quiere ir allá, es por el Caribe.»

«Yo no quiero ciudades», dijo Elaine Fritts.

«¿No?»

«Creo que puedo aprender más en el campo. El espíritu de los pueblos está en sus campesinos.»

«El espíritu», dijo Valenzuela.

«Y uno puede ayudar más», dijo Elaine.

«Bueno, eso también. Vamos a ver, ¿tierra fría o tierra caliente?»

«Donde más pueda ayudar.»

«Ayuda se necesita en todas partes, señorita. Este país está a medio hornear todavía. Piense también en las cosas que usted sabe, las que se le dan bien.»

«¿Las cosas que sé?»

«Claro. No se va a ir a cultivar papas si no ha visto un azadón ni en fotos.» Valenzuela abrió una carpeta marrón que había tenido bajo la mano todo el tiempo, pasó una página, levantó la cara. «Universidad George Washington. Estudiante de Periodismo, ¿no?»

Elaine asintió. «Pero he visto azadones», dijo. «Y aprendo rápido.»

Valenzuela hizo una mueca de impaciencia.

«Pues tiene tres semanas», dijo. «Eso, o convertirse en una carga y hacer el ridículo.»

«Yo no voy a ser una carga», dijo Elaine. «Yo—»

Valenzuela removió unos papeles, sacó una nueva carpeta. «Mire, en tres días me reúno con los líderes regionales. Ahí voy a saber quién necesita qué, y voy a saber dónde puede usted hacer el *field training*. Pero lo que sé con seguridad es que hay un sitio cerca de La Dorada, ¿sabe de qué le estoy hablando? El valle del Magdalena, señorita Fritts. Es lejos, pero no es otro mundo. En el sitio este no hace tanto calor como en La Dorada, porque queda subiendo un poco la montaña. Se va uno en tren desde Bogotá, es fácil llegar y devolverse, usted ha visto que aquí los buses son un peligro público. En fin, es un buen sitio y poco solicitado. Es bueno saber montar a caballo. Es bueno tener un estómago fuerte. Hay que trabajar mucho con los de Acción Comunal, desarrollo comunitario, ya sabe usted, alfabetización, nutrición, esas cosas. Son sólo tres semanas. Si no le gusta, hay manera de echar marcha atrás.»

Elaine pensó en Ricardo Laverde. De repente, tener a Ricardo a unas cuantas horas en tren le pareció buena idea. Pensó en el nombre del lugar, La Dorada, y tradujo en su cabeza: *The Golden One*.

«La Dorada», dijo Elaine Fritts, «me parece bien».

«Primero el otro sitio, luego La Dorada.»

«Sí, el sitio ese también. Gracias.»

«Bueno», dijo Valenzuela. Abrió un cajón metálico y sacó un papel. «Mire, antes de que se me olvide. Esto es para que lo llene y lo devuelva en Secretaría.»

Era un cuestionario, o más bien una copia al carbón de un cuestionario. El encabezado era una sola pregunta, escrita a máquina en letras mayúsculas: *¿En qué se diferen-*

*cia su hogar en Bogotá de su lugar de origen?* Debajo de la pregunta había varios apartes separados por espacios generosos, ostensiblemente para ser llenados por los voluntarios con tanto detalle como fuera posible. Elaine contestó el cuestionario en un motel de Chapinero, acostada boca abajo en la cama destendida y olorosa a sexo, usando un directorio telefónico para apoyar la página y cubriéndose las nalgas con la sábana para protegerse de la mano de Ricardo, sus vagabundeos atrevidos, sus incursiones obscenas. Bajo el capítulo *Incomodidades y molestias físicas,* escribió: «Los hombres de la familia nunca levantan el bizcocho para orinar». Ricardo le dijo que era una muchachita quisquillosa y malcriada. En *Restricciones a la libertad de los huéspedes* escribió: «Cierran con tranca pasadas las nueve, y siempre tengo que despertar a mi *señora*». Ricardo le dijo que era demasiado trasnochadora. En *Problemas de comunicación* escribió: «No entiendo por qué tratan de usted a los niños». Ricardo le dijo que todavía le quedaba mucho por aprender. En *Comportamiento de los miembros de la familia* escribió: «Al hijo le gusta morderme los pezones cuando se viene». Ricardo no le dijo nada.

La familia entera la acompañó a coger el tren en la Estación de la Sabana. Era un edificio grande y solemne de columnas estriadas con un cóndor de piedra en la parte alta de la fachada, las alas extendidas como si estuviera a punto de levantar el vuelo y llevarse el ático en las garras. Doña Gloria le había regalado a Elaine un ramo de rosas blancas, y ahora, al atravesar el vestíbulo con una maleta en la mano y la cartera terciada sobre el pecho, las flores se le habían convertido en un estorbo detestable, una suerte de plumero que se estrellaba contra los otros transeúntes dejando en el suelo de piedra un rastro de pétalos tristes, y cuyas espinas Elaine se clavaba cada vez que intentaba agarrarlo mejor o protegerlo de la hostilidad ambiente. El padre, por su lado, había esperado hasta llegar al andén central para sacar su regalo, y ahora, en medio del ajetreo de la gente y de las ofertas de los limpiabotas y de las peticiones de los mendigos, explicaba que era el libro de un periodista, que había salido hace un par de años pero seguía vendiéndose, que el tipo era un guache pero el libro, por lo que decían, no estaba mal. Elaine rasgó el papel de regalo, vio un diseño de nueve marcos azules de esquinas cortadas, y en los marcos vio campanas, soles, gorros frigios, esbozos florales, lunas con cara de mujer y calaveras cruzadas con tibias y diablillos bailantes, y todo le pareció absurdo y gratuito, y el título, *Cien años de soledad,* exagerado y melodramático. Don Julio puso una uña larga sobre la E de la última palabra, que estaba al revés. «Me di cuenta después de comprarlo», se disculpó. «Si quiere, tratamos de cambiarlo por otro.» Elaine dijo que no importaba, que por una errata tonta no iba a quedarse sin lectura para el tren. Y días después, en carta a sus abuelos, escribió: «Mándenme lectura, por favor, que por las noches me aburro. Lo único que tengo aquí es un libro que me regaló mi *señor,* y he tratado de leerlo, juro que he tratado, pero el español es muy difícil y todo el mundo se llama igual. Es lo más tedioso que he leído en mucho tiempo, y hasta hay erratas en la portada. Parece mentira, llevan catorce ediciones y no la han corregido. Cuando pienso que ustedes estarán leyendo el último de Graham Greene. Es que no hay derecho».

La carta sigue así:

Bueno, déjenme que les cuente un poco dónde estoy y dónde voy a estar las próximas dos semanas. Hay tres cadenas montañosas en Colombia: la Cordillera Oriental, la Central y (sí, lo adivinaron) la Occidental. Bogotá queda a 8.500 pies de altura en esta última. Lo que hizo mi tren fue bajar la montaña hasta llegar al río Magdalena, el más importante del país. El río corre por un valle hermoso, uno de los paisajes más bonitos que he visto en mi vida, es verdaderamente el Paraíso. El trayecto hasta acá también fue impresionante. Nunca había visto tantos pájaros y tantas flores. ¡Cómo envidié al tío Philip! Envidié sus conocimientos, claro, pero también sus binóculos. ¡Cómo disfrutaría él aquí! Díganle que le mando mis mejores deseos.

En fin, les hablaba del río. En otros tiempos venían vapores de pasajeros desde Mississippi e incluso desde Londres, así de importante era el río. Y todavía hay barcos por aquí que parecen sacados directamente de *Huckleberry Finn,* no estoy exagerando. Mi tren llegó hasta un pueblo llamado La Dorada, que es donde voy a estar estacionada permanentemente. Pero por disposición de los Cuerpos de Paz, los voluntarios tenemos que hacer tres semanas de *site training* en un lugar distinto del *permanent site* y en compañía de otro voluntario. Teóricamente el lugar de tránsito debe quedar cerca del destino definitivo, pero no siempre es así. Teóricamente el otro voluntario debe tener más experiencia, pero no siempre es así. Yo he tenido suerte. Me pusieron en un municipio a pocos kilómetros del río, en las faldas de la cordillera. Se llama Caparrapí, un nombre que parece diseñado para que me vea ridícula diciéndolo. Hace calor y mucha humedad, pero se puede vivir. Y el voluntario que me tocó es un muchacho terriblemente simpático y sabe muchísimas cosas, en particular sobre los temas que yo ignoro del todo. Se llama Mike Barbieri, es un *drop-out* de la Universidad de Chicago. Uno de esos tipos que te hacen sentir bien inmediatamente, dos segundos y ya sientes que los conoces de toda la vida. Hay gente así, con carisma. La vida en otros países es más fácil para ellos, de eso me he dado cuenta. Ésta es la gente que se come el mundo, la que no va a tener problemas para sobrevivir. Ojalá yo fuera más así.

Barbieri llevaba dos años ya en los Cuerpos de Paz de Colombia, pero antes había pasado otros dos en México, trabajando con campesinos entre Ixtapa y Puerto Vallarta, y antes de México había pasado unos cuantos meses en los barrios pobres de Managua. Era alto, fibroso, rubio pero bronceado, y no era raro encontrárselo sin camisa (un crucifijo de madera colgaba invariablemente sobre su pecho), con unas bermudas y unas sandalias de cuero por toda prenda. Le había dado la bienvenida a Elaine con una cerveza en la mano y un plato de pequeñas arepas de una textura que para ella era novedosa. Elaine nunca había conocido a alguien tan locuaz y a la vez tan sincero, y en pocos minutos se enteró de que iba a cumplir veintisiete años, de que su equipo eran los Cubs, de que detestaba el aguardiente y eso por aquí era un problema, de que les tenía miedo, no, verdadero pavor, a los alacranes, y le aconsejaba a Elaine que comprara zapatos abiertos y los revisara bien todos los días antes de ponérselos. «¿Hay muchos alacranes por aquí?», preguntó Elaine. «Puede haberlos, Elaine», dijo Barbieri con voz de pitonisa. «Puede haberlos.»

El apartamento tenía dos cuartos y un salón sin apenas muebles, y quedaba en el segundo piso de una casa de paredes de color azul cielo. En la primera planta funcionaba una tienda con dos mesas de aluminio y un mostrador —panelitas de leche, mantecadas, cigarrillos Pielroja—, y detrás de la tienda, donde el mundo se volvía doméstico por arte de magia, vivía la pareja que regentaba la tienda. Su apellido era Villamil; su edad no bajaba de los sesenta. «*My* señores», dijo Barbieri al presentárselos a Elaine, y, al darse cuenta de que sus *señores* no habían comprendido muy bien el nombre de la nueva inquilina, les dijo en buen español: «Es una gringa, como yo, pero se llama Elena». Y así se referían los Villamil a ella: así la llamaban para preguntarle si tenía agua suficiente, o para que se asomara a saludar a los borrachos. Elaine lo soportaba con estoicismo, echaba de menos la casa de los Laverde, se avergonzaba por esos pensamientos de niña malcriada. Con todo, evitó a los Villamil siempre que le fue posible. Una escalera de concreto adosada a la pared exterior de la construcción le permitía subir sin ser vista. Barbieri, afable hasta la impertinencia, nunca la usaba: no había día en que no pasara por la tienda para contar su día, los logros y los fracasos, para escuchar las anécdotas que tuvieran los Villamil y aun sus clientes, y para empeñarse en explicarles a estos viejos campesinos la situación de los negros en Estados Unidos o el tema de una canción de The Mamas & the Papas. Elaine, muy a su pesar, lo veía hacer y lo admiraba. Tardó más de lo debido en descubrir por qué: a su manera, este hombre extrovertido y curioso, que la miraba con desfachatez y hablaba como si el mundo le debiera algo, le hacía pensar en Ricardo Laverde.

Durante veinte días, los veinte días calurosos que duró el aprendizaje rural, Elaine trabajó codo con codo junto a Mike Barbieri, pero también junto al líder de Acción Comunal para la zona, un hombre bajito y callado cuyo bigote cubría un labio leporino. Tenía un nombre simple, para variar: se llamaba Carlos, Carlos a secas, y había algo hermético o amenazante en esa simpleza, en su carencia de apellido, en la cualidad fantasmal con que aparecía para recogerlos en las mañanas y volvía a desaparecer en las tardes, después de dejarlos de nuevo. Elaine y Barbieri, por una especie de acuerdo previo, almorzaban en casa de Carlos, un interregno entre dos jornadas intensas de trabajo con los campesinos de las veredas circundantes, de entrevistas con políticos locales, de negociación siempre infructuosa con los terratenientes de la zona. Elaine descubrió que todo el trabajo en el campo se hacía hablando: para enseñarles a los campesinos a criar pollos de carne blanda (encerrándolos en lugar de dejarlos correr salvajemente), para convencer a los políticos de construir una escuela con recursos de aquí (ya que nadie esperaba nada del Gobierno central) o para tratar de que los ricos no los vieran simplemente como cruzados anticomunistas, había primero que sentarse alrededor de una mesa y beber, beber hasta que ya no se entendieran las palabras. «Así que me la paso montada en caballos moribundos o hablando con gente semiborracha», escribió Elaine a sus abuelos. «Pero creo que estoy aprendiendo, aunque no me dé cuenta. Mike me explicó que en colombiano esto se llama cogerle el tiro a algo. Entender cómo funcionan las cosas, saber hacerlas, todo eso. Interiorizarlas, digamos. En eso estoy. Ah, una cosita: no me escriban más aquí, que la próxima carta sea a Bogotá. De aquí voy a Bogotá y paso un mes con los últimos detalles del entrenamiento. Luego a La Dorada. Ahí empieza lo serio.»

El último fin de semana llegó Ricardo Laverde. Lo hizo por sorpresa, arreglándoselas él solo, tomando solo el tren a La Dorada y de ahí llegando a Caparrapí en bus y después preguntando, pidiendo señas, describiendo a los gringos de cuya existencia, por supuesto, sabía todo el mundo en los alrededores. Para Elaine no tuvo nada de raro que Laverde y Mike Barbieri se cayeran tan bien: Barbieri le dio a Elaine la tarde libre para que le mostrara el lugar al novio bogotano (usó esas palabras, «novio bogotano») y le dijo que se verían por la noche, para comer. Y esa noche, en cuestión de horas —horas pasadas, es cierto, en mitad de un potrero, alrededor de una fogata y en presencia de una jarra de guarapo—, Ricardo y Barbieri descubrían lo mucho que tenían en común, porque el padre de Barbieri era piloto de correos y a Ricardo no le gustaba el aguardiente, y se abrazaban y hablaban de aviones y a Ricardo se le abrían los ojos al contar de sus cursos y sus profesores, y entonces Elaine intervenía para elogiar a Ricardo y repetir los elogios que otros hacían de su talento como piloto, y luego Ricardo y Mike hablaban de Elaine en su presencia, lo buena muchacha que era, lo bonita, sí, también lo bonita, con esos ojos, decía Mike, sí, sobre todo los ojos, decía Ricardo y soltaban una carcajada y se decían secretos como si en lugar de acabar de conocerse hubieran sido compañeros de *frat house*, y cantaban *For she's a jolly good fellow* y lamentaban a coro que Elaine se tuviera que ir a otro *site, this site should be your site, fuck La Dorada, fuck The Golden One, fuck her all the way*, y brindaban por Elaine y por los Peace Corps, *for we're all jolly good fellows, which nobody can deny*. Y al día siguiente, con todo y el dolor de cabeza del guarapo, Mike Barbieri los acompañó él mismo a coger el bus. Los tres llegaron a la plaza del pueblo a caballo, como colonos de otros tiempos (aunque los suyos fueran jamelgos escuálidos que por nada del mundo hubieran pertenecido a colonos de otros tiempos), y en la cara de Ricardo, que iba cargando cortésmente su equipaje, Elaine vio algo que no había visto nunca: admiración. Admiración por ella, por la soltura con que se movía en el pueblo, por el cariño que le había tomado la gente en sólo tres semanas, por la naturalidad y al mismo tiempo la autoridad innegable con que ella se hacía entender de los lugareños. Elaine vio esa admiración en su cara y sintió que lo quería, que impredeciblemente había comenzado a sentir cosas nuevas y más intensas por este hombre que también parecía quererla, y al mismo tiempo pensó que había llegado a ese punto feliz: cuando este lugar ya no podía sorprenderla demasiado. Cierto, había siempre imprevistos, en Colombia la gente siempre se las arreglaba para ser impredecible (en su comportamiento, en sus maneras: uno nunca sabía qué estaban pensando en realidad). Pero Elaine se sentía dueña de la situación. «Pregúntame si le cogí el tiro a la vaina», le dijo a Ricardo cuando se subieron al bus. «¿Le cogiste el tiro a la vaina, Elena Fritts?», preguntó él. Y ella respondió: «Sí. Le cogí el tiro a la vaina».

No tenía manera de saber cuánto se equivocaba.

## V. *What's there to live for?*

Elaine recordaría esas últimas tres semanas en Bogotá y en compañía de Ricardo Laverde como se recuerdan los días de la infancia, una niebla de imágenes distorsionadas por las emociones, una mezcla promiscua de fechas cardinales sin una cronología bien establecida. La vuelta a la rutina de las clases en el CEUCA —faltaban ya muy pocas, cuestión de afinar ciertos conocimientos o quizás de justificar ciertas burocracias— quedaba rota por el desorden de sus encuentros con Ricardo, que perfectamente podía esperarla detrás de un eucalipto cuando ella llegaba a casa o meterle una nota en el cuaderno y citarla en un café de mala muerte de la Diecisiete con Octava. Elaine asistía invariablemente a las citas, y en la relativa soledad de los cafés del centro los dos se lanzaban miradas más o menos lascivas y luego se metían en un cine para sentarse en la última fila y tocarse por debajo de un abrigo largo y negro que había sido del abuelo, el héroe aviador de la guerra con el Perú. De puertas para adentro, en la casa estrecha del barrio de Chapinero, en el territorio de don Julio y la señora Gloria, siguieron adelante con aquella ficción en que él era el hijo de la familia de acogida y ella, la inocente aprendiz de turno; siguieron también, por supuesto, con las visitas nocturnas del hijo a la aprendiz, con los nocturnos orgasmos silenciosos. Así comenzaron a llevar una vida doble, una vida de amantes clandestinos que no despertó las sospechas de nadie, una vida en la que Ricardo Laverde era Dustin Hoffman en *El graduado* y la señorita Fritts era la señora Robinson y a la vez su hija, que también se llamaba Elaine: eso debía significar algo,

¿no era demasiada coincidencia? Durante esos pocos días bogotanos, Elaine y Ricardo protestaron cuantas veces fueron convocados contra la guerra de Vietnam, y al mismo tiempo asistían juntos y como pareja a fiestas organizadas por la colonia norteamericana en Bogotá, eventos sociales que parecían montados deliberadamente para que los voluntarios pudieran volver a hablar en su lengua, preguntar de viva voz qué habían hecho los Mets o los Vikings o sacar una guitarra y cantar, a coro y alrededor de una chimenea y pasándose al mismo tiempo un *joint* que se acababa en dos vueltas, la canción de Frank Zappa:

> *What's there to live for?*
> *Who needs the Peace Corps?*

Las tres semanas terminaron el 1 de noviembre, cuando, a las ocho y media de la mañana, una nueva camada de aprendices juraron lealtad a los estatutos de los Cuerpos de Paz, tras otras promesas y una declaración de vagas intenciones, y recibieron su nombramiento oficial como voluntarios. Era una mañana lluviosa y fría, y Ricardo se había puesto una chaqueta de cuero que, al contacto con la lluvia, había comenzado a desprender un olor intenso. «Estaban todos», escribió Elaine a sus abuelos. «Entre los graduandos estaban Dale Cartwright y la hija de los Wallace (la mayor, ustedes se acuerdan). Entre el público asistente, la esposa del embajador y un señor alto y encorbatado que, me parece haber entendido, es un demócrata importante en Boston.» Elaine mencionaba también al subdirector de los Cuerpos de Paz de Colombia (sus gafas a la Kissinger, su corbata tejida), a las directivas del CEUCA e incluso a un funcionario aburrido de la Alcaldía, pero en ningún punto de la carta aparecía Ricardo Laverde. Lo cual, visto con la distancia de los años, no dejaba de ser irónico, pues esa misma noche, con el pretexto de felicitarla y al mismo tiempo de despedirla en nombre de toda la familia Laverde, Ricardo la invitó a comer al restaurante El Gato Negro, y a la luz de unas velas mal hechas que parecían a punto de caerse sobre los platos de comida, aprovechando el silencio que se hizo cuando el trío de cuerdas terminó de cantar *Pueblito viejo*, se arrodilló en medio del corredor por el que pasaban los meseros de corbatín y con más frases de las necesarias le pidió que se casara con él. Como en una ráfaga, Elaine se acordó de sus abuelos, lamentó que estuvieran tan lejos y que a su edad y con su salud considerar siquiera el viaje fuera imposible, sintió una de esas tristezas que toleramos porque aparecen en momentos felices y, pasada la tristeza, se agachó para besar a Ricardo con fuerza. Al hacerlo recibió el olor a cuero mojado de la chaqueta y la boca de Ricardo le supo a salsa *meunière*. «¿Eso quiere decir que sí?», dijo Ricardo después del beso, todavía arrodillado y estorbando a los meseros. Elaine lloró al responder, pero lloró sonriendo. «Pues claro», dijo. «Qué pregunta tan estúpida.»

De manera que Elaine tuvo que postergar quince días su partida a La Dorada, y en ese tiempo cruelmente corto organizó, con la ayuda de su futura suegra (y después de convencerla de que no, no estaba embarazada), un matrimonio pequeño y casi clandestino en la iglesia de San Francisco. A Elaine le había gustado la iglesia desde el comienzo de su vida en Bogotá, le habían gustado sus gruesas paredes de piedra húmeda, y le gustaba también entrar por la puerta de la calle y volver a salir por la carrera, ese choque violento de la luz con la oscuridad y del ruido con el silencio. El día antes del matrimonio, Elaine se dio un paseo por el centro (una misión de reconocimiento, diría Ricardo); al cruzar el umbral de la iglesia, pensó en el silencio y el ruido y la oscuridad y la luz, y sus ojos se fijaron en el altar iluminado. El lugar le resultó familiar ese día, no con la simple familiaridad de quien lo ha visitado antes, sino de una manera más profunda o más íntima, como si hubiera leído su descripción en alguna novela. Se fijó en las llamas tímidas de velas y cirios, en las lámparas débiles y amarillas sujetas como teas a las columnas. La luz de los vitrales iluminaba a dos mendigos que dormían, las piernas cruzadas, las manos juntas sobre el vientre como las tumbas de mármol de un papa. A la derecha, un Cristo de tamaño natural en cuatro patas, igual que si gateara; el día que entraba con toda su fuerza por la otra puerta le golpeaba la cara, y bajo la luz brillaban las espinas de la corona y las gotas de color verde esmeralda que el Cristo lloraba o transpiraba. Elaine siguió adelante, caminó hacia el altar empotrado en el fondo por el corredor izquierdo, y entonces vio la jaula. En ella, encerrado como un animal en exhibición, había un segundo Cristo, de pelo más largo, piel más amarilla, sangre más oscura. «Es lo mejor de Bogotá», le había dicho una vez Ricardo. «Te juro, junto a esto no hay Monserrate que valga.» Elaine se inclinó, acercó la cara a la plaquita: *Señor de la agonía.* Dio dos pasos más hacia el púlpito, encontró una caja de latón y una nueva leyenda: *Deposite aquí la ofrenda y se iluminará la imagen.* Se metió la mano al bolsillo, encontró una moneda y la levantó con dos dedos, como una hostia, para que le diera la luz: era un peso, el sello oscuro como si hubieran pasado la moneda por el fuego. La metió en la ranura. El Cristo cobró vida bajo el breve chorro de los reflectores. Elaine sintió, o más bien supo, que iba a ser feliz toda la vida.

Luego vino la recepción, que Elaine atravesó entre brumas, como si todo le ocurriera a alguien más. La familia Laverde la organizó en su casa: doña Gloria le explicó a Elaine que había sido imposible, con tan poca anticipación, alquilar el salón de un club social o algún otro lugar más decente, pero Ricardo, que presenció la laboriosa explicación asintiendo y en silencio, esperó a que su madre se hubiera ido para decirle a Elaine la verdad. «Están jodidos de plata», dijo. «Los Laverde tienen la vida empeñada.» La revelación chocó a Elaine menos de lo que hubiera creído: mil señales dispersas a lo largo de los últimos meses la habían preparado para ella. Pero le llamó la atención que Ricardo hablara de sus padres en tercera persona, como si la bancarrota no lo afectara a él. «¿Y nosotros?», preguntó Elaine. «¿Nosotros qué?» «Qué vamos a hacer», dijo Elaine, «lo de mi trabajo no da para mucho». Ricardo la miró a los ojos, le puso una mano en la frente como si le tomara la temperatura. «Es suficiente para un rato», dijo, «y después ya veremos. Yo en tu lugar no me preocuparía». Elaine pensó que no, que no estaba preocupada. Y se preguntó por qué. Y luego le preguntó a él. «¿Por qué no te preocuparías en mi lugar?» «Porque a un piloto como yo nunca le falta el trabajo, Elena Fritts. Eso es así y no tiene vuelta de hoja.»

Más tarde, cuando ya los invitados se habían ido, Ricardo la condujo al cuarto donde se habían acostado la primera vez, la sentó en la cama (apartó a manotazos los pocos regalos de matrimonio) y entonces Elaine pensó que le iba a hablar de dinero, que le iba a decir que no podían irse de luna de miel a ningún sitio. No lo hizo. Le puso una venda en los ojos, un paño grueso y oloroso a naftalina que podía ser una bufanda vieja, y le dijo: «De ahora en adelante no ves nada». Y así, a ciegas, Elaine se dejó llevar escaleras abajo, y a ciegas oyó las despedidas de la familia (le pareció que doña Gloria lloraba), y a ciegas salió al frío de la noche y se subió a un carro que alguien más conducía, y pensó que era un taxi, y en el recorrido a quién sabe dónde preguntó qué era todo esto y Ricardo le dijo que se callara, que no se fuera a tirar la sorpresa. Elaine sintió a ciegas que el taxi se detenía y que se abría una ventana y que Ricardo se identificaba y que lo saludaban con respeto y que se abría una puerta grande que hizo un ruido de metales. Al bajarse del taxi, segundos después, sintió en los pies una superficie rugosa y una ráfaga de viento frío la despeinó. «Hay unas escaleras», dijo Ricardo.

«A ver, despacio, no te vayas a caer.» Ricardo le presionaba la cabeza como se hace para evitar que uno se golpee contra un techo bajo, como lo hacen los policías para que sus reos no se golpeen contra el marco de la puerta al meterlos a la patrulla. Elaine se dejó llevar, su mano tocó un material novedoso que pronto se transformó en un asiento y sintió algo rígido contra una rodilla, y al sentarse una imagen se figuró en su cabeza, la primera idea clara de dónde estaba y de lo que iba a suceder enseguida. Y lo confirmó cuando Ricardo comenzó a hablar con la torre de control y la avioneta comenzó a carretear, pero Ricardo sólo le dio permiso de quitarse la venda más tarde, después del despegue, y al hacerlo Elaine se vio de cara al horizonte, un mundo que nunca había visto antes bañado por una luz que nunca había visto antes, y esa misma luz bañaba la cara de Ricardo, que movía las manos sobre el tablero y miraba instrumentos (agujas que giraban, luces de colores) que ella no entendía. Iban a la base de Palanquero, en Puerto Salgar, a pocos kilómetros de La Dorada: éste era su regalo de matrimonio, estos minutos pasados a bordo de una avioneta prestada, una Cessna Skylark que el abuelo le había conseguido al novio para efectos de impresionar a la novia. Elaine pensó que era el mejor regalo imaginable y que nunca ningún voluntario de los Cuerpos de Paz había llegado en avioneta a su lugar de trabajo. Una ráfaga de viento los sacudió. Luego tomaron tierra. *Es la nueva vida,* pensó Elaine. *Acabo de aterrizar en mi nueva vida.*

Y así era. La luna de miel se confundió con la llegada al *permanent site,* los primeros polvos legítimos se confundieron con las primeras misiones de la nueva voluntaria: las primeras gestiones para llevar el alcantarillado a donde no lo había, las primeras reuniones con Acción Comunal. Elaine y Ricardo se permitieron el lujo, cortesía de la clase del CEUCA, de pasar un par de noches en una posada de turistas de La Dorada, rodeados de familias de Bogotá o de ganaderos antioqueños, y esos días les bastaron para encontrar una casa de una sola planta por un precio que parecía razonable. La casa —una clara mejoría, ahora que eran matrimonio, con respecto a la piecita de Caparrapí— era rosada como un salmón y tenía un patio de tierra de nueve metros cuadrados que nadie había cuidado en mucho tiempo y que Elaine se puso de inmediato a recuperar. Descubrió que ahora, en su nueva vida, las mañanas habían cobrado una nueva personalidad, y se despertaba con las primeras luces sólo para sentir el frescor del aire de la madrugada antes de que el calor brutal empezara a devorar el día. «Me baño temprano y con agua fría», escribió a sus abuelos, «yo que tanto me quejé del agua fría en Bogotá. Lo que uno usa para bañarse se llama *totuma*. Les mando una foto». Durante los primeros días se proveyó de algo que se revelaría esencial: un caballo para ir a los pueblos vecinos. Se llamaba Tapahueco, pero el nombre le costó tanto trabajo a Elaine que acabó cambiándolo por Truman, y tenía tres marchas: un paso lento, un trote y un galope de carreras. «Por cincuenta pesos al mes», escribió Elaine, «un campesino me lo cuida y me lo alimenta y me lo trae todos los días a las ocho de la mañana. Tengo ampollas en el trasero y me duelen todos los músculos del cuerpo, pero estoy aprendiendo a montar mejor cada vez. Truman sabe más que yo y me ayuda a aprender. Nos entendemos bien, y eso es lo que importa. Con caballo uno aprende a manejar mejor el tiempo. No hay que depender de nadie y es más barato. No soy uno de los Siete Magníficos, pero no pierdo el entusiasmo».

También se dedicó a hacer contactos: con la ayuda del voluntario saliente, un muchachito de Ohio que Elaine despreció desde el primer instante (tenía una barba de apóstol de película, pero carecía por completo de iniciativa), compiló una lista de treinta personalidades: ahí estaba el cura, los jefes de las familias más influyentes, el alcalde, los terratenientes de Bogotá y Medellín, una especie de poderes ausentes que tenían la tierra pero nunca estaban en ella, y vivían de ella pero nunca pagaban los impuestos que ella les causaba: Elaine se quejaba de esto en las noches, en su cama matrimonial, y luego se quejaba de que en Colombia todos los ciudadanos fueran políticos pero ningún político quisiera hacer nada por los ciudadanos. Ricardo, que actuaba como si ya estuviera de vuelta de la vida, se divertía sin disimularlo y la llamaba ingenua y la llamaba cándida y la llamaba gringa incauta, y después de burlarse de ella y de sus pretensiones de misionera social, de Buena Samaritana para el Tercer Mundo, ponía una expresión de insoportable paternalismo y canturreaba, con pésimo acento, *What's there to live for? Who needs the Peace Corps?* Y cuanto más se indignaba Elaine, a quien el sarcasmo de la cancioncita había dejado de hacer gracia, con más entusiasmo la cantaba él:

> *I'm completely stoned,*
> *I'm hippy and I'm trippy,*
> *I'm a gypsy on my own.*

«*Go fuck yourself*», le decía ella, y él entendía perfectamente.

Un par de días antes de Navidad, tras una larga y frustrante junta con el médico local, Elaine llegó a casa muerta de ganas de darse un baño y quitarse del cuerpo el polvo y el sudor, y se encontró con que tenían visita. Estaba atardeciendo, las débiles luces de las ventanas vecinas comenzaban a encenderse. Ató a Truman al poste más próximo y, dando un rodeo, entró a la casa por el pequeño jardín y la cocina, y mientras buscaba una cocacola en la nevera de icopor le llegaron las primeras voces. Como venían del salón y no del cuarto, y como eran dos voces masculinas, supuso que se trataba de algún conocido que se había presentado por sorpresa para pedirle algo a la gringa. Ya había sucedido en varias ocasiones: los colombianos, se quejaba Elaine, creían que la labor de los Cuerpos de Paz era llevar a cabo todo lo que a ellos les daba pereza o les parecía difícil. «Es la mentalidad de la colonia», solía decirle a Ricardo cuando hablaban del tema. «Tantos años acostumbrados a que otro les haga las cosas no se borran así.» De repente la idea de saludar a una de esas personas, la idea de tener que cruzar una serie de banalidades y preguntar por la familia y los niños y sacar el ron o la cerveza (porque uno nunca sabía en qué momento del futuro esta persona podría ser útil, y porque en Colombia las cosas no se hacían por trabajo, sino por amistad real o fingida), le produjo un cansancio infinito. Pero entonces oyó un acento en una de las voces, un vago timbre le resultó familiar, y al asomarse, todavía sin ser vista, reconoció primero a Mike Barbieri y enseguida, casi de manera automática, a Carlos, el hombre del labio leporino que tanto les había ayudado en Caparrapí. Entonces los hombres debieron de oírla o sentir su presencia, porque los tres giraron la cabeza al mismo tiempo.

«Ah, por fin», dijo Ricardo. «Ven, ven, no te quedes ahí parada. Esta gente vino para verte a ti.»

Mucho tiempo después, recordando ese día, a Elaine no dejaría de maravillarla la certeza con que supo, sin ninguna prueba ni razón para sospechar, que Ricardo le había mentido. No, no la habían venido a ver a ella: Elaine lo supo en el instante mismo en que las palabras fueron pronunciadas. Fue un escalofrío, una incomodidad al estrechar la mano de Carlos sin que Carlos la mirara a los ojos, una cierta ansiedad o desconfianza al saludar en español a Mike Barbieri, al preguntarle cómo estaba, cómo le iban las cosas, por qué no había asistido a la última reunión departamental. Ricardo estaba sentado en una mecedora de mimbre que habían conseguido a buen precio en el mercado de artesanías; los dos invitados, en bancas de madera. En el centro, sobre la lámina de vidrio de la mesa, había unos papeles que Ricardo recogió de un manotazo, pero en los cuales Elaine alcanzó a ver un dibujo desordenado, una especie de gran ectoplasma con la forma del continente americano, o con la forma que habría tenido un continente americano dibujado por un niño. «Hola, ¿qué hacen?», preguntó Elaine.

«Mike viene a pasar Navidad con nosotros», dijo Ricardo.

«Si no te importa», dijo Mike.

«No, claro que no», dijo Elaine. «¿Y vienes solo?»

«Solo, sí», dijo Mike. «Con ustedes dos, no necesito a nadie más.»

Entonces Carlos se puso de pie y le señaló su banca a Elaine, como para cedérsela, y musitando algo que podía o no ser una despedida, y levantando una mano de dedos gordos, comenzó a caminar hacia la puerta. Una gran mancha de sudor le bajaba por la espalda. Elaine lo miró de arriba abajo y vio que su cinturón había pasado por encima de una trabilla y vio sus pantalones bien planchados y le llamó la atención el ruido que hacían sus sandalias y el tono grisáceo de la piel de sus talones. Mike Barbieri se quedó un rato más, el tiempo de beber dos rones con cocacola y de contar que un voluntario de Sacramento había venido a pasar *Thanksgiving* con él, y que le había enseñado a llamar por teléfono a Estados Unidos con un *ham radio*. Era magia, pura magia. Había que conseguir un radioaficionado aquí y un radioaficionado en Estados Unidos, gente amiga que estuviera dispuesta a prestar el aparato y hacer la conexión, y así uno podía hablar de inmediato con la familia sin pagar un dólar, pero tranquilos, era todo legítimo, nada fraudulento, o tal vez sí, un poco, pero qué importaba: él mismo había hablado con su hermana menor, con un amigo al que debía dinero e incluso con una novia de la universidad que alguna vez lo echó de su vida y que ahora, con el tiempo y la distancia, ya le había perdonado hasta los peores pecados. Y todo eso completamente gratis, ¿no era extraordinario?

Mike Barbieri pasó la Nochebuena con ellos, y también la Navidad, y también la semana siguiente, y también la Nochevieja y también el Año Nuevo, y el 2 de enero se despidió como si se despidiera de su familia, con ojos llorosos y abrazos emocionados y frases enteras dedicadas a agradecerles la hospitalidad, la compañía, el cariño y el ron con cocacola. Fueron días largos para Elaine, que no conseguía entusiasmarse con estas fiestas sin bastones ni medias colgando de la chimenea y seguía sin entender muy bien en qué momento ese gringo desorientado se había instalado entre ellos. Pero Ricardo parecía pasársela de maravilla: «Es mi hermano perdido», le decía abrazándolo. Por las noches, con un par de tragos encima, Mike Barbieri sacaba la hierba y armaba un cigarrillo, Ricardo encendía el ventilador y los tres se ponían a hablar de política, de Nixon y de Rojas Pinilla y de Misael Pastrana y de Edward Kennedy, cuyo carro rompió el puente y se fue al agua, y de Mary Jo Kopechne, la pobre muchachita que lo acompañaba y que murió ahogada. Al final Elaine, exhausta, se iba a dormir. Para ella, como para los campesinos de su zona de influencia, la última semana del año no era de vacaciones, y durante esos días siguió saliendo de casa tan temprano como pudiera para llegar a sus citas. Cuando volvía en la tarde, sucia y frustrada por la falta de progresos y con las pantorrillas adoloridas por las horas pasadas sobre Truman, Ricardo y Mike la esperaban con la comida ya medio lista. Y tras la comida, la misma rutina: ventanas abiertas de par en par, ron, marihuana, Nixon y Rojas Pinilla, el Mar de la Tranquilidad y cómo cambiaría la vida, la muerte de Ho Chi Minh y cómo cambiaría la guerra.

El primer lunes hábil de 1970 —un día seco y duro y caluroso, un día de tanta luz que los cielos parecían blancos y no azules—, Elaine salió montada en Truman y en dirección a Guarinocito, donde estaban construyendo una escuela y ella iba a hablar de un programa de alfabetización que los voluntarios del departamento habían comenzado a coordinar, y al doblar una esquina le pareció ver de lejos a Carlos y a Mike Barbieri. En la tarde, al regresar, Ricardo le tenía la noticia: le habían conseguido un trabajo, se iba a tener que ausentar un par de días. Se trataba de traer unos televisores de San Andrés, nada más simple, pero iba a tener que dormir en destino. Así dijo, «en destino». Elaine se alegró de que ya le comenzaran a salir trabajos: tal vez, después de todo, no iba a ser tan difícil ganarse la vida como piloto. «Todo va bien», escribió Elaine a principios de febrero. «Claro, es mil veces más fácil volar un avión por instrumentos que lograr la cooperación de los políticos de pueblo.» Añadió: «Y más siendo mujer». Y después:

Una cosa aprendí: ya que la gente de los pueblos está acostumbrada a que los manden, comencé a comportarme como un patrón. Lamento mucho decir que la cosa da resultados. Así logré que las mujeres de Victoria (es un pueblo de por aquí) exigieran al médico una campaña de nutrición y de salud dental. Sí, es raro ver las dos cosas juntas, pero alimentarse sólo con aguapanela le destroza los dientes a cualquiera. Así que por lo menos eso he logrado. No es mucho, pero es un comienzo.

Ricardo, eso sí, está feliz. Como un niño en una tienda de juguetes. Le comenzaron a salir trabajos, no muchos, pero suficientes. Todavía no tiene las horas para ser piloto comercial, pero eso es mejor, porque cobra más barato y lo prefieren por eso (en Colombia todo es mejor si se hace por debajo de cuerda). Claro, lo veo menos. Se va tempranísimo, vuela desde Bogotá y esos trabajos se le comen el día. A veces hasta le toca dormir en su casa vieja, en la casa de sus padres, a la ida o a la vuelta o ambas. Y yo aquí sola. A veces es desesperante, pero no tengo derecho a quejarme.

Entre los días de trabajo de Ricardo pasaban semanas de ocio, de manera que en las tardes, cuando Elaine llegaba de sus frustrantes intentos por cambiar el mundo, Ricardo había tenido tiempo de aburrirse y de volverse a aburrir y de empezar a hacer cosas en la casa con su caja de herramientas, y la casa tomaba el aspecto de una constante obra gris. En marzo Ricardo le construyó a Elaine un baño en el patio de tierra, ya convertido en pequeño jardín: un cubículo de madera adosado a la pared exterior de la casa que le permitía a Elaine sacar una manguera y darse una ducha bajo el cielo nocturno. En mayo construyó un armario para guardar sus herramientas, y le puso un candado inexpugnable del tamaño de una baraja para desanimar a cualquier ladrón. En junio no construyó nada, porque estuvo ausente más de lo acostumbrado: tras conversarlo con Elaine, decidió volver al Aeroclub para sacar la licencia de piloto comercial, lo cual le permitiría llevar carga y, lo más importante, pasajeros. «Así vamos a dar un paseo en serio», dijo. La obtención de la licencia le implicaba casi cien horas más de vuelo, aparte de diez horas de instrucción en doble comando en avión, así que se iba durante la semana a Bogotá (dormía en su propia casa, recibía noticias de sus padres, daba noticias de su vida de recién casado, todos brindaban y se alegraban) y regresaba a La Dorada en la tarde del viernes, en tren o en bus y una vez en taxi fletado. «Con lo que cuesta», dijo Elaine. «No importa», dijo él. «Quería verte. Quería ver a mi esposa.» Uno de esos días llegó pasada la medianoche, no en bus ni en tren y ni siquiera en taxi, sino en un campero blanco que invadió con el escándalo de su motor y la potencia de sus luces la tranquilidad de la calle. «Pensé que no venías ya», le dijo Elaine. «Es tarde, estaba

preocupada.» Hizo un gesto hacia el campero blanco.
«¿Y eso de quién es?»

«¿Te gusta?», le dijo Ricardo.

«Es un campero.»

«Sí», dijo él. «¿Pero te gusta?»

«Es grande», dijo Elaine. «Es blanco. Hace ruido.»

«Pues es tuyo», dijo Ricardo. «Feliz Navidad.»

«Estamos en junio.»

«No, ya es diciembre. No se nota porque el clima
es el mismo. Ya tendrías que saber, tú que te las das de
colombiana.»

«Pero de dónde viene», dijo Elaine, marcando las
consonantes. «Y cómo podemos, cuándo...»

«Demasiadas preguntas. Esto es un caballo, Elena
Fritts, lo único es que va más rápido y si llueve no te mo-
jas. Ven, vamos a dar una vuelta.»

Era un Nissan Patrol modelo 68, según supo Elaine, y el color oficial no era blanco, mucha atención, sino
marfil. Pero estas informaciones le interesaron menos que
las dos puertas traseras y el compartimiento de pasajeros,
un espacio tan amplio que una colchoneta se hubiera podido poner en el suelo. Salvo que eso no hubiera sido
necesario, porque el campero tenía dos bancas plegables
de cojinería beige en las que podía acostarse un niño sin
incomodidad ninguna. El asiento delantero era una especie de gran sofá, y allí se acomodó Elaine, y vio la palanca
de cambios larga y delgada que salía del suelo y su perilla
negra con las tres velocidades marcadas, y vio el tablero
blanco y pensó que no era blanco, sino marfil, y vio el
timón negro que ahora Ricardo comenzaba a mover, y se
agarró a una barandilla que encontró sobre la guantera. El
Nissan empezó a moverse por las calles de La Dorada y
pronto salió a la carretera. Ricardo dobló en dirección a
Medellín. «Las cosas me están yendo bien», dijo entonces.
El Nissan dejó atrás las luces del pueblo y se hundió en la
noche negra. Bajo las luces nacían los árboles frondosos

de la vereda, un perro de ojos brillantes que pasaba asustado, un charco de agua sucia que soltaba un destello. La noche era húmeda y Ricardo abrió las rendijas de la ventilación y un soplo de aire cálido entró en la cabina. «Las cosas me están yendo bien», repitió. Elaine lo veía de perfil, veía la expresión intensa de su cara en la penumbra: Ricardo trataba al mismo tiempo de mirarla a ella y de no perder el control sobre un camino lleno de sorpresas (podía haber otros animales distraídos, hundimientos de la calzada que más parecían pequeños cráteres, algún borracho en bicicleta). «Las cosas me están yendo bien», dijo Ricardo por tercera vez. Y justo cuando Elaine estaba pensando *me quiere decir algo,* justo cuando había llegado a asustarse por la revelación que se le venía encima como saliendo de la noche negra, justo cuando estaba a punto de cambiar de tema por vértigo o por miedo, habló Ricardo con un tono que no abría espacio a la duda: «Quiero tener un hijo».

«Pero tú estás loco», dijo Elaine.

«¿Por qué?»

Elaine comenzó a manotear. «Porque tener un hijo cuesta plata. Porque yo soy una voluntaria de los Cuerpos de Paz y la plata me alcanza para sobrevivir apenas. Porque primero tengo que terminar el voluntariado.» *Voluntariado:* la palabra le costó un trabajo horrible a su lengua, como una carretera llena de curvas, y por un momento pensó que se había equivocado. «A mí me gusta esto», dijo entonces, «me gusta lo que hago».

«Puedes seguir haciéndolo», dijo Ricardo. «Después.»

«¿Y dónde vamos a vivir? No podemos tener un hijo en esta casa.»

«Pues nos cambiamos.»

«Pero con qué plata», dijo Elaine, y en su voz hubo algo parecido a la irritación. Le habló a Ricardo como se le habla a un niño terco. «Yo no sé en qué mundo vives, *dear,* pero esto no se improvisa.» Se agarró el pelo largo con las dos manos. Luego buscó en un bolsillo, sacó una banda elástica y se cogió el pelo en una coleta para refrescarse la nuca sudorosa. «Tener un hijo no se improvisa. *You just don't, you don't.*»

Ricardo no respondió. Un silencio denso se hizo en la cabina: el Nissan era lo único audible, el rugido de su motor, la fricción de las ruedas contra la calzada rugosa. Al lado del camino se abrió entonces una pradera inmensa. A Elaine le pareció ver un par de vacas acostadas debajo de una ceiba, el blanco de sus cueros rompiendo el negro uniforme del pasto. Al fondo, sobre una bruma baja, se recortaban los farallones. El Nissan se movía sobre el pavimento desigual, el mundo era gris y azul por fuera del espacio iluminado, y entonces la carretera entró en una suerte de túnel marrón y verde, un corredor de árboles cuyas ramas se encontraban en el aire como un gigantesco domo. Elaine recordaría siempre aquella imagen, la vegetación tropical rodeándolos por completo y ocultando el cielo, porque fue en ese momento que Ricardo le contó —esta vez con los ojos fijos en la carretera, sin mirar a Elaine para nada, más bien evitando su mirada— de los negocios que estaba haciendo con Mike Barbieri, del futuro que tenían esos negocios y de los planes que esos negocios le habían permitido hacer. «Yo no improviso, Elena Fritts», dijo. «Todo esto me lo he pensado durante mucho tiempo. Todo está planeado hasta el último detalle. Otra cosa es que tú no te hayas enterado hasta ahora de los planes, y eso es, bueno, porque todavía no te tocaba. Ahora ya te toca. Te voy a explicar todo. Y luego me vas a decir si podemos tener un hijo o no. ¿Trato hecho?»

«Sí», dijo Elaine. «Trato hecho.»

«Bueno. Entonces déjame que te cuente lo que está pasando con la marihuana.»

Y le contó. Le contó del cierre, el año anterior, de la frontera mexicana (Nixon buscando liberar a Estados

Unidos de la invasión de la hierba); le contó de los distribuidores cuyo negocio había quedado entorpecido, cientos de intermediarios cuyos clientes no daban espera y que comenzaron entonces a mirar hacia otros lados; le habló de Jamaica, una de las alternativas más a mano que tenían los consumidores, pero sobre todo de la Sierra Nevada, del departamento de La Guajira, del valle del Magdalena. Le contó de la gente que había venido, en cuestión de unos cuantos meses, desde San Francisco, desde Miami, desde Boston, buscando socios idóneos para un negocio de rentabilidad asegurada, y tuvieron suerte: encontraron a Mike Barbieri. Elaine pensó brevemente en el jefe de voluntarios de Caldas, un episcopaliano de South Bend, Indiana, que ya había boicoteado los programas de educación sexual en zonas rurales: ¿qué pensaría si supiera? Pero Ricardo seguía hablando. Mike Barbieri, le decía, era mucho más que un socio: era un verdadero pionero. Les había enseñado cosas a los campesinos. Junto con otros voluntarios versados en agricultura, les había enseñado técnicas, dónde sembrar mejor para que las montañas protejan las matas, qué fertilizante usar, cómo separar los machos de las hembras. Y ahora, bueno, ahora tenía contactos con diez o quince hectáreas regadas de aquí a Medellín, y era capaz de producir unos cuatrocientos kilos por cosecha. Les había cambiado la vida a estos campesinos, de eso no tenía la menor duda, estaban ganando mejor que nunca y con menos trabajo, y todo gracias a la hierba, a lo que estaba pasando con la hierba. «La meten en bolsas de plástico, meten las bolsas en un avión, pongamos lo más fácil, un bimotor Cessna. Yo recibo el avión, lo llevo lleno de una cosa y me devuelvo trayendo otra. Mike paga unos veinticinco dólares por kilo, pongamos. Diez mil en total, y eso sólo si la calidad es la máxima. Por mal que a uno le vaya, en cada viaje se vuelve uno con sesenta, setenta mil, a veces más. ¿Cuántos viajes se pueden hacer? Tú saca las cuentas. Lo que te quiero decir es que me necesitan. Yo estaba donde tenía que estar cuando tenía que estar, y fue un golpe de suerte. Pero ya no se trata de suerte. Me necesitan, me he vuelto indispensable, esto no ha hecho más que comenzar. Yo soy el que sabe dónde se puede aterrizar, dónde se puede despegar. Yo soy el que sabe cómo se carga uno de estos aviones, cuánto soporta, cómo se distribuye la carga, cómo camuflar depósitos de combustible en el fuselaje para hacer vuelos más largos. Y tú no te imaginas, Elena Fritts, tú no te imaginas lo que es despegar de noche, el golpe de adrenalina que es despegar de noche entre las cordilleras, con el río abajo como una lámina de aluminio, como un chorro de plata fundida, el río Magdalena en las noches de luna es lo más impresionante que pueda verse. Y no sabes lo que es verlo desde arriba y seguirlo, y salir al mar, al espacio infinito del mar, cuando todavía no ha amanecido, y ver amanecer en el mar, el horizonte que se enciende como si fuera de fuego, la luz que lo deja a uno ciego de lo clara que es. Todavía no lo he hecho más que un par de veces, pero ya conozco el itinerario, conozco los vientos y las distancias, conozco las manías del avión como si fuera este campero que tengo entre las manos. Y los demás se están dando cuenta. De que puedo despegar este aparato donde quiera y aterrizarlo donde quiera, despegarlo en dos metros de ribera y aterrizarlo en un desierto pedregoso de California. Soy capaz de meterlo por los espacios que dejan los radares: no importa lo pequeños que sean, mi avión cabe ahí. Un Cessna o el que tú me pongas, un Beechcraft, el que sea. Si hay un hueco entre dos radares, yo lo encuentro y por ahí meto el avión. Soy bueno, Elena Fritts, soy muy bueno. Y voy a ser mejor cada vez, con cada vuelo. Casi me da miedo pensarlo.»

Un día de finales de septiembre, durante una semana de aguaceros prematuros en que las quebradas se desbordaron y varios caseríos sufrieron emergencias sanitarias, Elaine asistió a una reunión departamental de voluntarios en la sede de los Cuerpos de Paz de Manizales, y estaba en medio de un debate más bien agitado sobre la constitución de cooperativas para los artesanos locales cuando sintió algo en el estómago. No logró ni siquiera llegar a la puerta del salón: los demás voluntarios la vieron ponerse de cuclillas con una mano en el espaldar de una silla y la otra agarrándose el pelo y vomitar una masa gelatinosa y amarillenta sobre el suelo de baldosas rojas. Sus colegas trataron de llevarla a un médico, pero ella se resistió con éxito («no tengo nada, cosas de mujeres, déjenme en paz»), y unas horas más tarde estaba entrando de incógnito en el cuarto 225 del hotel Escorial y llamando a Ricardo para que viniera a recogerla, porque no se sentía capaz de subirse a un bus intermunicipal. Mientras lo esperaba salió a dar una vuelta por los alrededores de la catedral, y acabó sentándose en una banca de la plaza de Bolívar y viendo pasar a los niños de uniforme, a los viejos de ruana, a los vendedores con sus carritos. Un muchacho joven con un cajón debajo del brazo se le acercó para ofrecerle una embetunada, y ella asintió sin palabras, para no delatarse con su acento. Barrió la plaza con la mirada y se preguntó cuánta gente diría al mirarla que era gringa, cuánta diría que llevaba apenas más de un año en Colombia, cuánta diría que se había casado con un colombiano, cuánta diría que estaba embarazada. Después, con los zapatos de charol brillando tanto que el cielo manizalita se reflejaba en la puntera, volvió al hotel, escribió una carta en papelería membreteada y se recostó para pensar en nombres. Ninguno se le ocurrió: antes de darse cuenta, se había quedado dormida. Nunca se había sentido tan cansada como esa tarde.

Cuando despertó, Ricardo estaba a su lado, dormido y desnudo. No lo había sentido llegar. Eran las tres de la madrugada: ¿qué tipo de porteros o vigilantes tenían estos hoteles? ¿Con qué derecho habían dejado entrar a un extraño sin avisarle? ¿De qué manera había probado Ricardo que esa mujer era su esposa, que él tenía derecho a ocupar su cama? Elaine se puso de pie con la mirada fija en un punto de la pared, para no marearse. Se asomó por la ventana, vio una esquina de la plaza desierta, se llevó una mano al vientre y lloró con un llanto callado. Pensó que lo primero que haría al llegar a La Dorada sería buscar una casa de acogida para Truman, porque montar a caballo estaría prohibido durante los meses siguientes, tal vez durante un año entero. Sí, eso sería lo primero, y lo segundo sería ponerse a buscar otra casa, una casa para la familia. Se preguntó si debía avisar a su jefe de voluntarios, o incluso llamar a Bogotá. Decidió que no era necesario, que trabajaría hasta que su cuerpo se lo permitiera, y luego las circunstancias dictarían su curso. Miró a Ricardo, que dormía con la boca abierta. Se acercó a la cama y levantó la sábana con dos dedos. Vio el pene dormido, el vello ensortijado (ella lo tenía liso). Se llevó la mano al sexo, luego otra vez al vientre, como para protegerlo. *What's there to live for?*, pensó de repente, y tarareó en su cabeza: *Who needs the Peace Corps?* Y luego se volvió a dormir.

Elaine trabajó hasta cuando ya no pudo más. Su vientre creció más de lo esperado en los primeros meses, pero, aparte del cansancio violento que la obligaba a hacer siestas largas antes del mediodía, el embarazo no modificó sus rutinas. Otras cosas cambiaron, sin embargo. Elaine comenzó a estar consciente del calor y de la humedad como nunca lo había estado; de hecho, comenzó a estar consciente de su cuerpo, que dejó de ser silencioso y discreto y se empeñó de un día para el otro en llamar la atención desesperadamente sobre sí mismo, como un adolescente problemático, como un borracho. Elaine odió la presión que su propio peso ejercía sobre sus pantorrillas, odió la tensión que aparecía en sus muslos cada vez que subía cuatro escaloncitos de nada, odió que sus areolas pequeñas, que siempre le habían gustado, se agrandaran y se oscurecieran de repente. Avergonzada, culpable, comenzó a ausentarse de las reuniones diciendo que no se sentía muy bien, y se iba al hotel de los ricos para pasar la tarde en la piscina por el solo placer de engañar a la gravedad durante unas horas, de sentir, flotando en el agua fresca, que su cuerpo volvía a ser la cosa liviana que había sido toda la vida.

Ricardo se dedicó a ella: sólo hizo un viaje durante todo el embarazo, pero debió de ser un cargamento grande, porque regresó con un maletín de tenista —cuero sintético de color azul oscuro, cremallera dorada, una pantera blanca saltando desde abajo— repleto de fajos de dólares tan limpios y luminosos que parecían de mentiras, papeles impresos que fueran parte de un juego de mesa. No sólo iba repleto el maletín, sino también la funda de la raqueta, que en este modelo venía cosida al exterior como un compartimiento separado. Ricardo lo guardó bajo llave en el armario que él mismo había construido y un par de veces al mes subía a Bogotá para cambiar los dólares por pesos. A Elaine la llenó de atenciones. La llevaba y la traía en el Nissan, la acompañaba a los controles médicos, la miraba subirse a la pesa y veía la aguja dubitativa y anotaba en un cuadernito el nuevo resultado, como si la anotación del médico fuera a ser imprecisa o menos fidedigna. También la acompañaba a trabajar: si había que construir una escuela, él agarraba de buen grado una paleta y ponía cemento en los ladrillos, o llevaba recebo de un lado al otro en una carretilla, o arreglaba con sus propias manos la malla rota de un colador; si había que hablar con la gente de Acción Comunal, él se sentaba al fondo de la habitación y escuchaba el español cada vez mejor de su esposa y a veces aportaba la traducción de una palabra que Elaine no recordara. En cierta oportunidad Elaine debió visitar a un líder comunitario de Doradal, un hombre de bigote frondoso y camisa abierta hasta el ombligo que, a pesar de su locuacidad de culebrero paisa, no lograba la aprobación de una campaña de vacunación contra la polio.

Era una cuestión de burocracias, las cosas iban lentas y los niños no podían esperar. Se despidieron con una sensación de fracaso. Elaine se subió al campero con trabajo, apoyándose en la manija de la puerta, agarrándose del espaldar del asiento, y ya estaba bien acomodada cuando Ricardo le dijo: «Espérame un momento, ya vuelvo». «¿Adónde vas?» «Ya vuelvo, ya vuelvo. Espérame un segundo.» Y lo vio entrar de nuevo y decirle algo al hombre de la camisa abierta, y entonces los dos se perdieron tras una puerta. Cuatro días después, cuando le llegó la noticia a Elaine de que la campaña había sido aprobada en tiempo récord, una imagen se figuró en su cabeza: la de Ricardo metiéndose una mano al bolsillo, sacando un incentivo para funcionarios públicos y prometiendo más. Hubiera podido confirmar sus sospechas, confrontar a Ricardo y exigirle confesiones, pero decidió no hacerlo. El objetivo, al fin y al cabo, se había conseguido. Los niños, pensar en los niños. Los niños eran lo importante.

Desde las treinta semanas de embarazo, cuando ya el tamaño de su barriga se convirtió en un obstáculo para su trabajo, Elaine obtuvo un permiso especial del jefe de voluntarios y luego una licencia emitida por la dirección de los Cuerpos de Paz en Bogotá, para la cual tuvo que enviar por correo un informe médico redactado mal y a las carreras por un jovencito que hacía su año rural en La Dorada y que quiso, sin ningún conocimiento de obstetricia ni justificación médica ninguna, hacerle una revisión genital. Elaine, que para ese momento de la cita ya estaba medio desnuda, se opuso y hasta llegó a enfadarse, y lo primero que pensó fue que no podía decirle nada a Ricardo, cuya reacción era imprevisible. Pero después, regresando a casa en el Nissan, mirando el perfil de su marido y sus manos de dedos largos y vellos oscuros, sintió un ramalazo de deseo. La mano derecha de Ricardo descansaba sobre la perilla de la palanca de cambios; Elaine la agarró de la muñeca y abrió las piernas y la mano entendió, la mano de Ricardo entendió. Llegaron a la casa sin hablar y entraron de prisa como ladrones, y cerraron las cortinas y pusieron la tranca en la puerta trasera, y Ricardo se desnudó dejando la ropa tirada por el suelo y sin que le importara que se le llenara de hormigas. Elaine, mientras tanto, se acostaba de medio lado sobre las sábanas, de cara a la cortina blanca, al recuadro iluminado que se formaba en ella. La luz del día era tan fuerte que hacía sombras a pesar de que las cortinas estuvieran cerradas; Elaine se miró el vientre grande como una medialuna, la piel lisa y templada y la línea violeta que la cruzaba de arriba abajo como pintada con un plumón, y vio las sombras difusas que sus senos hinchados hacían sobre la sábana. Pensó que nunca jamás sus senos habían hecho sombras sobre nada y entonces sus senos desaparecieron bajo la mano de Ricardo. Elaine sintió que sus pezones oscurecidos se cerraban al contacto de esos dedos y luego sintió la boca de Ricardo en su hombro y luego se sintió penetrada desde atrás. Así, acoplados como las piezas de un Estralandia, hicieron el amor por última vez antes del parto.

Maya Laverde nació en la clínica Palermo de Bogotá en julio de 1971, más o menos al mismo tiempo que el presidente Nixon utilizaba por primera vez las palabras *guerra contra las drogas* en un discurso público. Elaine y Ricardo se habían instalado tres semanas antes en casa de los Laverde, a pesar de las protestas de Elaine: «Si la clínica de La Dorada es buena para las madres más pobres», decía, «no veo por qué no va a ser buena para mí».

«Ay, Elena Fritts», le decía Ricardo, «por qué no nos haces un favor y dejas de cambiar el mundo todo el tiempo».

Luego los hechos le dieron la razón a él: la niña nació con un problema intestinal que fue necesario operar de inmediato, y todos estaban de acuerdo en que una clínica rural no hubiera tenido ni los cirujanos ni los instrumentos de neonatología necesarios para garantizar la supervivencia de la criatura. Maya permaneció en observación varios días, metida en una incubadora cuyas paredes habían sido transparentes en tiempos remotos, pero ahora estaban rasgadas y opacas como los vasos que se usan demasiado; cuando era hora de darle el pecho, Elaine se sentaba en una silla junto al aparato y una enfermera sacaba a la niña y se la ponía entre los brazos. La enfermera era una mujer madura de caderas anchas que parecía demorarse a propósito cuando cargaba a Maya entre sus brazos. Le sonreía con tanta dulzura que Elaine sintió celos por primera vez, y le maravilló que algo así —la presencia amenazante de otra madre, la salvaje reacción de la sangre— fuera posible.

Poco después de que la niña recibiera el alta, Ricardo tuvo que hacer un nuevo viaje. Pero todavía era muy pronto para el traslado a La Dorada, y la idea de que Elaine y su hija se quedaran solas lo llenaba de espanto, así que Ricardo propuso que se alojaran en Bogotá, en casa de sus padres, al cuidado de doña Gloria y de la mujer de piel oscura y larga trenza negra que flotaba como un fantasma por la casa limpiando y ordenando todo a su paso. «Si te preguntan, les dices que llevo flores», le dijo Ricardo. «Claveles, rosas, hasta orquídeas. Sí, orquídeas, eso queda bien, las orquídeas se exportan, todo el mundo lo sabe. Ustedes los gringos se mueren por las orquídeas.» Elaine sonrió. Estaban acostados en la misma cama estrecha en que habían hecho el amor la primera vez. Era de madrugada, la una o las dos; Maya los había despertado llorando de hambre, gritando con su vocecita nasal y delgada, y sólo pudo calmarse al cerrar su boca diminuta alrededor del pezón erecto de su madre. Después de mamar se había quedado dormida entre los dos, obligándolos, para abrirle un espacio, a ponerse de canto sobre la cama en peligroso equilibrio; y así se quedaron, con medio cuerpo fuera de la cama, cara a cara pero a oscuras, de manera que apenas si alcanzaban a distinguir la silueta del otro en la penumbra. El sueño se les había ido por completo. La niña dormía: Elaine sentía su olor a polvos dulces, a jabón, a lana nueva. Levantó una mano y recorrió la cara de Ricardo como una ciega y entonces comenzaron a hablar en susurros. «Quiero ir contigo», dijo Elaine.

«Un día», dijo Ricardo.

«Quiero ver qué haces. Saber que no es peligroso. ¿Me lo dirías si fuera peligroso?»

«Claro que sí.»

«¿Te puedo preguntar una cosa?»

«Pregúntame una cosa.»

«¿Qué pasa si te cogen?»

«No me van a coger.»

«¿Pero qué pasa si te cogen?»

La voz de Ricardo cambió, hubo en ella un falsetto, algo impostado. «La gente quiere un producto», dijo. «Hay gente que cultiva ese producto. Mike me lo da, yo lo llevo en un avión, alguien lo recibe y eso es todo. Le damos a la gente lo que la gente quiere.» Se quedó en silencio un segundo y añadió: «Además, la cosa va a ser legal tarde o temprano».

«Pero es que me cuesta imaginarte», dijo Elaine. «Cuando no estás trato de pensar en ti, qué estarás haciendo, en dónde, y no puedo. Y eso no me gusta.»

Maya soltó un suspiro tan breve y callado que tardaron un instante en saber de dónde había venido. «Está soñando», dijo Elaine. Vio a Ricardo acercar su cara grande —su mentón duro, su boca gruesa— a la cabeza diminuta de la niña; lo vio darle un beso sin ruido, y luego otro. «Mi niña», lo oyó decir. «Nuestra niña.» Y entonces, sin transición ninguna, lo vio comenzar a hablar de esos viajes, de una hacienda ganadera que llegaba hasta el Magdalena y en cuyos potreros hubiera podido construirse un aeropuerto, de un Cessna 310 Skynight que de unos días para acá había sido la montura preferida de Ricardo. Así decía: «Mi montura preferida. Este modelo ya no lo hacen, Elena Fritts, esa criatura va a ser una reliquia antes de que nos demos cuenta». Le habló también de la soledad que sentía cuando estaba en el aire, y de lo distinto que era un avión lleno de carga de un avión vacío: «El aire se enfría, hay más ruido, uno se siente más solo. Aunque haya alguien. Sí, aunque haya alguien». Le habló de lo inmenso que es el Caribe y del miedo que da perderse, el miedo que da la mera idea de perderse en una cosa tan grande como el mar, incluso a alguien que, como él, no se pierde jamás. Le habló de la desviación que debía tomar al acercarse a Cuba —«Para que no me tumben a bala pensando que soy gringo», dijo—, y de lo familiar, lo curiosamente familiar, que le resultaba todo a partir de ahí, como si regresara a su casa en lugar de estar a punto de aterrizar en Nassau. «¿En Nassau?», dijo Elaine. «¿En las Bahamas?» Sí, dijo Ricardo, la única Nassau que hay, y siguió diciendo que allí, en el aeropuerto, ante los controladores que veían sin ver (su visión y su memoria convenientemente modificadas por unos cuantos miles de dólares), lo esperaba una pickup Chevrolet del color de las aceitunas y un gringo fortachón, igualito a Joe Frazier, que lo llevaba a un hotel donde el único lujo era la ausencia de preguntas. La llegada ocurría invariablemente los viernes. Después de pasar dos noches allí —dos noches cuya función era no levantar sospechas, convertir a Ricardo en un millonario más que llega a pasar el fin de semana con amigos o amantes—, después de dos noches de vivir encerrado en un hotel sin gracia, tomando ron y comiendo arroces con pescado, Ricardo volvía al aeropuerto, volvía a admirarse de la ceguera de los controladores, pedía permiso para despegar hacia Miami como cualquier millonario que regresa a casa con su amante, y en minutos estaba en el aire, pero no en dirección a Miami, sino dando un rodeo y entrando por las playas de Beaufort y sobrevolando un diseño de ríos dispersos como las venas en un diagrama de anatomía. Después era cuestión de cambiar la carga por los dólares y volver a salir y tomar rumbo al sur, rumbo a la costa Caribe de Colombia, rumbo a Barranquilla y las aguas grises de Bocas de Ceniza y la serpiente marrón que se mueve sobre el fondo verde, rumbo al pueblo del interior, ese pueblo puesto allí, entre dos cordilleras, puesto en el amplio valle como un dado que se le ha caído al jugador, ese pueblo de clima insoportable donde el aire caliente le quema a uno las narices, donde los bichos son capaces de romper un mosquitero a mordiscos, y adonde Ricardo llega con el corazón en la mano, porque en ese pueblo lo esperan las dos personas que más quiere en el mundo.

«Pero las dos personas no están en ese pueblo», dijo Elaine. «Están aquí, en Bogotá.»

«Pero no por mucho tiempo.»

«Están francamente muertas de frío. Están en una casa que no es la suya.»

«Pero no por mucho tiempo», dijo Ricardo.

Cuatro días después llegó a recogerlas. Aparcó el Nissan en frente de la verja y del murito de ladrillo, se bajó de prisa como si estuviera interrumpiendo el tráfico y abrió para Elaine la puerta del campero. Ella, que llevaba a Maya envuelta en pañolones blancos y con la cara cubierta para que no le entrara un viento, pasó de largo. «No, adelante no», dijo. «Las mujeres vamos atrás.» Y así, sentada en uno de los asientos replegables con la niña en brazos y los pies apoyados en el otro asiento, mirando a Ricardo desde atrás (los vellos de su nuca, debajo de la línea del pelo bien cortado, eran como las patas triangulares de una mesa), recorrió el camino a La Dorada. Sólo se detuvieron una vez, a medio camino, en un restaurante de carretera donde tres mesas vacías los miraban desde una terraza de cemento pulido. Elaine entró a un baño y se encontró con un óvalo abierto en el suelo y dos huellas que le señalaban dónde poner los pies; orinó acuclillada, agarrándose la falda con ambas manos y sintiendo el olor de su propia orina; y allí se dio cuenta, no sin cierto sobresalto, de que era la primera vez desde el parto que no había más mujeres alrededor.

Estaba sola en un mundo de hombres, Maya y ella estaban solas, y nunca antes lo había pensado, llevaba más de dos años en Colombia y no lo había pensado nunca.

Cuando bajaron al valle del Magdalena y estalló el calor, Ricardo abrió ambas ventanas y la conversación dejó de ser posible, así que fue en silencio que recorrieron la recta hacia La Dorada. Aparecieron las llanuras a ambos lados, los farallones como hipopótamos acostados, las vacas pastando, los gallinazos trazando círculos en el aire y viendo y oliendo algo que Elaine no olía ni veía. Sintió que una gota de sudor, luego otra, le bajaban por el flanco y morían en su cintura todavía gruesa; Maya también había comenzado a sudar, así que le quitó las mantas y acarició con un dedo los muslos rollizos, los pliegues de la carne pálida, y se quedó un instante mirando esos ojos grises que no la miraban, o bien que miraban todo con la misma desatención alarmada. Cuando levantó la vista de nuevo vio un paisaje que no reconoció. ¿Habían pasado la entrada al pueblo sin que se diera cuenta? ¿Tenía que hacer algo Ricardo antes de llegar a casa? Lo llamó desde atrás: «¿Dónde estamos, qué pasa?». Pero él no le contestó, o el ruido no permitió que escuchara la pregunta. Habían abandonado la carretera principal y ahora se internaban entre los pastizales, siguiendo una trocha abierta por el paso mismo de los carros, metiéndose entre árboles que no dejaban pasar la luz, bordeando un terreno marcado por cercas: estacas de madera —algunas tan inclinadas que casi tocaban el suelo—, alambres de púas que, cuando estaban templados, servían de percha a pájaros de colores. «¿Adónde vamos?», dijo Elaine, «la niña tiene calor, quiero darle un baño». Entonces el Nissan se detuvo y, en ausencia del viento, se sintió en la cabina el golpe inmediato del trópico. «¿Ricardo?», dijo ella. Él se bajó sin mirarla, le dio la vuelta al campero, le abrió la puerta. «Baja», le dijo.

«¿Para qué? ¿Dónde estamos, Ricardo? Yo tengo que llegar a casa, tengo sed, la niña también.»

«Baja un segundo.»

«Y tengo ganas de hacer pipí.»

«No nos demoramos», dijo él. «Baja, por favor.»

Ella obedeció. Ricardo le alargó la mano, pero entonces se dio cuenta de que Elaine tenía las manos ocupadas. Entonces le puso la mano en la espalda (Elaine sintió el sudor que le mojaba ya la camisa) y la condujo al borde de la trocha, donde la cerca se convertía en un marco de madera, un cuadrado hecho de troncos finos que hacía las veces de puerta. Con gran dificultad Ricardo levantó la estructura para hacerla girar. «Entra», le dijo a Elaine.

«¿Adónde?», preguntó ella. «¿A este potrero?»

«No es un potrero, es una casa. Es nuestra casa. Lo que pasa es que no la hemos construido todavía.»

«No entiendo.»

«Son seis hectáreas, hay salida al río. Pagué la mitad ya y la otra mitad se paga en seis meses. Comenzamos a construir cuando tú sepas.»

«¿Cuando sepa qué?»

«Cómo quieres que sea tu casa.»

Elaine trató de mirar tan lejos como pudiera y se dio cuenta de que sólo la sombra gris de la cordillera le cortaba la vista. El terreno, su terreno, estaba ligeramente inclinado, y allá, detrás de los árboles, comenzaba a bajar como una colina hacia el valle abierto, hacia la ribera del Magdalena. «No puede ser», dijo. Sintió calor en la frente y en las mejillas y supo que un rubor le había subido a la cara. Vio el cielo sin nubes. Cerró los ojos, respiró hondo; sintió, o creyó sentir, un soplo de viento en la cara. Se acercó a Ricardo y lo besó. Brevemente, porque Maya había comenzado a llorar.


La nueva casa tenía paredes blancas como el cielo del mediodía y una terraza de suelo liso y baldosines claros, tan limpios que uno podía ver una fila de hormigas bordeando la pared. La construcción tardó más de lo esperado, en parte porque Ricardo quiso participar en ella, en parte porque el terreno carecía de servicios, y ni siquiera los sobornos generosos que Ricardo distribuía a izquierda y derecha contribuyeron a acelerar la llegada de la luz eléctrica y del acueducto (el alcantarillado era imposible, pero en cambio allí, tan cerca del río, fue fácil abrir un buen pozo séptico). Ricardo construyó una caballeriza para dos caballos, por si a Elaine le daba en el futuro por volver a montar; construyó una piscina y mandó ponerle un rodadero para Maya, aunque la niña ni siquiera caminaba aún, y mandó sembrar carretos y ceibas allí donde no había sombra, y observó impávido cómo, a pesar de las protestas de Elaine, los obreros pintaban de blanco la parte inferior de los troncos de las palmeras. También construyó un cobertizo a doce metros de la casa, o lo que él llamaba un cobertizo a pesar de que sus paredes de cemento fueran tan sólidas como la casa misma, y allí, en ese calabozo sin ventanas, en tres armarios que se cerraban con candado, guardaría las bolsas herméticas llenas de billetes de cincuenta y de cien dólares bien atados con bandas elásticas. En 1973, poco antes de la creación de la Drug Enforcement Agency, Ricardo mandó a pirograbar, en un tablón, el nombre de la propiedad: Villa Elena. Cuando Elaine le dijo que estaba muy bien, pero que no tenía dónde poner un tablón de ese tamaño, Ricardo hizo construir un portal de ladrillo, dos columnas cubiertas de estuco y de cal y un travesaño entejado con tejas de barro, e hizo colgar el tablón del travesaño con dos cadenas de hierro que parecían sacadas de un naufragio. Después mandó poner una puerta de madera pintada de verde del tamaño de un hombre con un pasador bien aceitado. Era un añadido inútil, pues bastaba con meterse entre los alambres de púas para entrar en la propiedad, pero a Ricardo le permitía irse de viaje con la sensación —artificial y hasta ridícula— de que su familia quedaba protegida. «¿Protegida de qué?», le decía

Elaine. «¿Qué nos va a pasar por aquí, si todo el mundo nos quiere?» Ricardo la miró con ese paternalismo que ella detestaba y le dijo: «Eso no va a ser así toda la vida». Pero Elaine se dio cuenta de que quería decirle otras cosas, le estaba diciendo otras cosas también.

Mucho más tarde, recordándolos para su hija o para sí misma, Elaine tendría que aceptar que los tres años siguientes, los tres años monótonos y rutinarios que siguieron a la construcción de la casa de Villa Elena, fueron los más felices de su vida en Colombia. Apropiarse de la tierra que Ricardo había comprado, acostumbrarse a la idea de que fuera suya, no fue fácil: Elaine solía salir a caminar entre las palmeras y sentarse en el bohío y tomarse un jugo frío mientras pensaba en el tránsito de su vida, en la distancia insondable que se abría entre sus orígenes y este destino. Luego empezaba a caminar —aunque fuera a pleno sol, no le importaba— en dirección al río, y veía desde lejos las haciendas vecinas, los campesinos de chanclas hechas con viejos neumáticos cortados que iban arriando el ganado a gritos, sus voces propias e inconfundibles como verdaderas huellas dactilares. La pareja que ahora trabajaba para ella había vivido hasta entonces de arriar el ganado de otro. Ahora le limpiaban la piscina, mantenían la propiedad entera en buen estado (arreglaban los goznes de las puertas, eliminaban un nido de alimañas en el cuarto de la niña), le preparaban el viudo de pescado o el sancocho de los fines de semana. Caminando entre los pastizales, dando pasos fuertes porque había oído que así se espantaba a las culebras, Elaine se alegraba de haber podido trabajar por el bienestar de esos campesinos, aunque lo hubiera hecho menos tiempo de lo previsto, y entonces, como una sombra, como la sombra de un gallinazo volando demasiado bajo, se le cruzaba por la cabeza la idea de haberse convertido ahora en lo mismo que, como voluntaria de los Cuerpos de Paz, había combatido hasta el cansancio.

Los Cuerpos de Paz. Elaine volvió a tomar contacto con las oficinas de Bogotá cuando creyó que podía dejar a Maya en buenas manos y volver a trabajar; por teléfono, el subdirector Valenzuela escuchó sus explicaciones, la felicitó por su nueva familia y le dijo que lo llamara en unos días, cosa de comunicarse con Estados Unidos y no violar el protocolo. Cuando Elaine lo hizo, la secretaria de Valenzuela le dijo que el subdirector había hecho un viaje de urgencia, que la llamaría a su regreso, pero los días pasaron y la llamada no se produjo. Elaine no se dejó intimidar, y un día buscó ella misma a la gente de Acción Comunal, que la recibió como si ni un día hubiera pasado, y empezó en cuestión de horas a trabajar en dos nuevos proyectos: una cooperativa de pesca y la construcción de unas letrinas. Durante las horas que pasaba con los líderes comunitarios —o con los pescadores, o tomando cerveza en las terrazas de La Dorada porque así se hacían los negocios— dejaba a Maya con el niño pequeño de su cocinera, o la llevaba al trabajo para que jugara con otras criaturas, pero no se lo decía a Ricardo, que tenía opiniones muy claras sobre la mezcla indiscriminada de clases sociales. Volvió a usar el inglés, para no privar de su lengua a su propia hija, y Maya abandonaba el español con naturalidad perfecta cuando le hablaba a ella, entrando y saliendo de cada una de sus lenguas como se sale y se entra de un juego. Se había convertido en una niña viva y despierta y desvergonzada: tenía cejas largas y delgadas y una desfachatez en las maneras que desarmaba a cualquiera, pero tenía también un mundo propio, y solía perderse entre los carretos y reaparecer de nuevo con una lagartija en un vaso de vidrio, o completamente desnuda tras haber dejado sus ropas, por solidaridad, encima de un huevo. Fue por esos días que Ricardo, al regresar de uno de sus viajes a las Bahamas, le trajo como regalo un armadillo de tres bandas en una jaula repleta de mierda fresca. No explicó nunca cómo lo había conseguido, pero se dedicó varios días a contarle a Maya las mismas cosas que, visiblemente, le habían contado a él: el armadillo vive en huecos que abre con sus propias garras, el armadillo se enrolla sobre sí mismo cuando tiene miedo, el armadillo puede pasar más de cinco minutos debajo del agua. Maya miraba el animal con la misma fascinación —la boca entreabierta, las cejas arqueadas— con que escuchaba a su padre. Después de un par de días de verla madrugar para darle de comer al animal, de verla pasar las horas acurrucada junto a él con una mano tímida sobre el caparazón rugoso, Elaine le preguntó: «Y bueno, ¿cómo se llama tu armadillo?».

«No tiene nombre», dijo Maya.

«¿Cómo que no? Es tuyo. Tienes que ponerle un nombre.»

Maya levantó la cara, miró a Elaine, parpadeó dos veces. «Mike», dijo entonces. «Se llama Mike el armadillo.»

Y así fue como Elaine supo que Barbieri había venido de visita un par de semanas atrás, mientras ella andaba gestionando proyectos sin futuro con el jefe departamental. Ricardo no le había dicho nada: ¿por qué? Se lo preguntó tan pronto pudo, y él cerró el tema con cuatro palabras simples: «Porque se me olvidó». Elaine no lo dejó de ese tamaño: «¿Pero a qué vino?», dijo.

«A saludar, Elena Fritts», dijo Ricardo. «Y puede que venga otra vez, así que no te sorprendas. Como si no fuera amigo nuestro.»

«Pero es que no es amigo nuestro.»

«Mío sí es», dijo Ricardo. «Mío sí es.»

Tal como lo había anunciado Ricardo, Mike Barbieri volvió a visitarlos. Pero las circunstancias de la visita no fueron las mejores. Durante ese mes de abril de 1976, la temporada de lluvias se había convertido en un desastre civil: en los barrios de invasión de todas las grandes ciudades había casas viniéndose abajo y sepultando a sus ocupantes, en las carreteras de montaña los derrumbes cortaban el tráfico y aislaban a los pueblos, y en un caso se dio la paradoja cruel de que un caserío entero, que no tenía sistemas de recogida, se quedó sin agua potable mientras le caía encima un diluvio de proporciones bíblicas. El río La Miel se desbordó y allí acabaron Elaine y Ricardo ayudando a abrir zanjas para evacuar el agua de las casas inundadas. Desde la pantalla del televisor, las encargadas del pronóstico del tiempo les hablaban de los vientos alisios, de un desorden en las corrientes del Pacífico, de los huracanes de nombres imbéciles que ya comenzaban a formarse en el Caribe, y de la relación que todo aquello sostenía con los aguaceros que asolaban Villa Elena, trastocando las rutinas de la casa y también las de sus vidas domésticas, pues la humedad era tal que la ropa lavada no se secaba nunca y los desagües se atascaban con hojas caídas e insectos ahogados y la terraza llegó a inundarse tres o cuatro veces, de manera que Elaine y Ricardo tuvieron que levantarse en mitad de la noche a defenderse, desnudos salvo por los trapos y las escobas, del agua que ya empezaba a invadir el comedor. A finales de mes Ricardo tuvo que hacer uno de sus viajes, y a Elaine le tocó lidiar sola con la amenaza del agua. Luego de hacerlo volvía a la cama para tratar de dormir un poco más, pero nunca tuvo éxito, y acababa encendiendo el televisor para ver, como hipnotizada, una pantalla donde llovía otra lluvia, una lluvia eléctrica y en blanco y negro cuyo ruido estático tenía sobre ella un curioso efecto sedante.

El día en que tenía que llegar Ricardo pasó sin que Ricardo llegara. No era la primera vez que sucedía —demoras de dos días y hasta de tres entraban dentro de lo aceptado, el negocio de Ricardo no carecía de imprevistos—, y no había que preocuparse por eso. Después de comer un arroz con pescado y unas tajadas de plátano frito, Elaine acostó a Maya, le leyó unas páginas de *El Principito* (las del cordero dibujado, que a Maya le hacían morirse de la risa) y, cuando la niña se dio la vuelta y se quedó dormida, Elaine siguió leyendo por inercia. Le gustaban las ilustraciones de Saint-Exupéry y le gustaba, porque le hacía pensar en Ricardo, el pasaje en que el Principito le pregunta al piloto qué es esa cosa y el piloto le dice: «No es una cosa. Eso vuela. Es un avión. Es mi avión». Y estaba leyendo la reacción alarmada del Principito, el momento en que le pregunta al piloto si entonces él también cayó del cielo, cuando oyó un motor y una voz de hombre, un saludo, un aviso. Pero al salir no se encontró a Ricardo, sino a Mike Barbieri, que había llegado en moto y empapado de pies a cabeza, el pelo pegado a la frente, la camiseta pegada al pecho, las piernas y la espalda y el interior de los antebrazos cubiertos de gruesos escupitajos de barro fresco.

«¿Pero tú sabes qué hora es?», le dijo Elaine.

Mike Barbieri estaba parado en la terraza escurriendo agua y frotándose las manos. El morral de color verde militar que traía se había quedado a su lado, tirado en el suelo como un perro muerto, y Mike miraba a Elaine con una expresión vacía en la cara, como la de estos campesinos, pensó Elaine, que miran sin ver. Al cabo de un par de segundos largos pareció despertarse, salir del sueño en que lo había sumido la travesía. «Vengo de Medellín», dijo, «nunca me imaginé que me cogiera un aguacero así. Se me van a caer las manos de puro frío. No sé cómo puede hacer tanto frío en un sitio tan caliente, el mundo se está acabando».

«De Medellín», dijo Elaine, pero no era una pregunta. «Y vienes a ver a Ricardo.»

Mike Barbieri iba a decir algo (ella se dio cuenta perfectamente de que iba a decir algo) pero no lo hizo. Su mirada dejó de fijarse en ella y le pasó por encima como un avión de papel; Elaine, al darse la vuelta para ver de qué se trataba, se encontró con Maya, un pequeño fantasma de camisón de encaje. En una mano la niña llevaba un peluche —un conejo de orejas muy largas y tutú de bailarina que alguna vez había sido blanco—, y con la otra se quitaba el pelo caoba de la cara. *«Hello, beautiful»,* le dijo Mike, y a Elaine la sorprendió la dulzura de su trato. *«Hello, sweetie»,* le dijo ella. «Qué pasa, ¿te despertamos? ¿No puedes dormir?»

«Tengo sed», dijo Maya. «¿Por qué está el tío Mike?»

«Mike vino a ver a papá. Vete a tu cuarto, ya te llevo agua.»

«¿Ya llegó papá?»

«No, no ha llegado. Pero Mike vino a vernos a todos.»

«¿A mí también?»

«Sí, a ti también. Pero es hora de dormir, dile adiós, otro día se ven.»

«Adiós, tío Mike.»

«Adiós, linda», dijo Mike.

«Duérmete tranquila», dijo Elaine.

«Está grandísima», dijo Mike. «¿Cuántos años tiene ya?»

«Cinco. Va a cumplir cinco.»

«Qué barbaridad. Cómo pasa el tiempo.»

El lugar común molestó a Elaine. La molestó más de lo debido, la enfadó casi, fue como una afrenta, y enseguida la molestia se convirtió en sorpresa: por la desmesura de su reacción, por la extrañeza de la escena con Mike Barbieri, por el hecho de que su hija lo hubiera llamado tío. Le pidió a Mike que esperara ahí, porque el suelo de la casa era demasiado resbaloso para entrar mojado y corría el riesgo de hacerse daño; le trajo una toalla del baño de servicio y fue a buscar un vaso de agua en la cocina. *El tío Mike,* iba pensando, *what's he doing here,* y también lo pensaba en español, *qué carajos está haciendo aquí,* y de repente ahí estuvo de nuevo la canción aquella, *what's there to live for, who needs the Peace Corps.* Al entrar en el cuarto de Maya, al respirar su olor que era distinto a todos los olores, sintió un deseo inexplicable de pasar la noche con ella, y pensó que más tarde, cuando Mike se hubiera ido, se la llevaría cargada a su cama para que la acompañara hasta la llegada de Ricardo. Maya se había vuelto a dormir. Elaine se agachó junto a la cabecera de la cama, la miró, acercó la cara, respiró su aliento. «Aquí está tu agua», le dijo, «¿quieres un poco?». Pero la niña no dijo nada. Elaine le dejó el vaso en la mesita de noche, al lado de un carrusel de cuerda donde un caballo con la cabeza rota trataba, lenta pero incansablemente, de alcanzar a un payaso. Y luego volvió a la entrada.

Mike estaba manipulando la toalla vigorosamente, frotándose los tobillos, las pantorrillas. «La estoy llenando de barro», dijo al ver llegar a Elaine. «La toalla, digo.»

«Para eso es», dijo Elaine. Y luego: «Entonces viniste a ver a Ricardo».

«Sí», dijo él. La miró, la misma expresión vacía. «Sí», repitió. Volvió a mirarla: Elaine vio las gotas que le bajaban por el cuello, la barba que chorreaba como un grifo dañado, el barro. «Venía a ver a Ricardo. Y parece que no está, ¿verdad?»

«Tenía que llegar hoy. A veces le pasan estas cosas.»

«A veces se retrasa.»

«Sí, a veces. No vuela precisamente por itinerario. ¿Él sabía que tú venías?»

Mike no contestó de inmediato. Estaba concentrado en su propio cuerpo, en la toalla embarrada. Fuera, en la noche oscura, en esa noche que se confundía con los farallones y se volvía infinita, había vuelto a desgajarse otro aguacero. «Pues creo que sí», dijo Mike. «A ver si el confundido soy yo.» Pero no la miraba al hablar: se frotaba el cuerpo con la toalla y tenía esa expresión ausente, un gato lavándose a golpes de lengua. Y entonces Elaine pensó que Mike era capaz de seguir secándose hasta el final de los tiempos si ella no hacía algo. «Bueno, ven y te sientas y te tomas algo», le dijo entonces. «¿Un ron?»

«Pero sin hielo», dijo Mike. «A ver si me caliento, no puede ser el frío que hace.»

«¿Quieres una camisa de Ricardo?»

«Pues no es mala idea, Elena Fritts. Así te dice él, ¿no? Elena Fritts. Una camisa, sí, no es mala idea.»

Y así, enfundado en una camisa que no era suya (de mangas cortas y a cuadros azules sobre fondo blanco, un bolsillo en el pecho cuyo botón se había caído), Mike Barbieri se bebió no uno, sino cuatro vasos de ron. Elaine lo miró hacer. Se sentía cómoda con él: sí, eso era, comodidad. Era la lengua, quizás, el regreso a la lengua, o eran quizás los códigos que compartían y la desaparición, mientras estaban juntos, de la necesidad de explicarse que siempre había con los colombianos. Estar con él tenía algo de indudable familiaridad, como volver a casa. Elaine también bebió y se sintió acompañada y sintió que Mike Barbieri también acompañaba a su hija. Hablaron de su país y de la política de su país como lo habían hecho años antes, antes de que Maya existiera y antes de que existiera Villa Elena, y se contaron historias de sus familias y también noticias recientes, y hacerlo era cómodo y agradable, como ponerse un buen saco de lana una tarde de invierno. Aunque no era fácil saber de dónde salía el placer de hablar del billete de dos dólares que acababan de sacar en su país, de las celebraciones por los doscientos años de la independencia, de Sara Jane Moore, la mujercita despistada que había tratado de matar al Presidente. Había dejado de llover y de la noche entraba una brisa fresca y cargada con los olores de los hibiscos. Elaine se sentía ligera, se sentía en familia, de manera que no lo dudó un instante cuando Mike Barbieri le preguntó si no tenía una guitarra por ahí y en cuestión de segundos estaba afinándola y poniéndose a cantar canciones de Dylan y de Simon y Garfunkel.

Debían de ser las dos o tres de la mañana cuando sucedió algo que no chocó a Elaine (pensaría después) como hubiera debido chocarla. Mike estaba cantando la parte de *America* en que la pareja se sube a un bus Greyhound cuando se oyó un ruido afuera, a lo lejos, en la noche quieta, y los perros comenzaron a ladrar. Elaine abrió los ojos y Mike dejó de tocar, y los dos se quedaron callados, oyendo el silencio. «Tranquilo, por aquí no pasa nada», dijo Elaine, pero Mike ya se había puesto de pie y había buscado el morral verde militar que había traído y del morral había sacado una pistola grande y plateada, o que le pareció a Elaine grande y plateada, y había salido al aire libre, levantado la mano y disparado dos tiros al cielo, uno, dos, dos estallidos. La primera reacción de Elaine fue proteger el sueño de Maya o neutralizar su desconcierto o su miedo, pero al llegar en cuatro zancadas al cuarto de la niña la encontró dormida, hundida en un sueño imperturbable y ajena a todos los ruidos y a todas las preocupaciones, era increíble. Para cuando volvió al salón, sin embargo, ya algo se había roto en el ambiente. Mike se estaba justificando con una frase enrevesada: «Si antes no era nada, ahora sí que menos». Pero Elaine había perdido las ganas de seguir oyendo la canción del bus Greyhound y la New Jersey Turnpike: se sintió cansada, había sido un día largo. Se despidió y le dijo a Mike que se quedara en el cuarto de huéspedes, la cama estaba tendida, mañana podían desayunar juntos. «Quién sabe, hasta puede que con Ricardo.»

«Sí», dijo Mike Barbieri. «Con algo de suerte.»

Pero cuando despertó, Mike Barbieri se había ido. Una nota, eso era todo lo que había dejado, una nota en una servilleta, y en la nota tres palabras en tres renglones: *Thanks, Love, Mike*. Más tarde, recordando esa noche rara y confusa, Elaine sentiría dos cosas: primero, un odio profundo hacia Mike Barbieri, el odio más intenso que había conocido nunca; y segundo, una suerte de admiración involuntaria por la soltura con que aquel hombre había atravesado la noche, por la gigantesca impostura que había llevado a cabo durante tantas horas tan íntimas sin delatarse ni por un momento, por la serenidad incombustible con que había pronunciado esas últimas palabras. *Con algo de suerte*, pensaría Elaine, o más bien las palabras se repetirían en su mente sin descanso, *con algo de suerte*, eso le había dicho Mike Barbieri sin que se le moviera un músculo de la cara, hazaña digna de un jugador de póquer o de un aficionado a la ruleta rusa, porque Mike Barbieri sabía perfectamente que Ricardo no iba a volver a Villa Elena esa noche y lo había sabido desde el comienzo, desde su llegada en moto a la casa de Elaine Fritts. De hecho, había venido precisamente para eso: para avisarle a Elaine. Había venido para decirle que Ricardo no iba a llegar.

Bien lo sabía él.

Bien lo sabía él, que había venido a ver a Ricardo días antes para hablarle del nuevo negocio que no podían perderse, para convencerlo de que los cargamentos de marihuana eran plata de bolsillo comparado con lo que ahora podrían ganar, para explicarle qué era aquello de la pasta de coca que estaba llegando de Bolivia y de Perú y cómo unos lugares de magia lo transformaban en el polvito blanco y luminoso por el cual todo Hollywood, no, todo California, no, todos los Estados Unidos, de Los Ángeles a Nueva York, de Chicago a Miami, estaban dispuestos a pagar lo que hiciera falta. Bien lo sabía él, que tenía el contacto directo con esos lugares, donde unos veteranos de los Cuerpos de Paz, que acababan de pasar tres años en el Cauca y en Putumayo, se habían convertido de la noche a la mañana en expertos en éter y en acetona y en ácido clorhídrico, y donde se armaban ladrillos de producto que podrían alumbrar un cuarto oscuro con su fosforescencia. Bien lo sabía él, que había echado números en un papel con Ricardo y calculado que un Cessna cualquiera, si se quitaban los asientos de pasajeros, podía cargar unas doce tulas repletas de ladrillos, unos trescientos kilos en total, y que, a cien dólares el gramo, un solo viaje podía producir noventa millones de dólares de los cuales el piloto, que tantos riesgos corre y tan indispensable resulta para la operación, podía quedarse con dos. Bien lo sabía él, que había escuchado el entusiasmo de Ricardo, los planes de hacer este viaje y este viaje solamente y después retirarse, retirarse para siempre, retirarse del pilotaje de carga y también de pasajeros y de todo pilotaje que no fuera de placer, retirarse de todo menos de su familia, millonario para siempre antes de la treintena.

Bien lo sabía él.

Bien lo sabía él, que acompañó a Ricardo en el Nissan a una hacienda sin límites visibles en Doradal, poco antes de llegar a Medellín, y allí le presentó a la parte colombiana del negocio, dos hombres de bigote y pelo ondulado y negro que hablaban con voz suave y daban la impresión de sentirse muy a gusto con su conciencia y después de saludar a Ricardo lo atendieron y lo agasajaron como nunca antes nadie lo había agasajado ni atendido. Bien lo sabía él, que estaba junto a Ricardo cuando los patrones le enseñaron la propiedad, los caballos de paso fino y las caballerizas lujosas, la plaza de rejoneo y los establos, la piscina como una esmeralda tallada, los prados que la mirada no llegaba a abarcar. Bien lo sabía él, que ayudó con sus propias manos a cargar el Cessna 310-R, que con sus propias manos sacó las tulas de una Land Rover negra y las puso en el avión, que no se pudo contener y acabó dándole a Ricardo un abrazo fuerte, un abrazo de camaradas de verdad, sintiendo al dárselo que nunca había querido tanto a un colombiano. Bien lo sabía él, que vio despegar el Cessna y lo siguió con la mirada, su figura blanca sobre el fondo grisáceo de las nubes que ya amenazaban lluvia, y lo vio hacerse más y más pequeño hasta desaparecer en la distancia, y luego se subió a la Land Rover y dejó que lo llevaran a la carretera principal donde cogió el primer bus que pasó en dirección de La Dorada.

Bien lo sabía él.

Bien lo sabía él, que doce horas antes de llegar a Villa Elena había recibido la llamada que le dio la noticia y, en tono perentorio y luego amenazante, le exigió explicaciones. Y él no pudo darlas, claro, porque nadie podía explicarse que a Ricardo lo esperaran los agentes de la DEA en el punto mismo de su aterrizaje, ni que no se dieran cuenta de su presencia los dos distribuidores —uno de Miami Beach, otro de la zona universitaria de Massachusetts— que esperaban en una Ford de platón cubierto para llevarse la carga que Ricardo había traído. Se decía que Ricardo fue el primero en notar que algo andaba mal. Se decía que trató de regresar a la cabina, pero debió de entender que el esfuerzo era inútil, pues nunca podría poner el Cessna en movimiento a tiempo para escapar. De manera que echó a correr por la pista hacia los bosques que la rodeaban, perseguido por dos agentes y tres pastores alemanes que acabaron por darle caza treinta metros bosque adentro. Ya había perdido en el momento de lanzarse a correr, era evidente que ya había perdido, y por eso nadie se explicó lo que sucedió enseguida. Es posible pensar que fue por miedo, una reacción a la vulnerabilidad del momento, a los gritos amenazantes de los agentes y a sus propias armas empuñadas, o quizás por desconsuelo o por rabia o por impotencia. Desde luego, Ricardo no pudo pensar que disparar un tiro suelto lo ayudaría en algo, pero eso fue lo que hizo, echando mano de una Taurus calibre .22 que había comenzado a cargar en enero: fue un tiro suelto y solo un tiro, disparado hacia atrás sin esfuerzos por apuntar ni voluntad de herir a nadie, con tan mala suerte que la bala atravesó la mano derecha de uno de los agentes, y esa misma mano enyesada bastaría después, durante el juicio por tráfico de drogas, para agravar la pena, aunque se tratara de una primera ofensa. Ricardo soltó la Taurus al entrar al bosque y lanzó un grito, dicen que lanzó un grito, pero los que lo oyeron no entendieron lo que dijo. Cuando lo encontraron los perros y el segundo agente, que venían un poco rezagados, Ricardo estaba tirado en un charco fresco con un tobillo roto, las manos negras de tierra, las ropas estropeadas con resina de pino y la cara desfigurada por la tristeza.

# VI. Arriba, arriba, arriba

La edad adulta trae consigo la ilusión perniciosa del control, y acaso dependa de ella. Quiero decir que es ese espejismo de dominio sobre nuestra propia vida lo que nos permite sentirnos adultos, pues asociamos la adultez con la autonomía, el soberano derecho a determinar lo que va a sucedernos enseguida. El desengaño viene más pronto o más tarde, pero viene siempre, no falta a la cita, nunca lo ha hecho. Cuando llega lo recibimos sin demasiada sorpresa, pues nadie que viva lo suficiente puede sorprenderse de que su biografía haya sido moldeada por eventos lejanos, por voluntades ajenas, con poca o ninguna participación de sus propias decisiones. Esos largos procesos que acabarán por toparse con nuestra vida —a veces para darle el empujón que necesitaba, a veces para hacer estallar en pedazos nuestros planes más espléndidos— suelen estar ocultos como corrientes subterráneas, como meticulosos desplazamientos de las capas tectónicas, y cuando por fin se da el terremoto invocamos las palabras que hemos aprendido a usar para tranquilizarnos, *accidente, casualidad,* a veces *destino.* Ahora mismo hay una cadena de circunstancias, de errores culpables o de afortunadas decisiones, cuyas consecuencias me esperan a la vuelta de la esquina; y aunque lo sepa, aunque tenga la incómoda certeza de que esas cosas están pasando y me afectarán, no hay manera de que pueda anticiparme a ellas. Lidiar con sus efectos es todo lo que puedo hacer: reparar los daños, sacar el mayor provecho de los beneficios. Lo sabemos, lo sabemos bien; y sin embargo siempre da algo de pavor cuando alguien nos revela esa cadena que nos ha convertido en lo que somos, siempre desconcierta constatar, cuando es otra persona quien nos trae la revelación, el poco o ningún control que tenemos sobre nuestra experiencia.

Eso fue lo que me sucedió a mí en el curso de aquella segunda tarde en Las Acacias, la propiedad antiguamente conocida como Villa Elena, cuyo nombre dejó de convenirle un buen día y hubo de ser reemplazado con urgencia. Eso fue lo que me sucedió durante aquella noche de sábado en que Maya y yo estuvimos hablando de los documentos de la caja de mimbre, de cada carta y cada foto, de cada telegrama y cada factura. La conversación me enseñó todo lo que los documentos no confesaban, o más bien organizó el contenido de los documentos, le dio un orden y un sentido y rellenó algunos de sus vacíos, aunque no todos, con las historias que Maya había heredado de su madre en los años que vivieron juntas. Y también, claro, con las historias que su madre había inventado.

«¿Inventado?», dije yo.

«Huy, sí», dijo Maya. «Empezando por papá. Ella se lo inventó entero, o mejor dicho, él fue una invención de ella. Una novela, ¿me entiende?, una novela de carne y hueso, la novela de mamá. Lo hizo por mí, claro, o para mí.»

«Quiere decir que usted no sabía la verdad», dije. «Que Elaine no se la dijo.»

«Le habrá parecido que así era mejor. Y tal vez tenía razón, Antonio. Yo no tengo hijos, no me imagino lo que es tener hijos. No sé lo que puede uno llegar a hacer por ellos. No me alcanzo a imaginar. ¿Usted tiene hijos, Antonio?»

Eso me preguntó Maya. Era la mañana del domingo, ese día que los cristianos llaman de Pascua y en el cual se celebra o se conmemora la resurrección de Jesús de Nazaret, que había sido crucificado dos días antes (más o menos a la misma hora en que yo comenzaba mi primera conversación con la hija de Ricardo Laverde) y que a partir de ahora comenzaría a aparecerse a los vivos: a su madre, a los apóstoles y a ciertas mujeres bien escogidas por sus méritos. «¿Usted tiene hijos, Antonio?» Habíamos desayunado temprano: mucho café, mucho jugo de naranjas frescas, muchas tajadas de papaya y de piña y de zapote, y una arepa con calentado que me metí a la boca demasiado caliente y me dejó una ampolla que volvía a la vida cada vez que me frotaba la lengua con los dientes. No hacía calor todavía, pero el mundo era un lugar oloroso a vegetación, húmedo y colorido, y allí, en la mesa de la terraza, rodeados por helechos colgantes, hablando a pocos metros de un tronco en el cual crecían unas bromelias, me sentí bien, pensé que me sentaba bien ese Domingo de Pascua. «¿Usted tiene hijos, Antonio?» Pensé en Aura y en Leticia, o más bien pensé en Aura llevando a Leticia a la iglesia más cercana y enseñándole el cirio que representa la luz de Cristo. Aprovechará mi ausencia para hacerlo: a pesar de varios intentos, yo nunca pude recuperar la fe que había tenido de niño, ni mucho menos la dedicación con que en mi familia se seguían los rituales de estos días, desde la ceniza en la frente del primer día de la Cuaresma hasta la Ascensión (que yo me imaginaba en los términos de una ilustración de enciclopedia, un cuadro lleno de ángeles que nunca he vuelto a encontrar). Y nunca había querido, por lo tanto, que mi hija creciera en esa tradición que me resultaba extraña. *¿Dónde estarás, Aura?*, pensé. *¿Dónde estará mi familia?* Levanté la mirada, me dejé deslumbrar por la claridad del cielo, sentí una punzada en los ojos. Maya me miraba, esperaba, no había olvidado la pregunta.

«No», dije, «no tengo. Debe ser muy raro, eso de los hijos. Tampoco me alcanzo a imaginar».

No sé por qué lo hice. Tal vez porque ya era muy tarde para hablar de esa familia que me esperaba en Bogotá, ésas son cosas que se dicen en los primeros momentos de una relación, cuando uno se presenta y entrega al otro dos o tres trozos de información para dar la ilusión de la intimidad. *Uno se presenta:* la palabra debe venir de allí, no de pronunciar el propio nombre y escuchar el nombre del otro y estrechar una mano, no de besar una o dos mejillas o hacer una venia, sino de esos primeros minutos en que ciertas informaciones insustanciales, ciertas generalidades sin importancia, dan al otro la sensación de que nos conoce, de que ya no somos extraños. Uno habla de su nacionalidad; uno habla de su profesión, lo que hace para ganar dinero, porque la manera de ganar dinero es elocuente, nos define, nos estructura; uno habla de su familia. Pues bien, ese momento había pasado ya con Maya, y comenzar a hablar de mi mujer y mi hija dos días después de haber llegado a Las Acacias hubiera levantado sospechas innecesarias o requerido largas explicaciones o justificaciones imbéciles, o simplemente parecería raro, y todo al final no tendría consecuencia ninguna: Maya perdería la confianza que hasta ahora había sentido, o yo perdería el terreno ganado hasta ahora, y ella dejaría de hablar y el pasado de Ricardo Laverde sería pasado nuevamente, volvería a esconderse en la memoria de otros. Yo no podía permitírmelo.

O quizás había otra razón.

Porque mantener a Aura y a Leticia alejadas de Las Acacias, alejadas de Maya Fritts y su relato y sus documentos, alejadas por lo tanto de la verdad sobre Ricardo Laverde, era proteger su pureza, o más bien evitar su contaminación, la contaminación que yo había sufrido una tarde de 1996 y cuyas causas apenas comenzaba a comprender ahora, cuya intensidad insospechada comenzaba a emerger ahora como emerge del cielo un objeto que cae. Mi vida contaminada era mía solamente, mi familia estaba a salvo todavía: a salvo de la peste de mi país, de su atribulada historia reciente: a salvo de todo aquello que me había dado caza a mí como a tantos de mi generación (y también de otras, sí, pero sobre todo de la mía, la generación que nació con los aviones, con los vuelos llenos de bolsas y las bolsas de marihuana, la generación que nació con la Guerra contra las Drogas y conoció después las consecuencias). Este mundo que había vuelto a la vida en las palabras y los documentos de Maya Fritts podía quedarse aquí, pensé, podía quedarse en Las Acacias, podía quedarse en La Dorada, podía quedarse en el valle del Magdalena, podía quedarse a cuatro horas por tierra de Bogotá, lejos del apartamento donde mi esposa y mi hija me esperaban, quizás con algo de inquietud, sí, quizás con expresiones preocupadas en los rostros, pero puras, incontaminadas, libres de nuestra particular historia colombiana, y no sería yo un buen padre ni un buen marido si llevara esa historia hasta ellas, o si les permitiera entrar en esta historia, entrar de cualquier forma en Las Acacias y en la vida de Maya Fritts, entrar en contacto con Ricardo Laverde. Aura había tenido la extraña fortuna de estar ausente durante los años difíciles, de haber crecido en Santo Domingo y México y Santiago de Chile: ¿no era mi obligación preservar esa fortuna, velar por que nada arruinara esa especie de exención que la azarosa vida de sus padres le había concedido? La iba a proteger, pensé, a ella y a mi niña, las estaba protegiendo. Eso era lo correcto, pensé, y lo hice con verdadera convicción, con un celo casi religioso.

«No, ¿verdad?», dijo Maya. «Es una de esas cosas que no se comparten, todo el mundo me lo ha dicho. En fin. El caso es que ella hizo eso por mí. Se inventó a papá, se lo inventó enterito.»

«¿Por ejemplo?»

«Bueno», dijo Maya, «por ejemplo su muerte».

Y así, con la luz blanca del valle del Magdalena dándome en la cara, supe del día en que Elaine o Elena Fritts le explicó a la niña lo que le había sucedido a su padre. Durante el último año, el padre y la hija habían hablado mucho de la muerte: una tarde, Maya se había topado con el sacrificio de una vaca Holstein, y casi de inmediato comenzó a hacer preguntas. Ricardo había resuelto el asunto con cinco palabras: «Se le acabaron los años». A todos se les acababan los años, explicó: a los animales, a las personas, a todos. ¿A los armadillos?, preguntó Maya. Sí, le dijo Ricardo, a los armadillos también. ¿Al abuelo Julio?, preguntó Maya. Sí, al abuelo Julio también, le dijo Ricardo. Así que una tarde cualquiera de finales de 1976, cuando ya las preguntas de la niña sobre la ausencia de su padre comenzaban a volverse insoportables, Elena Fritts sentó a Maya en sus rodillas y le dijo: «A papá se le acabaron los años».

«No sé por qué escogió ese momento, no sé si se cansó de esperar algo, no sé nada», me dijo Maya. «Tal vez le llegó una noticia de Estados Unidos. De los abogados o de mi papá.»

«¿No se sabe?»

«No hay cartas de esa época, mi madre las quemó todas. Lo que le digo es lo que me imagino: le llegó una noticia. De mi papá. De los abogados. Y decidió que ahí le cambiaba la vida, o que se le acababa la vida con mi papá y comenzaba otra distinta.»

Le explicó que Ricardo se había perdido en el cielo. A los pilotos les pasaba eso de vez en cuando, le explicó: era raro, pero ocurría. El cielo era muy grande y el mar era muy grande también y un avión era una cosa muy pequeña y los aviones que manejaba papá eran los más pequeños de todos, y el mundo estaba lleno de aviones como ésos, aviones pequeños y blancos que despegaban y volaban un rato sobre la tierra y luego salían a volar sobre el mar, y llegaban a estar lejos, muy lejos, lejos de todo, completamente solos, sin nadie que les diga por dónde se llega otra vez a la tierra. Y a veces pasaba algo, y se perdían. Los pilotos se desorientaban y se perdían. Se les olvidaba dónde quedaba adelante y dónde quedaba atrás, o se confundían y empezaban a volar en círculos sin saber dónde estaba atrás y dónde adelante, dónde la izquierda y dónde la derecha, hasta que el avión se quedaba sin gasolina y se caía al mar, se caía desde el cielo como una niña que se tira a una piscina. Y se hundía sin ruido ni estrépito, se hundía sin ser visto porque en esos lugares no hay vida, y allí, en el fondo del mar, a los pilotos se les acababan los años. «¿Por qué no salen nadando?», dijo Maya. Y Elena Fritts: «Porque el mar es muy hondo». Y Maya: «¿Pero ahí está papá?». Y Elena Fritts: «Sí, ahí está papá. Está en el fondo del mar. Se cayó el avión, papá se quedó dormido y se le acabaron los años».

Maya Fritts nunca cuestionó esa versión de los hechos. Ésa fue la última Navidad que pasaron en Villa Elena, la última vez que Elaine tuvo que mandar a cortar un arbusto amarillento para adornarlo con quebradizas bolas de colores que fascinaban a la niña, con renos y trineos y falsos bastones de azúcar capaces de doblar las ramas con su peso. En enero de 1977 pasaron varias cosas: a Elaine le llegó una carta de sus abuelos contando que por primera vez en la historia había nevado en Miami; el presidente Jimmy Carter perdonó a los evasores de Vietnam; y Mike Barbieri —a quien Elaine siempre había considerado en secreto parte de esos evasores— apareció muerto de un tiro en la nuca en el río La Miel, el cuerpo desnudo tirado boca abajo en la ribera, el agua de la corriente jugando con el pelo largo, la barba mojada y enrojecida por la sangre. Los campesinos que lo encontraron buscaron a Elaine incluso antes de buscar a las autoridades: ella era la otra gringa de la región. Elaine tuvo que estar presente en las primeras diligencias judiciales, tuvo que ir a un juzgado municipal de ventanas abiertas y ventiladores que desordenaban los expedientes para decir que sí, lo conocía, y que no, no sabía quién había podido matarlo. Al día siguiente empacó el Nissan con todo lo que cupo, la ropa suya y la de la niña, las maletas llenas de dinero y un armadillo con el nombre de un gringo asesinado, y se fue a Bogotá.

«Doce años, Antonio», me dijo Maya Fritts. «Doce años viví con mi madre, las dos solas, prácticamente escondidas. No sólo me quitó a papá, también a mis abuelos. No volvimos a verlos. Ellos sólo vinieron de visita un par de veces, y siempre la cosa acabó en pelea, yo no entendía por qué. Pero venían otras personas. Era un apartamento pequeñito, quedaba en La Perseverancia. Venía mucha gente a visitarnos, la casa siempre estaba llena de gringos, gente de los Peace Corps, gente de la Embajada. ¿Que si mamá hablaba con ellos de la droga, de lo que estaba pasando con la droga? No sé, no hubiera podido enterarme de algo así. Es perfectamente posible que hablaran de cocaína. O de los voluntarios que habían enseñado a los campesinos a tratar la pasta igual que les habían enseñado antes las técnicas para cultivar mejor la marihuana. Pero el negocio todavía no era lo que fue después. ¿Cómo me hubiera enterado yo? Un niño no se da cuenta de estas cosas.»

«¿Y nadie preguntaba por Ricardo? ¿Ninguno de esos invitados hablaba de él?»

«No, nadie. Increíble, ¿verdad? Mamá construyó un mundo donde Ricardo Laverde no existía, se necesita talento para hacer eso. Con lo difícil que es sostener una mentira chiquita, y ella montó una cosa de este tamaño, una verdadera pirámide. Me la imagino dando instrucciones a todos los visitantes: en esta casa no se habla de los muertos. ¿Qué muertos? Pues los muertos. Los muertos que están muertos.»

Fue por esos días que mató al armadillo. Maya no recordaba que la ausencia de su padre la hubiera trastornado demasiado: no recordaba ningún mal sentimiento, ni agresividad ninguna, ni ningún deseo de venganza, pero un día (tendría ocho años, algo así) agarró al armadillo y se lo llevó al patio de ropas. «Era uno de esos patios de los apartamentos de antes, tú sabes, incómodos y chiquitos, con la alberca de piedra y las cuerdas para colgar la ropa y una ventana. ¿Te acuerdas de esas albercas? A un lado se restregaba la ropa contra la superficie, al otro había una especie de pozo, para un niño era como un gran pozo de agua fría. Yo acerqué una banca de la cocina, me asomé al agua y metí a Mike con las dos manos, sin soltarlo, y le puse ambas manos en la espalda para que no se moviera. Me habían dicho que los armadillos podían pasar mucho tiempo dentro del agua. Yo quería ver cuánto tiempo. El armadillo comenzó a sacudirse, pero yo lo mantuve así, pegado al fondo de la alberca con todo el peso de mi cuerpo, un armadillo tiene fuerza pero no tanta, yo ya era una niña de buen tamaño. Quería ver cuánto tiempo podía estar debajo del agua, eso era todo, a mí me parecía que eso era todo. Recuerdo muy bien la rugosidad de su cuerpo, las manos me dolían por la presión y luego me siguieron doliendo, era como mantener en su sitio un tronco espinoso para que no se lo lleve la corriente. Qué manera de sacudirse la del bicho ese, me acuerdo perfectamente. Hasta que ya no se sacudió más. La empleada lo descubrió después, si hubiera visto el grito que pegó. Hubo castigos, mamá me dio una cachetada violenta, me rompió la boca con el anillo. Luego me preguntó por qué lo había hecho y yo dije: Para saber cuántos minutos podía aguantar. Y mamá me contestó: ¿Y entonces por qué no tenías reloj? Yo no supe qué contestar. Y esa pregunta no se ha ido del todo, Antonio, sigue volviendo de vez en cuando, siempre en los malos momentos, cuando la vida no me está funcionando. Se me aparece esa pregunta y nunca he podido contestarla.»

Pensó un instante y dijo: «De todas formas, ¿qué hacía un armadillo en un apartamento de La Perseverancia? Qué cosa tan absurda, la casa olía a mierda».

«¿Y nunca tuvo sospechas?», le pregunté.

«¿De qué?»

«De que Ricardo estuviera vivo. De lo de la cárcel.»

«Nunca, no. Luego he sabido que no estuve sola, que lo mío no era original. En esos años fueron legión los que llegaron a Estados Unidos para quedarse, no sé si me entiende. Los que llegaban, no con cargamentos como mi papá, que también, sino como simples pasajeros de un avión comercial, un avión de Avianca o de American. Y las familias que se quedaban esperando en Colombia tenían que decirles algo a los niños, ¿no? Así que mataban al padre, nunca mejor dicho. El tipo, metido en una cárcel de Estados Unidos, se moría de repente sin que nadie hubiera sabido que ahí estaba. Era lo más fácil, más fácil que lidiar con la vergüenza, con la humillación de tener a una mula en la familia. Cientos de casos como éste. Cientos de huérfanos ficticios, yo era un caso solamente. Eso es lo bueno de Colombia, que uno nunca está solo con su destino. Mierda, qué calor hace ya, es increíble. ¿No tiene calor, Antonio, usted que es de tierra fría?»

«Un poco, sí. Pero me lo aguanto.»

«Uno aquí siente cómo se le abre cada poro. A mí me gustan las mañanas, las primeras horas. Pero luego la cosa se pone insoportable. Por más que uno se acostumbre.»

«Usted ya tendría que haberse acostumbrado.»

«Sí, es verdad. Tal vez sólo me queje por quejarme.»

«¿Cómo llegó a vivir aquí?», pregunté. «Digo, después de tanto tiempo.»

«Ah, bueno», dijo Maya. «Ésa es una larga historia.»

Maya acababa de cumplir los once años cuando una compañera de clase le habló por primera vez de la Hacienda Nápoles. Era el territorio de más de siete mil acres que Pablo Escobar había comprado a finales de los setenta para construir en él su paraíso personal, un paraíso que fuera a la vez un imperio: un Xanadu para tierra caliente, con animales en vez de esculturas y matones armados en vez del letrero de *No Trespassing*. El terreno de la hacienda se extendía sobre dos departamentos; un río lo cruzaba de extremo a extremo. Por supuesto que ésta no fue la información que la compañera de clase le dio a Maya, pues en 1982 el nombre de Pablo Escobar todavía no andaba en boca de los niños de once años, ni los niños de once años conocían las características del territorio gigantesco ni la colección de carros antiguos que empezaría pronto a crecer en cocheras especiales ni la existencia de varias pistas destinadas al negocio (al despegue y aterrizaje de aviones como los que había pilotado Ricardo Laverde), ni mucho menos habían visto *Citizen Kane*. No, los niños de once años no sabían de esas cosas. Pero sabían, en cambio, del zoológico: el zoológico se convirtió en cuestión de meses en una leyenda a nivel nacional, y fue del zoológico que le habló la compañera a Maya un día de 1982. Le habló de jirafas, de elefantes, de rinocerontes, de pájaros inmensos de todos los colores; le habló de un canguro que le pegaba patadas a un balón de fútbol. Para Maya fue una revelación tan portentosa, y se convirtió en un deseo tan importante, que tuvo la cordura de esperar a Navidad para pedir como regalo que la llevaran a la Hacienda Nápoles. La respuesta de su madre fue tajante:

«Ese sitio no lo vas a conocer ni en sueños.»

«Pero todos los de mi clase han ido», dijo Maya.

«Pues tú no», dijo Elena Fritts. «Y ni se te ocurra volver a hablarme del tema.»

«Y entonces me fui a escondidas», me dijo Maya. «¿Qué más iba a hacer? Una amiga me invitó y yo le dije que sí. Mi mamá se quedó convencida de que me iba a pasar el fin de semana en Villa de Leyva.»

«No puede ser», le dije. «¿Usted también fue a escondidas a la Hacienda Nápoles? ¿Cuántos habremos hecho lo mismo?»

«Ah, de manera que...»

«Sí, yo también», dije, «a mí también me lo prohibieron, yo también dije una mentira y me fui a ver lo prohibido. Un sitio tabú, la Hacienda Nápoles».

«¿Y cuándo la conoció usted?»

Hice las cuentas en mi cabeza, invoqué ciertas memorias, y la conclusión me produjo un escalofrío de placer en la espalda. «Yo tenía doce años. Yo soy un año mayor que usted. Fuimos por la misma época, Maya.»

«¿Usted fue en diciembre?»

«Sí.»

«¿Diciembre de 1982?»

«Sí.»

«Fuimos por la misma época», repitió ella. «Increíble, ¿no es increíble?»

«Bueno, sí, pero tampoco estoy seguro de...»

«Fuimos el mismo día, Antonio», dijo Maya. «Yo sí estoy segura.»

«Pero si pudo ser cualquier día.»

«No, no me venga con cuentos. Fue antes de Navidad, ¿cierto?»

«Cierto. Pero...»

«Y fue ya en vacaciones, ¿cierto?»

«Pues sí, cierto.»

«Bueno, pues tuvo que ser en fin de semana, porque de otra manera no hubiéramos tenido adultos que nos llevaran, la gente trabaja. ¿Y cuántos fines de semana hubo antes de Navidad? Digamos tres. ¿Y qué día fue, un sábado o un domingo? Fue un sábado, porque la gente de Bogotá siempre venía al zoológico los sábados, a los adultos no les gustaba pegarse semejante viaje y tener que ir a la oficina al día siguiente.»

«Pues son tres días de todas formas», dije yo, «tres sábados posibles. Nada nos garantiza que hayamos escogido el mismo».

«Yo sé que sí.»

«¿Por qué?»

«Porque sí. Y no me joda más. ¿Quiere que le siga contando?» Pero Maya no esperó mi respuesta. «Bueno», dijo, «pues el asunto es que conocí el zoológico y luego volví a la casa, y lo primero que hice al entrar fue preguntarle a mi madre dónde exactamente quedaba nuestra casa de La Dorada. Creo que reconocí algo del camino, del paisaje, reconocí una montaña o una curva de la carretera, o la carretera que lleva de la vía principal a Villa Elena, porque para ir a la Hacienda Nápoles uno pasa frente a esa carretera. Algo debí de reconocer, y cuando llegué a ver a mi madre no dejé de hacer preguntas. Era la primera vez que hablaba de eso desde que nos fuimos, a mamá le impresionó mucho. Y con los años seguí haciendo preguntas, diciendo que quería volver, que cuándo íbamos a volver. La casa de La Dorada se me convirtió en una especie de tierra prometida, ¿me entiende? Y empecé poco a poco a hacer todo lo necesario para volver. Y todo empezó con esa visita al zoológico de la Hacienda Nápoles. Y ahora usted me dice que tal vez nos vimos allá, en el zoológico. Sin saber que usted era usted y que yo era yo, sin saber que nos encontraríamos después».

Algo sucedió en ese instante en su mirada, sus ojos verdes se abrieron ligeramente, sus cejas finas se arquearon como si las hubieran dibujado de nuevo, y en su boca, su boca de labios sanguíneos, apareció un gesto nuevo. Yo no hubiera podido probarlo, y hacer un comentario al respecto habría sido una imprudencia o una imbecilidad, pero en ese momento pensé: *Éste es un gesto de niña. Así eras de niña.* Y entonces la oí decir:

«¿Y ha vuelto desde esa época? Porque yo no, no he vuelto nunca. El sitio está que se cae a pedazos, por lo que sé. Pero podemos ir de todas formas, ver qué hay, ver de qué nos acordamos. ¿Le suena la idea?»


Pronto estábamos avanzando por la vía a Medellín a la hora de más calor, moviéndonos por la cinta de asfalto igual que lo habían hecho Ricardo Laverde y Elena Fritts veintinueve años atrás, y haciéndolo, además, en el mismo Nissan color hueso en que lo habían hecho ellos. En un país donde es corriente encontrar en las calles modelos de los años sesenta —un Renault 4, un Fiat aquí y allá, camiones

Chevrolet que pueden ser incluso quince años más viejos—, la supervivencia del campero no era ni milagrosa ni extraordinaria, como éste se veían cientos en las calles. Pero cualquiera puede ver que aquél no era cualquier campero Nissan, sino el primer gran regalo que Ricardo Laverde le había hecho a su mujer con el dinero de los vuelos, el dinero de la marihuana. Veintinueve años antes ellos dos habían recorrido el valle del Magdalena como ahora lo hacíamos nosotros, se habían besado en este asiento, en esta cabina habían hablado de tener hijos. Y ahora su hija y yo ocupábamos los mismos lugares y acaso sentíamos el mismo calor húmedo y el mismo alivio al acelerar y dejar que el aire circulara por el vehículo, así tuviéramos que levantar la voz para entendernos. Era levantar la voz o morirnos de calor con las ventanas cerradas, y preferimos lo primero. «Todavía existe este campero», dije en ese tono esforzado, parecido al de un actor en un teatro demasiado grande.

«Cómo le parece», dijo Maya. Luego levantó una mano y señaló el cielo. «Mire, los aviones militares.»

Me llegó el ruido de los aviones que pasaban sobre nuestras cabezas, pero al asomarme para verlos me encontré solamente con una bandada de gallinazos que volaban en círculos sobre el fondo del cielo. «Yo trato de no pensar en papá cuando los veo», dijo Maya, «pero no puedo». Otra formación volvió a pasar, y esta vez sí que alcancé a verlos: las sombras grises cruzando el cielo, las propulsiones sacudiendo el aire. «Él quería ser heredero de eso», dijo Maya. «El nieto del héroe.» La vía se llenó de repente de muchachitos uniformados y armados con fusiles que les colgaban sobre el pecho como animales dormidos. Antes de entrar al puente sobre el Magdalena reducimos tanto la velocidad y pasamos tan cerca de los militares que el espejo lateral del campero casi rozaba el cañón de los fusiles. Eran niños, niños sudorosos y asustados cuya misión, la vigilancia de la base militar, parecía a todas luces quedarles tan grande como sus cascos y sus uniformes y aquellas botas de cuero rígido demasiado cerradas para este trópico cruel. Al pasar junto a la valla que rodeaba la base, una estructura cubierta de una tela verde y coronada por un intrincado laberinto de alambre de púas, vi un letrero de fondo verde y letras blancas, *Prohibido tomar fotografías,* y uno más de letras negras sobre fondo blanco: *Derechos humanos, responsabilidad de todos.* Del otro lado de la valla se alcanzaba a ver una carretera pavimentada por donde circulaban camiones militares; más allá, expuesto como una reliquia en un museo, un Canadair Sabre hacía equilibrio sobre una suerte de pedestal. En mi memoria está asociada la imagen de ese avión, que tanto gustaba a Ricardo Laverde, con la pregunta de Maya: «¿Dónde estaba usted cuando mataron a Lara Bonilla?».

La gente de mi generación hace estas cosas: nos preguntamos cómo eran nuestras vidas al momento de aquellos sucesos, casi todos ocurridos durante los años ochenta, que las definieron o las desviaron sin que pudiéramos siquiera darnos cuenta de lo que nos estaba sucediendo. Siempre he creído que así, comprobando que no estamos solos, neutralizamos las consecuencias de haber crecido durante esa década, o paliamos la sensación de vulnerabilidad que siempre nos ha acompañado. Y esas conversaciones suelen comenzar con Lara Bonilla, ministro de Justicia. Había sido el primer enemigo público del narcotráfico, y el más poderoso entre los legales; la modalidad del sicario en moto, por la cual un adolescente se acerca al carro donde viaja la víctima y le vacía una Mini Uzi sin siquiera reducir la velocidad, comenzó con su asesinato. «Estaba en mi cuarto, haciendo una tarea de Química», dije. «¿Usted?»

«Yo estaba enferma», dijo Maya. «Apendicitis, imagínese, me acababan de operar.»

«¿Eso les da a los niños?»

«Una crueldad, pero sí. Y me acuerdo del revuelo en la clínica, las enfermeras entrando y saliendo, era como estar en una película de guerra. Porque habían matado a Lara Bonilla y todo el mundo sabía quién había sido, pero nadie sabía que eso podía pasar.»

«Era algo nuevo», dije. «Me acuerdo de mi papá en el comedor. Las manos en la cabeza, los codos sobre la mesa. No comió nada. Tampoco dijo nada. Era algo nuevo.»

«Sí, ese día nos acostamos cambiados», dijo Maya. «Un país distinto, ¿no? Por lo menos yo lo recuerdo así, mamá tenía miedo, yo la veía y le veía el miedo. Claro, ella sabía un montón de cosas que yo no.» Maya se quedó callada un instante. «¿Y cuando Galán?»

«Eso fue por la noche. Era un viernes de mitad de año. Estaba... Bueno, estaba con una amiga.»

«Ah, muy bonito», dijo Maya con una sonrisa ladeada. «Usted pasándola bueno mientras el país se desmorona. ¿Estaba en Bogotá?»

«Sí.»

«¿Y era su novia?»

«No. Bueno, iba a ser. O eso creía yo.»

«Huy, un amor fallido», se rió Maya.

«Por lo menos pasamos la noche juntos. Aunque fuera por obligación.»

«*Los amantes del toque de queda*», dijo Maya. «Buen título, ¿no cree?»

Me gustó verla así, repentinamente alegre, me gustaron las líneas apenas perceptibles que se formaban en sus ojos cuando sonreía. Delante de nosotros había aparecido un camión cargado de tanques de leche, grandes cilindros metálicos como bombas sin estallar sobre los cuales iban acaballados tres adolescentes de torso desnudo. Vernos les causó una risa inexplicable. Saludaron a Maya, le mandaron besos con la mano, y ella metió segunda y cambió de carril para pasarlos. Al hacerlo les devolvió el beso. Fue un acto burlón y lúdico, pero hubo algo en sus labios cerrándose de manera histriónica (y en el ademán entero de estrella de cine) que llenó el momento de una sensualidad inesperada, o por lo menos así me lo pareció. A mi lado de la carretera, en una especie de pantano que se abría entre los matorrales, se bañaban dos búfalos de agua, sus cueros mojados destellando bajo el sol, sus melenas pegadas a la cara. «¿Y el día del avión de Avianca?», dije yo entonces.

«Ah, el famoso avión», dijo Maya. «Ahí sí que se acabó de joder todo.»

Muerto el candidato Galán, sus banderas políticas, y entre ellas la lucha contra el narcotráfico, fueron heredadas por un jovencísimo político de provincias: César Gaviria. En su intento por sacar del cuadro a Gaviria, Pablo Escobar hizo poner una bomba en un vuelo civil que cubriría —que hubiera cubierto— la ruta Bogotá-Cali. Gaviria, sin embargo, ni siquiera llegó a subir. La bomba estalló poco después del despegue, y los restos del avión desintegrado —incluidos tres pasajeros que al parecer no mató la bomba, sino el impacto— cayeron sobre Soacha, el mismo lugar donde había caído, abaleado en su tarima de madera, el candidato Galán. Pero no creo que esta casualidad signifique nada.

«Ahí supimos», dijo Maya, «que la guerra también era contra nosotros. O lo confirmamos, por lo menos. Más allá de toda duda. Hubo otras bombas en lugares públicos, claro, pero nos parecían accidentes, no sé si a usted le haya pasado igual. Bueno, tampoco estoy segura de que accidentes sea la palabra correcta. Cosas que les pasan a los que tienen mala suerte. Lo del avión fue distinto. Era en el fondo lo mismo, pero por alguna razón me pareció distinto, a muchos nos pareció distinto, como si cambiaran las reglas del juego. Yo había entrado a la universidad ese año. Agronomía, iba a estudiar Agronomía, supongo que ya tenía claro lo de recuperar la casa de La Dorada. El hecho es que comencé la universidad. Y me tomó todo el año darme cuenta».

«¿De qué?»

«Del miedo. O mejor, de que esta cosa que me daba en el estómago, los mareos de vez en cuando, la irritación, no eran los síntomas típicos del primíparo, sino puro miedo. Y mamá también tenía miedo, claro, tal vez hasta más que yo. Y luego vino lo demás, los otros atentados, las otras bombas. Que si la del DAS con sus cien muertos. Que si la del centro comercial equis con sus quince. Que si la del centro comercial zeta con los que fuera. Una época especial, ¿no? No saber cuándo le va a tocar a uno. Preocuparse si alguien que tenía que llegar no llega. Saber dónde está el teléfono público más cercano para avisar que uno está bien. Si no hay teléfonos públicos, saber que en cualquier casa le prestan a uno el teléfono, que uno no tiene sino que llamar a la puerta. Vivir así, pendiente de la posibilidad de que se nos hayan muerto los otros, pendiente de tranquilizar a los otros para que no crean que uno está entre los muertos. Vivíamos en casas particulares, ¿se acuerda? Evitábamos los lugares públicos. Casas de amigos, de amigos de amigos, casas de conocidos remotos, cualquier casa era preferible a un lugar público. Bueno, no sé si entiende lo que le estoy diciendo. Igual en nuestra casa se vivió de otra manera. Éramos dos mujeres, qué quiere que le diga. Igual para usted no fue así.»

«Fue exactamente así», dije.

Ella giró la cabeza para mirarme. «¿Cierto?»

«Cierto.»

«Entonces usted me entiende», dijo Maya.

Y yo le dije unas palabras cuyo alcance no alcancé a determinar: «Le entiendo perfectamente».

El paisaje se repitió a nuestro alrededor, la sabana verde y las montañas al fondo, grises como en un cuadro de Ariza. Mi brazo se alargó sobre el espaldar del asiento, que en estos modelos es grueso y no se interrumpe, de manera que uno se siente como en una visita de enamorados. Con los cambios del viento y los bamboleos del Nissan, a veces el pelo de Maya me rozaba la mano, rozaba la piel de mi mano, y el roce me gustó y lo busqué de ahí en adelante. Abandonamos la recta de las haciendas ganaderas con sus abrevaderos con techo y sus ejércitos de vacas recostadas a los troncos de las acacias. Pasamos por el río Negrito, una corriente de aguas oscuras y riberas sucias en la cual destellaban nubes de espuma, los restos de la contaminación acumulada por pueblos y pueblos donde se vacían los desperdicios en las mismas aguas en que se lava la ropa. Al llegar al peaje y detenerse el Nissan, la ausencia repentina del aire circulante elevó la temperatura de la cabina, y sentí —en las axilas, pero también en la nariz y debajo de los ojos— que empezaba a sudar. Y fue al arrancar de nuevo, al acercarnos a otro puente sobre el Magdalena, que Maya empezó a contarme de su madre, de lo que pasó con su madre a finales de 1989. Yo miraba el río más allá de las barandas amarillas del puente, miraba las islitas arenosas que pronto, cuando llegara la temporada de lluvias, quedarían cubiertas por el agua marrón, y mientras tanto Maya me hablaba de la tarde en que llegó de la facultad y encontró a Elena Fritts en el baño, casi dormida de la borrachera y aferrada a la taza del inodoro como si la taza fuera a marcharse en cualquier momento. «Mi niña», le decía a Maya, «llegó mi niña. Mi niña ya es grande. Mi niña es una niña grande». Maya la levantó como pudo y la llevó a la cama y se quedó con ella, viéndola dormir y tocándole la frente de vez en cuando; le hizo un agua aromática a las dos de la mañana; le puso una botella de agua junto a la mesa de noche y le trajo dos mejorales para que se le pasara el dolor de cabeza; y al final de la noche la escuchó decir que no podía más, que lo había intentado y no podía más, que Maya era ya una mujer adulta y podía tomar sus propias decisiones así como ella había tomado la suya. Y seis días después se subía a un avión y regresaba a la casa de Jacksonville, Florida, Estados Unidos, la misma casa de la cual había salido veinte años atrás con una sola idea en la cabeza: ser voluntaria de los Cuerpos de Paz en Colombia. Tener una experiencia enriquecedora, dejar su huella, poner su granito de arena. Todas esas cosas.

«Le cambiaron el país», dijo Maya. «Ella llegó a un sitio y veinte años después ya no lo reconocía. Hay una carta que siempre me ha fascinado, es de finales del 69, una de las primeras. Dice mi madre que Bogotá es una ciudad aburrida. Que no sabe si pueda vivir mucho tiempo en un sitio donde nunca pasa nada.»

«Donde nunca pasa nada.»

«Sí», dijo Maya. «Donde nunca pasa nada.»

«Jacksonville», dije yo. «¿Dónde queda eso?»

«Arriba de Miami, muy arriba. Yo sé porque la he visto en mapas, no porque haya ido. Yo ni conozco Estados Unidos.»

«¿Por qué no se quiso ir con ella?»

«No sé, yo tenía dieciocho años», me dijo Maya. «A esa edad la vida es nueva, uno acaba de descubrirla. No quería separarme de mis amigos, había comenzado a salir con alguien... Curioso, porque se fue mamá y ahí mismo me di cuenta de que Bogotá no era para mí. Una cosa llevó a la otra, como se dice en las películas, y aquí me tiene, Antonio. Aquí me tiene. Veintiocho años, solterita y a la orden, las partes del cuerpo bien puestas todavía, y viviendo sola con mis abejas. Aquí me tiene. Muerta del calor y llevando a un desconocido a ver el zoológico de un mafioso muerto.»

«Un desconocido», repetí.

Maya se encogió de hombros y dijo algo que no quería decir nada:

«Bueno, no, pero en fin.»

Cuando llegamos a la Hacienda Nápoles el cielo había comenzado a nublarse y un bochorno molesto apareció en el aire. Pronto llovería. El nombre de la propiedad aparecía pintado en letras descascaradas sobre el portal blanco de dimensiones innecesarias —una tractomula habría podido pasar por allí—, y sobre el travesaño, en delicado equilibrio, estaba una avioneta pequeña, blanca y azul como el portal: era la Piper que Escobar usó durante sus primeros años y a la cual, solía decir, debía su riqueza. Pasar por debajo de esa avioneta, leer la matrícula inscrita en la parte inferior de las alas, fue como entrar en un mundo sin tiempo. Y sin embargo, el tiempo estaba presente. Para ser más precisos: había hecho estragos. Desde 1993, cuando Escobar fue muerto a tiros sobre un tejado de Medellín, la propiedad había entrado en una decadencia vertiginosa, y eso, sobre todo, fue lo que vimos Maya y yo mientras el Nissan avanzaba por el sendero pavimentado entre campos sembrados con limoneros. No había ganado pastando en esos prados, lo cual, entre otras cosas, explicaba que el pasto estuviera tan crecido. La maleza devoraba las estacas de madera. En eso me estaba fijando, en las estacas de madera, cuando vi los primeros dinosaurios.

Eran lo que más me había gustado en mi primera y remota visita. Escobar los había mandado construir para los niños, un tiranosaurio y un brontosaurio de tamaño natural, un mamut de apariencia bonachona (gris y barbudo como un abuelo cansado) y hasta un pterodáctilo que flotaba sobre el agua del estanque con una anacrónica serpiente entre las garras. Ahora los cuerpos se caían a pedazos, y había algo muy triste y acaso impúdico en la visión de las estructuras de cemento y hierro que iban quedando al aire. El estanque mismo se había convertido en un charco sin vida, o por lo menos así se veía desde el sendero. Después de dejar el Nissan en una explanada de tierra descuidada, frente a una cerca de alambres que en otro tiempo pudieron estar electrificados, Maya y yo comenzamos a caminar por los mismos lugares que habíamos recorrido en carro años atrás, siendo niños o casi adolescentes que todavía no comprendían muy bien a qué se dedicaba el dueño de todo esto ni por qué sus padres les prohibían una diversión tan inocente. «En esa época no se podía caminar, ¿se acuerda? Uno no se bajaba del carro.»

«Estaba prohibido», dije.

«Sí. Me impresiona.»

«¿Qué cosa?»

«Todo parece más pequeño.»

Tenía razón. A un soldado del Ejército le dijimos que queríamos ver los animales y le preguntamos dónde estaban, y a la vista de todos Maya le entregó un billete de diez mil pesos para estimular sus buenos servicios. Y así, guiados o acompañados o escoltados por un jovencito imberbe de gorra y uniforme camuflado que se movía con indolencia, la mano izquierda apoyada en el fusil, llegamos a las jaulas en que dormían los animales. El aire húmedo se llenó con un olor sucio, una mezcla de excrementos y comida desechada. Vimos un guepardo echado al fondo de su jaula. Vimos a un chimpancé rascarse la cabeza y a otro correr en círculos sin perseguir nada. Vimos una jaula vacía, la puerta abierta y un platón de aluminio recostado a la reja.

Pero no vimos al canguro que daba patadas a un balón de fútbol, ni al famoso loro que era capaz de recitar la alineación de la selección Colombia, ni a los emús, ni a los leones y los elefantes que Escobar había comprado a un circo viajero, ni a los caballos enanos ni a los rinocerontes, ni al increíble delfín rosado con el que Maya soñó una semana seguida después de aquella primera visita. ¿Dónde estaban los animales que habíamos visto de niños? No sé por qué hubiera debido sorprendernos nuestra propia decepción, pues el declive de la Hacienda Nápoles era bien conocido, y en los años transcurridos desde la muerte de Escobar habían circulado en los medios colombianos diversos testimonios, una especie de película en cámara muy lenta sobre el auge y caída del imperio mafioso. Pero tal vez no fue nuestra decepción lo que nos sorprendió, sino la manera en que la vivimos juntos, la solidaridad impredecible y sobre todo injustificada que de repente nos unió: los dos habíamos venido a este lugar por la misma época, este lugar había sido para los dos el símbolo de las mismas cosas. Sería por eso que después, cuando Maya preguntó si se podía llegar hasta la casa de Escobar, sentí como si me hubiera quitado la pregunta de la boca, y fui yo en ese momento quien sacó el billete arrugado y sucio para sobornar al soldadito.

«Ah, no. No se puede entrar», dijo.

«¿Y por qué no?», preguntó Maya.

«Porque no», dijo. «Pero pueden dar una vuelta y asomarse a las ventanas.»

Eso hicimos. Recorrimos el perímetro de la construcción y vimos juntos sus paredes ruinosas, sus vidrios sucios o rotos, la madera desastillada de sus vigas y sus columnas, los azulejos rotos y desportillados de los baños exteriores. Vimos las mesas de billar que inexplicablemente nadie se había llevado en seis años: en esos salones que el tiempo había oscurecido y ensuciado, el verde refulgente del paño brillaba como una joya. Vimos la piscina vacía de agua, pero llena de hojas secas y de trozos de corteza y de ramitas que el viento se ha llevado. Vimos el garaje donde se pudría la colección de carros antiguos, vimos la pintura desastrada y las luces rotas y las carrocerías hundidas y los cojines desaparecidos y los asientos convertidos en un desorden de muelles y resortes, y recordamos que según la leyenda uno de esos aparatos, un Pontiac, había pertenecido a Al Capone y otro, siempre según la leyenda, a Bonnie y Clyde. Y después vimos un carro que no era de lujo, sino simple y barato, pero cuyo valor estaba fuera de toda duda: el célebre Renault 4 con el que el joven Pablo Escobar, mucho antes de que la cocaína se volviese la fuente de riquezas que fue después, competía en carreras locales como piloto novato. La Copa Renault 4, se llamaba aquel trofeo de aficionados: las primeras veces que el nombre de Escobar apareció en la prensa colombiana, mucho antes de los aviones y las bombas y los debates sobre la extradición, fue como piloto de carreras de esa copa, un joven provinciano en un país que era todavía una pequeña provincia del mundo, un joven traficante que todavía era noticia por actividades distintas de ese tráfico incipiente. Y ahí estaba el carro, dormido y roto y devorado por el descuido y el tiempo, la pintura blanca levantada, agrietada la carrocería, un animal muerto al que se le ha llenado la piel de gusanos.

Pero tal vez lo más extraño de esa tarde es que todo lo que vimos lo vimos en silencio. Nos mirábamos con frecuencia, pero nunca llegamos a hablar más allá de una interjección o un expletivo, quizás porque todo lo que estábamos viendo evocaba para cada uno recuerdos distintos y distintos miedos, y nos parecía una imprudencia o quizás una temeridad ir a meternos en el pasado del otro. Porque era eso, nuestro pasado común, lo que estaba allí sin estar, como el óxido que no se veía pero que carcomía frente a nosotros las puertas de los carros y los rines y los guardabarros y los tableros y los timones. En cuanto al pasado de la propiedad, no nos interesó demasiado: las cosas que allí habían ocurrido, los negocios que se hicieron y las vidas que se extinguieron y las fiestas que se montaron y las violencias que desde allí se planearon, todo eso formaba un segundo plano, un decorado. Sin decirnos nada estuvimos de acuerdo en que teníamos bastante con lo visto y empezamos a caminar en dirección al Nissan. Y esto lo recuerdo: Maya me tomó del brazo, o enganchó su brazo en el mío como hacían las mujeres de otros tiempos, y en el anacronismo de su gesto hubo una intimidad que yo no hubiera podido prever, que nada presagiaba.

Entonces comenzó a llover.

Fue una llovizna al principio, aunque de gotas gruesas, pero en cuestión de segundos el cielo se puso oscuro como la panza de un burro y un aguacero nos bañó las camisas antes de que tuviéramos tiempo de guarecernos en ninguna parte. «Mierda, se nos acabó el paseo», dijo Maya. Para cuando llegamos al Nissan, ya estábamos calados; como habíamos corrido (los hombros alzados, un brazo protegiendo los ojos), la parte delantera de nuestros pantalones estaba empapada, mientras que la parte de atrás, casi seca, parecía hecha de otra tela. Los vidrios del campero se empañaron enseguida con el calor de nuestras respiraciones, y Maya tuvo que sacar de la guantera una caja de pañuelos de papel para limpiar el panorámico y arrancar sin estrellarnos contra el primer poste. Abrió la ventilación, una rejilla negra en medio del tablero, y empezamos a movernos con cuidado. Pero habíamos avanzado apenas un centenar de metros cuando Maya frenó en seco, abrió la ventana tan rápido como se lo permitió la manivela y yo, desde mi puesto de copiloto, pude ver lo que ella estaba viendo: a unos treinta pasos de nosotros, a mitad de camino entre el Nissan y el estanque, un hipopótamo nos consideraba con gravedad.

«Qué lindo», dijo Maya.

«Cómo que lindo», dije. «Es el animal más feo que hay.»

Pero Maya no me hizo caso. «No creo que sea un adulto», siguió. «Es muy pequeño, es una cría. ¿Estará perdida?»

«Y cómo sabe que es una hembra.»

Pero Maya se había bajado, a pesar del aguacero que seguía cayendo y a pesar de que una cerca de madera la separaba del terreno donde estaba la bestia. Su piel era de un gris oscuro y tornasolado, o así me lo parecía en la luz disminuida de la tarde. Las gotas le pegaban y rebotaban como sobre un cristal. El hipopótamo, macho o hembra, cría o adulto, no se inmutaba: nos miraba, o miraba a Maya que se había recostado a la cerca de madera y lo miraba a su vez. No sé cuánto tiempo pasó: uno, dos minutos, que en esas circunstancias es un tiempo largo. El agua le escurría a Maya por el pelo y toda su ropa era ya de un color distinto. Entonces el hipopótamo comenzó un movimiento pesado, un buque que intenta dar la vuelta en el mar, y vi su perfil y me sorprendió que fuera un animal tan largo. Y luego ya no lo vi más, o más bien le vi el culo poderoso y me pareció ver chorros de agua que le resbalaban por la piel tersa y reluciente. Se fue alejando entre el pasto crecido, con las patas ocultas por la maleza de tal manera que parecía no avanzar realmente, sino hacerse más pequeño. Cuando lo vimos ganar el estanque y meterse al agua, Maya volvió al campero.

«Cuánto van a durar esos bichos, es lo que yo me pregunto», dijo. «No hay quien los alimente, ni quien los cuide. Deben ser carísimos.»

No me hablaba a mí, eso era evidente: estaba pensando en voz alta. Y yo no pude menos que recordar otro comentario idéntico en espíritu y aun en forma que había escuchado tiempo atrás, cuando el mundo, o por lo menos el mío, era otro muy distinto, cuando yo todavía me sentía al mando de mi vida.

«Lo mismo dijo Ricardo», le conté a Maya. «Así lo conocí yo, haciendo un comentario lleno de lástima sobre los animales del zoológico.»

«Me imagino», dijo Maya. «Los animales le preocupaban.»

«Decía que no tenían la culpa de nada.»

«Y es verdad», dijo Maya. «Ése es uno de los pocos, de los poquísimos recuerdos de verdad que tengo. Mi papá cuidando a los caballos. Mi papá acariciando al perro de mamá. Mi papá regañándome por no darle de comer al armadillo. Los únicos recuerdos de verdad. Los demás son inventados, Antonio, recuerdos de mentira. Lo más triste que puede pasarle a una persona, tener recuerdos de mentira.»

Tenía la voz gangosa, pero eso podía ser consecuencia del cambio de temperatura. Había lágrimas en sus ojos, o más bien era el agua que le escurría por las mejillas, que le rodeaba los labios. «Maya», pregunté entonces, «¿por qué lo mataron? Yo sé que falta esa ficha del rompecabezas, ¿pero qué cree usted?». El Nissan había arrancado ya y recorría los kilómetros que nos separaban del portal de entrada, la mano de Maya se cerraba sobre la perilla negra de la barra de cambios, el agua le escurría por la cara y el cuello. Insistí: «¿Por qué, Maya?». Sin mirarme, sin despegar los ojos del panorámico empañado, Maya dijo esas tres palabras que yo había oído en tantas otras bocas: «Algo habrá hecho». Pero esta vez me parecieron indignas de lo que Maya sabía. «Sí», le dije, «¿pero qué? ¿Acaso usted no quiere saber?». Maya me miró con compasión. Traté de añadir algo y ella me cortó: «Mire, no quiero hablar más». Las plumillas negras se movían sobre el vidrio y barrían el agua y las hojas pegadas. «Quiero que nos quedemos callados un rato, estoy cansada de hablar. ¿Me entiende, Antonio? Hemos hablado demasiado. Estoy harta de hablar. Quiero estar un rato en silencio.»

Así que en silencio llegamos al portal y pasamos por debajo de la Piper blanquiazul, y en silencio giramos a la izquierda en dirección a La Dorada. En silencio avanzamos por una parte de la vía donde los árboles de ambos lados se encuentran sobre la calzada, impidiendo la entrada de la luz y en días de lluvia atenuando las dificultades de los conductores. En silencio regresamos a la intemperie, en silencio volvimos a ver las barandas amarillas del puente sobre el Magdalena, en silencio lo atravesamos. La superficie del río se erizaba bajo el aguacero, no era lisa como la piel de un hipopótamo sino rugosa como la de un gigantesco lagarto dormido, y en una de las islitas se mojaba una lancha blanca con el motor al aire. Maya estaba triste: su tristeza llenaba la cabina del Nissan como el olor de nuestras ropas mojadas, y yo hubiera podido decirle algo, pero no lo hice. Guardé silencio: ella quería estar en silencio. Y así, en medio de un silencio comedido, sólo acompañados por el estruendo de la lluvia en el techo metálico del campero, pasamos el peaje y enfilamos hacia el sur entre haciendas ganaderas. Fueron dos horas largas en que el cielo se fue oscureciendo, ya no por las nubes densas de lluvia, sino porque la noche nos sorprendió en medio del trayecto. Para cuando el Nissan iluminó la fachada blanca de la casa, ya era noche cerrada. Lo último que vimos fueron los ojos del pastor alemán destellando en el haz de nuestras luces.

«No hay nadie», dije.

«Claro que no», dijo Maya. «Es domingo.»

«Gracias por el paseo.»

Pero Maya no dijo nada. Entró caminando y se fue quitando la ropa mojada mientras sorteaba los muebles sin encender las luces, voluntariamente ciega. Yo la seguí, o seguí su sombra, y me di cuenta de que ella quería que la siguiera. El mundo era negro y azul, hecho no de figuras sino de contornos; uno de ellos era la silueta de Maya. En mi memoria fue su mano la que buscó la mía, no al revés, y luego Maya pronunció estas palabras: *Estoy cansada de dormir sola*. Creo que también me dijo algo simple y muy comprensible: *Esta noche no quiero estar tan sola*. No recuerdo haber caminado hasta la cama de Maya, pero me veo perfectamente sentándome en ella, junto a una mesa de noche de tres cajones. Maya le dio la vuelta a la cama y su silueta espectral se recortó contra la pared, frente al espejo del armario, y me pareció que se miraba al espejo y al hacerlo su reflejo me miraba a mí. Mientras asistía a esa realidad paralela, a esa escena fugaz que transcurrió en mi ausencia, me metí a la cama, y no me resistí cuando Maya llegó a mi lado y sus manos me desabrocharon la ropa, sus manos manchadas por el sol se portaron como mis propias manos, con la misma naturalidad, con la misma destreza. Me besó y sentí un aliento limpio y cansado al mismo tiempo, un aliento de final del día, y pensé (un pensamiento ridículo y además indemostrable) que

esta mujer no había besado a nadie en mucho tiempo.
Y entonces dejó de besarme. Maya me tocó inútilmente, inútilmente se metió mi miembro a la boca, su lengua
inútil me recorrió sin ruido, y luego su boca resignada
volvió a mi boca y sólo en ese momento me di cuenta de
que estaba desnuda. En la penumbra sus pezones cerrados
eran de un tono violeta, un violeta oscuro como el rojo
que ven los buzos en el lecho del mar. *¿Usted ha estado
debajo del mar, Maya?,* le pregunté o creo haberle preguntado. *¿Muy hondo debajo del mar, lo suficiente para que
cambien los colores?* Se acostó a mi lado, boca arriba, y en
ese momento me dominó la idea absurda de que Maya
tenía frío. *¿Tiene frío?,* le dije. Pero ella no respondió. *¿Quiere que me vaya?* No respondió tampoco a esta pregunta,
pero era una pregunta ociosa, porque Maya no quería estar sola y ya me lo había señalado. Yo tampoco quise estar
solo en ese momento: la compañía de Maya se me había
vuelto indispensable, así como urgente se me había vuelto
la desaparición de su tristeza. Pensé que los dos estábamos
solos en esa habitación y en esa casa, pero solos con una soledad compartida, cada uno solo con su dolor en el fondo
de la carne pero mitigándolo al mismo tiempo mediante
las artes raras de la desnudez. Y entonces Maya hizo algo
que sólo había hecho una persona en el mundo hasta entonces: su mano se posó sobre mi vientre y encontró mi
cicatriz y la acarició como si la pintara con un dedo, como
si su dedo estuviera embadurnado en témpera y tratara de
hacer sobre mi piel un dibujo raro y simétrico. Yo la besé,
menos por besarla que por cerrar los ojos, y luego mi mano
recorrió sus senos y Maya la tomó en la suya, tomó mi
mano en la suya y se la puso entre las piernas y mi mano en
su mano tocó el vello liso y ordenado, y luego el interior de
los muslos suaves, y luego el sexo. Mis dedos bajo sus
dedos la penetraron y su cuerpo se puso tenso y sus piernas
se abrieron como alas. *Estoy cansada de dormir sola,* me
había dicho esta mujer que ahora me miraba con ojos muy

abiertos en la oscuridad de su cuarto, arrugando el ceño, como quien está a punto de entender algo.

Maya Fritts no durmió sola esa noche, yo no lo hubiera permitido. No sé en qué momento comenzó a importarme tanto su bienestar, no sé cuándo comencé a lamentar que no hubiera vida posible entre nosotros, que nuestro pasado común no implicara necesariamente un común futuro. Habíamos tenido la misma vida y sin embargo teníamos vidas distintas, o más bien la tenía yo, una vida con gente que me esperaba del otro lado de la cordillera, a cuatro horas de Las Acacias, a dos mil seiscientos metros sobre el nivel del mar... En la oscuridad del cuarto pensé en eso, aunque pensar en la oscuridad no es conveniente: las cosas parecen más grandes o más graves en la oscuridad, las enfermedades más destructivas, la presencia del mal más cercana, el desamor más intenso, la soledad más profunda. Por eso queremos tener a alguien para dormir, y por eso yo no la hubiera dejado sola por nada del mundo esa noche. Habría podido vestirme y salir en silencio, caminando sin zapatos y dejando puertas entrecerradas, como un ladrón. Pero no lo hice: la vi caer en un sueño profundo, mezcla sin duda del cansancio de la carretera y el de las emociones. Recordar cansa, esto es algo que no nos enseñan, la memoria es una actividad agotadora, drena las energías y desgasta los músculos. Así que vi a Maya dormirse de medio lado, su cara hacia la mía, y ya dormida la vi pasar una mano bajo la almohada como abrazándola o aferrándose a ella, y sucedió de nuevo: la vi como fue de niña, no me cupo la menor duda de que en ese ademán estaba la niña que había sido, y la quise de alguna manera imprecisa y absurda. Y entonces me dormí también.

Cuando desperté, todavía era oscuro. No supe cuánto tiempo había pasado. No me había despertado la luz, ni los sonidos del amanecer tropical, sino el murmullo lejano de unas voces. Seguí los sonidos hasta la sala y no me sorprendió encontrarla como la encontré, sentada en el sofá con la cabeza entre las manos y una grabación hablando desde su pequeño equipo de sonido. No tuve que escuchar más de unos segundos, no tuvieron que llegarme más de dos de esas frases pronunciadas en inglés por desconocidos, para que reconociera la grabación, pues en el fondo nunca había dejado de escuchar ese diálogo en que se hablaba de condiciones climáticas y luego de trabajo y luego del número de horas que los pilotos podían volar antes del descanso obligatorio, en el fondo lo recordaba como si lo hubiera escuchado ayer. «Bueno, veamos», decía el capitán igual que había dicho tiempo atrás, en casa de Consu. «Tenemos ciento treinta y seis millas hasta el VOR, tenemos que bajar treinta y dos mil pies, y encima de todo ir reduciendo la velocidad, así que empecemos.» Y el copiloto decía: «Bogotá, American nueve sesenta y cinco, permiso para descender». Y Bogotá decía: «Adelante, American nueve seis cinco, aquí Cali». Y el copiloto decía: «Muy bien, Cali. Estaremos allí en unos veinticinco minutos». Y yo pensé, igual que había pensado antes: *No será así. No estarán allí en veinticinco minutos. Estarán muertos, y eso cambiará mi vida.*

Maya no me miró al sentirme llegar a su lado, pero levantó la cara como si me estuviera esperando, y en sus mejillas vi el rastro de su llanto y quise estúpidamente protegerla de lo que iba a pasar al final de esa cinta. La puerta de llegada era la dos, la pista asignada era la cero uno, las luces del avión se encendían porque había mucho tráfico visual en el área, y me senté junto a Maya en el sofá y le pasé una mano por la espalda, la abracé y la traje hacia mí, y los dos nos hundimos con nuestro peso en el sofá como una vieja pareja de insomnes, eso fuimos, dos esposos de muchos años que ya han perdido el sueño y se encuentran como fantasmas en las madrugadas para compartir el insomnio. «Ahora les voy a hablar», decía la voz, y enseguida: «Damas y caballeros, les habla el capitán. Hemos comenzado nuestro descenso». Y entonces la sentí sollozar. «Ahí va mamá», dijo. Pensé que no iba a decir nada más. «Se va a matar», dijo entonces, «me va a dejar sola. Y yo no puedo hacer nada, Antonio. ¿Por qué tuvo que coger ese vuelo? ¿Por qué no un vuelo directo, por qué tanta mala suerte?». Y la abracé, qué podía hacer más que abrazarla, no podía cambiar lo ocurrido ni detener el flujo del tiempo en la cinta, ese tiempo que avanzaba hacia lo ya terminado, hacia lo definitivo. «Quiero desear a todos unas vacaciones muy felices, y un 1996 lleno de salud y prosperidad», decía el capitán desde la cinta. «Gracias por haber volado con nosotros.»

Y con esas palabras falsas —el año de 1996 no existiría para Elaine Fritts—, Maya volvió a recordar, volvió a dedicarse al fatigoso oficio de la memoria. ¿Fue para beneficio mío, Maya Fritts, o tal vez habías descubierto que podías usarme, que nadie más te permitía ese regreso al pasado, que nadie como yo iba a invitar esos recuerdos, a escucharlos con la disciplina y la dedicación con que los escuchaba yo? Y así me contó de la tarde de diciembre en que entró a casa, después de una larga jornada de trabajo en los apiarios, lista para darse una ducha. Había tenido un brote de acariasis en las colmenas y se había pasado la semana tratando de minimizar los daños y preparando pociones de anémona y tusílago; todavía tenía en las manos el olor intenso de la mezcla y le urgía lavarse. «Entonces sonó el teléfono», me dijo. «Casi no lo contesto. Pero pensé: ¿y si es algo importante? Oí la voz de mamá y llegué a decirme que bueno, por lo menos no es eso. No es nada importante. Mamá llamaba todas las navidades, eso no lo habíamos perdido a pesar de los años. Hablábamos cinco veces por año: para su cumpleaños, para mi cumpleaños, para Navidad, para Año Nuevo y para el cumpleaños de papá. El cumpleaños del muerto, usted me entiende, que los vivos celebran porque él no está allí para celebrarlo. Esa vez estuvimos hablando un buen rato, contándonos cosas sin importancia, y en una de ésas mi madre se quedó callada y me dijo mira, tenemos que hablar.» Y así, en una llamada de larga distancia, a través de las ondas telefónicas que venían desde Jacksonville, Florida, se enteró Maya de la verdad sobre su padre. «No se había muerto cuando yo tenía cinco años. Estaba vivo. Había estado preso y había salido. Estaba vivo, Antonio. Y además estaba en Bogotá. Y además había encontrado a mamá, quién sabe cómo. Y además quería que nos reuniéramos.» «Qué bonita noche, ¿no?», decía el capitán en la grabación de la caja negra. Y el copiloto: «Sí. Está muy agradable por estos lados». «Que nos reuniéramos, Antonio, hágame el favor», me decía Maya. «Como si se hubiera ido un par de horas a hacer mercado.» Y el capitán: «Feliz Navidad, señorita».

Ignoro si estén estudiadas las reacciones que tiene la gente ante revelaciones semejantes, cómo se comporta una persona ante un cambio tan brutal de sus circunstancias, ante la desaparición del mundo tal como lo conoce. Es de pensar que en muchos casos sigue un reajuste gradual, la búsqueda de un nuevo lugar en el elaborado sistema de nuestras vidas, una reevaluación de nuestras relaciones y de eso que llamamos pasado. Quizás eso sea lo más difícil y lo menos aceptable, el cambio del pasado que antes habíamos creído fijo. En el caso de Maya Fritts lo primero fue la incredulidad, pero aquello no duró mucho: en cuestión de segundos ya había cedido a la evidencia. Siguió una especie de furia contenida, en parte causada por la vulnerabilidad de esta vida en que una llamada puede echarlo todo abajo en el tiempo más breve: basta levantar la bocina y por allí entra en nuestra casa un hecho nuevo que no hemos pedido ni buscado y que nos lleva por delante con la fuerza de un alud. Y a la furia contenida siguió la furia abierta, los gritos por el teléfono, los insultos. Y a la furia abierta siguió el odio y las palabras del odio: «Yo no quiero ver a nadie», le dijo Maya a su madre. «Él verá si me cree o no, pero yo te aviso. Si se aparece por acá, lo recibo a tiros.» Maya habló con la voz desgarrada, muy distinto debió de haber sido aquello de lo que yo veía en el sofá, el llanto callado y aun sereno. «¿Dónde estamos?», preguntaba el copiloto en la caja negra, y en su voz había algo de alarma, el anticipo de lo que estaba por venir. «Aquí comienza», me dijo Maya. Y tenía razón, ahí comenzaba. «¿Hacia dónde vamos?», decía el copiloto. «No lo sé», decía el capitán, «¿qué es esto? ¿Qué pasó aquí?». Y así, con los bandazos desorientados que comenzaba a dar el Boeing 757, con sus movimientos de pájaro perdido a trece mil pies de altura en la noche andina, comenzaba la muerte de Elena Fritts. Ahí estaban otra vez esas voces que ya se han dado cuenta de algo, que fingen serenidad y control cuando todo control se ha perdido ya y la serenidad es una gran impostura. «¿Giro a la izquierda, entonces? ¿Quieres girar a la izquierda?» «No... No, nada de eso. Sigamos adelante hacia...» «¿Hacia dónde?» «Hacia Tuluá.» «Eso es a la derecha.» «¿Adónde vamos? Gira a la derecha. Vamos a Cali. Aquí la cagamos, ¿no?» «Sí.» «¿Cómo llegamos a cagarla así? A la derecha ahora mismo, a la derecha ahora mismo.»

«Aquí la cagaron», dijo o más bien susurró Maya. «Y mamá iba ahí.»

«Pero no sabía lo que estaba pasando», le dije. «No sabía que los pilotos estaban desorientados. Por lo menos no tenía miedo.»

Maya lo consideró. «Es verdad», dijo. «Por lo menos no tenía miedo.»

«¿En qué estaría pensando?», dije. «¿Alguna vez se lo ha preguntado, Maya? ¿En qué estaría pensando Elaine en ese momento?»

La grabación comenzó a soltar sonidos de angustia. Una voz electrónica lanzaba advertencias desesperadas a los pilotos: «*Terrain, terrain*». «Me lo he preguntado mil veces», dijo Maya. «Yo le puse muy en claro que no quería verlo, que mi papá había muerto cuando yo tenía cinco años y eso era así, eso no lo cambiaba nada. En mi vida, eso era así. Que no se pusieran a tratar de cambiarme las cosas a estas alturas. Pero luego me pasé varios días destrozada. Me enfermé. Me dio fiebre, una fiebre alta, y con fiebre y todo me iba a trabajar a las colmenas por puro miedo de estar en casa cuando llegara mi papá. ¿En qué iría pensando? Tal vez en que valía la pena tratar. En que mi papá me había querido mucho, nos había querido mucho, y valía la pena tratar. Otro día volvió a llamar, trató de justificar lo que había hecho papá, me dijo que en esa época todo era distinto, el mundo del tráfico de drogas, todo eso. Que todos eran unos inocentes, eso me dijo. No que *eran inocentes,* no, sino *unos inocentes,* no sé si se da cuenta de la distancia que hay entre una cosa y la otra. En fin, es lo mismo. Como si la inocencia existiera en este país nuestro... En fin, ahí fue cuando mamá decidió subirse a un avión y arreglar las cosas personalmente. Me avisó que iba a coger el primer vuelo disponible. Que si su propia hija le disparaba, pues se lo iba a aguantar. Así me dijo, su propia hija. Que se lo iba a aguantar, pero que no se iba a quedar con la duda, con el qué hubiera pasado. Ah, ya estamos en esta parte. Cómo duele, increíble, después de tanto tiempo.» «Mierda», decía el piloto en la grabación. «Cómo duele», decía Maya. «Arriba, chico», decía el piloto. «Arriba.»

«El avión se está cayendo», dijo Maya.

«Arriba», dijo en la caja negra el capitán.

«Todo va bien», dijo el copiloto.

«Se van a matar», dijo Maya, «y no hay nada que hacer».

«Arriba», dijo el capitán. «Suavemente, suavemente.»

«Y yo no alcancé a despedirme», dijo Maya.

«Más arriba, más arriba», dijo el capitán.

«OK», dijo el copiloto.

«¿Cómo iba yo a saber?», dijo Maya. «¿Cómo podía saber, Antonio?»

Y el capitán: «Arriba, arriba, arriba».

La madrugada fresca se llenó con el llanto de Maya, suave y fino, y también con el canto de los primeros pájaros, y también con el ruido que era la madre de todos los ruidos, el ruido de las vidas que desaparecen al precipitarse al vacío, el ruido que hicieron al caer sobre los Andes las cosas del vuelo 965 y que de alguna manera absurda era también el ruido de la vida de Laverde, atada sin remedio a la de Elena Fritts. ¿Y mi vida? ¿No comenzó mi propia vida a precipitarse a tierra en ese mismo instante, no era aquel ruido el ruido de mi propia caída, que allí comenzó sin que yo lo supiera? «¿Cómo, también tú has caído del cielo?», le pregunta el Principito al piloto que cuenta su historia, y pensé que sí, también yo había caído del cielo, pero de mi caída no había testimonio posible, no había caja negra que nadie pudiera consultar, ni había caja negra de la caída de Ricardo Laverde, las vidas humanas no cuentan con esos lujos tecnológicos. «Maya, ¿cómo es que estamos oyendo esto?», dije. Ella me miró en silencio (sus ojos rojos y encharcados, su boca desolada). Pensé que no me había entendido. «No quiero decir... Lo que quiero saber es cómo llegó esta grabación...» Maya respiró hondo. «Siempre le gustaron los mapas», dijo.

«¿Qué?»

«Los mapas», dijo Maya. «Siempre le gustaron.»

A Ricardo Laverde siempre le habían gustado los mapas. El colegio siempre se le dio bien (toda la vida entre los tres primeros de la clase), pero nada se le dio tan bien como los mapas, esos ejercicios en que el estudiante debe componer, con lápiz de mina blanda o con una plumilla o un rapidógrafo, sobre papel de calcar y a veces sobre papel mantequilla, las geografías de Colombia. Le gustaba la rectitud repentina del trapecio amazónico, le gustaba la costa pacífica templada como un arco sin su flecha, sabía dibujar de memoria la península de La Guajira, y en cualquier momento hubiera podido vendarse los ojos y poner un alfiler dentro de un croquis, como otros le ponen la cola al burro, para ubicar sin pensárselo dos veces el Nudo de Almaguer. En toda la historia escolar de Ricardo, las únicas llamadas del prefecto de disciplina se dieron cuando era hora de hacer mapas, pues Ricardo terminaba los suyos en la mitad del tiempo permitido y durante el resto de la clase se dedicaba a hacer los mapas de sus compañeros a cambio de una moneda de cincuenta centavos, si se trataba de una división político-administrativa de Colombia, o de un peso, si de un mapa hidrográfico o una distribución de pisos térmicos.

«¿Por qué me cuenta esto?», dije. «¿Qué tiene que ver?»

Cuando volvió a Colombia, después de diecinueve años de cárcel, y tuvo que encontrar trabajo, lo más lógico era buscar donde hubiera aviones. Tocó varias puertas pequeñas: aeroclubes, academias de aviación, y todas las encontró cerradas. Entonces, siguiendo una suerte de epifanía, se presentó en el Instituto Geográfico Agustín Codazzi. Le hicieron unas pruebas, y a los quince días estaba pilotando un bimotor Commander 690A cuya tripulación se componía de piloto y copiloto, dos geógrafos, dos técnicos especializados y un sofisticado equipo de aerofotografía. Y a eso se dedicó durante los últimos meses de su vida: a despegar de madrugada desde el aeropuerto El Dorado, a recorrer el espacio aéreo colombiano mientras la cámara que llevaba atrás tomaba negativos de 23 x 23 que acabarían, después de un largo proceso de laboratorio y de clasificación, en los atlas con que miles de niños aprenden cuáles son los afluentes del río Cauca y dónde nace la Cordillera Occidental. «Niños como nuestros hijos», dijo Maya, «si es que alguna vez llegamos a tener hijos».

«Ellos van a estudiar con las fotos de Ricardo.»

«Es bonito pensarlo», dijo Maya. Y luego: «Mi padre se había hecho muy amigo de su fotógrafo».

Se llamaba Iragorri, Francisco Iragorri, pero todo el mundo le decía Pacho. «Un tipo flaco, de nuestra edad más o menos, de esos que tienen facciones de niño Dios, las mejillas coloradas, la naricita en punta, ni un pelo en la cara.» Maya lo buscó y lo encontró y lo llamó por teléfono y lo invitó a venir a Las Acacias a comienzos de 1998, y fue él quien le contó cómo había transcurrido la última noche de Ricardo Laverde. «Siempre volaban juntos, después del vuelo se tomaban una cerveza y se despedían. Y a los quince días se encontraban en el instituto, en el laboratorio del instituto, y trabajaban juntos en las fotos. O más bien Iragorri trabajaba y dejaba que mi padre viera y aprendiera. A hacer fotocontrol. A analizar una foto en tres dimensiones. A manejar un visor estereoscópico. Mi padre gozaba como un niño, eso me dijo Iragorri.» El día antes de que lo mataran, Ricardo Laverde había llegado al laboratorio buscando a Iragorri. Era tarde. Iragorri se dijo que la visita no estaba relacionada con el trabajo, y le bastaron un par de frases, un par de miradas, para comprender que el piloto le iba a pedir un préstamo: no hay nada más fácil de anticipar que los favores financieros. Pero ni en mil años hubiera imaginado el motivo: Laverde iba a comprar una grabación, la grabación de una caja negra. Le explicó a Iragorri de qué vuelo se trataba. Le explicó quién había muerto en ese vuelo.

«La plata era para los funcionarios que le iban a conseguir el casete», dijo Maya. «Parece que la cosa no es tan difícil si uno tiene los contactos.»

El problema era el monto del préstamo: Laverde necesitaba mucho dinero, más, desde luego, de lo que nadie lleva encima, pero también más de lo que se puede sacar de un cajero electrónico. De manera que los dos amigos, el piloto y el fotógrafo, tomaron una decisión: se quedarían allí, perdiendo el tiempo en las instalaciones del

Instituto Geográfico Agustín Codazzi, metidos en el cuarto oscuro o en las oficinas de Restitución, entreteniéndose con viejas copias de contacto o estableciendo la topografía de un trabajo atrasado o rectificando coordenadas mal hechas, y a eso de las once y media de la noche se dirigirían al cajero electrónico más cercano para sacar el máximo permitido y hacerlo dos veces: una antes y otra después de la medianoche. Así lo hicieron: así engañaron al computador de la máquina, ese pobre aparato que sólo entiende de dígitos; así consiguió Ricardo Laverde la cantidad que necesitaba. «Todo esto me contó Iragorri. Era el último trozo de información que había podido encontrar», me dijo Maya, «hasta que supe que mi padre no estaba solo cuando le dispararon».

«Hasta que supo que yo existía.»

«Sí. Hasta que supe.»

«Pues Ricardo nunca me habló a mí de ese trabajo», le dije. «Ni de mapas ni de fotos aéreas ni del bimotor Commander.»

«¿Nunca?»

«Nunca. Y no es porque yo no haya preguntado.»

«Ya veo», dijo Maya.

Pero era evidente: ella veía algo que a mí se me escapaba. En la ventana de la sala comenzaban a aparecer los árboles, las siluetas de sus ramas comenzaban a despegarse del fondo oscuro de esa larga noche, y también adentro, a nuestro alrededor, las cosas recobraban la vida que tienen de día. «¿Qué ve?», le pregunté a Maya. Parecía cansada. Los dos estábamos cansados, pensé; pensé que también bajo mis ojos colgarían esas ojeras grises que colgaban bajo los ojos de Maya. «Iragorri se sentó ahí el día que vino», dijo ella. Señaló el sillón que no estábamos ocupando, el más próximo al equipo de sonido del cual ya no salía ningún ruido. «Sólo se quedó a almorzar. No me pidió que le contara nada a cambio. Ni que le mostrara los papeles de mi familia. Ni se acostó conmigo, eso mucho menos.» Bajé la mirada, intuí que ella hacía lo mismo. Y Maya añadió: «La verdad es que usted es un abusivo, mi querido amigo».

«Perdón», dije.

«No sé cómo no se muere de vergüenza.» Maya sonrió: en la luz azul del amanecer vi su sonrisa. «El caso es que me acuerdo perfecto, estaba ahí sentado y nos acababan de traer un jugo de lulo, porque Iragorri era abstemio, y le había puesto una cucharadita de azúcar y estaba revolviéndolo así, despacio, cuando llegamos a lo del cajero electrónico. Entonces me dijo que claro, claro que le había prestado la plata a mi papá, pero que a él esa plata no le sobraba. Así que le dijo mire, Ricardo, no se ofenda, pero le tengo que preguntar cómo va a hacer para pagarme. Cuándo me va a pagar, y cómo va a hacer. Y ahí fue que mi papá, siempre según la versión de Iragorri, le dijo: Ah, por eso no se preocupe. Yo acabo de hacer un trabajo y me va a entrar buena plata. Se lo voy a pagar todo y con intereses.»

Maya se puso de pie, dio un par de pasos hacia la mesita rústica donde estaba su pequeño equipo de sonido y puso a retroceder la cinta. El silencio se llenó con ese susurro mecánico, monótono como una corriente de agua. «Esa frase es como un hueco, por ahí se va todo», dijo Maya. «*Acabo de hacer un trabajo,* le dijo mi papá a Iragorri, *y me va a entrar buena plata.* Son poquitas palabras, pero viera lo que joden.»

«Porque no sabemos.»

«Exacto», dijo Maya. «Porque no sabemos. Iragorri no me lo preguntó al principio, tuvo la delicadeza o la timidez, pero al final no se aguantó. ¿Qué trabajo sería, señorita Fritts? Me parece verlo ahí, mirando para otra parte. ¿Ve ese mueble, Antonio?» Maya señaló una estructura de mimbre de cuatro anaqueles. «¿Ve los precolombinos de arriba?» Eran un hombrecito sentado con las piernas cruzadas y un falo enorme; a su lado, dos vasijas con cabeza y una barriga prominente. «Iragorri clavó allá los ojos, bien lejos de los míos, no me podía mirar para decirme lo que me dijo, no se atrevía. Y lo que me dijo fue: ¿Y su papá no estaría metido en cosas raras? ¿Raras como qué?, le pregunté. Y él, todo el tiempo mirando hacia allá, mirando los precolombinos, se puso colorado como un niño y me dijo bueno, no sé, no importa, ya qué importa. ¿Y sabe qué, Antonio? Eso mismo pienso yo: ya qué importa.» El susurro del equipo de sonido se detuvo entonces. «¿Volvemos a oírla?», dijo Maya. Su dedo oprimió un botón, los pilotos muertos comenzaron de nuevo a conversar en la noche remota, en medio del cielo nocturno, a treinta mil pies de altura, y Maya Fritts volvió a mi lado y me puso una mano en la pierna y recostó su cabeza en mi hombro y me llegó el olor de su pelo donde todavía podía sentirse la lluvia del día anterior. No era un olor limpio, sino pasado por la transpiración y por el sueño, pero me gustó, me sentí cómodo en él. «Tengo que irme», le dije entonces.

«¿Seguro?»

«Seguro.»

Me puse de pie, miré por la ventana grande. Afuera, tras los farallones, se asomaba la mancha blanca del sol.


Hay una sola ruta directa entre La Dorada y Bogotá, una sola forma de hacer el trayecto sin rodeos ni demoras innecesarias. Es la que toma por fuerza todo el transporte, el de pasajeros y el de la mercancía también, pues para esas empresas resulta vital cubrir la distancia en el menor tiempo posible, y es por eso mismo que un percance en la única vía suele ser muy dañino. Se toma hacia el sur la recta que bordea el río y se llega a Honda, el puerto al que llegaban los viajeros cuando no había aviones que sobrevolaran los Andes. Desde Londres, desde Nueva York, desde La Habana, desde Colón o Barranquilla, se llegaba por mar a la desembocadura del Magdalena, y allí se cambiaba de barco o a veces se continuaba el viaje en el mismo. Eran largos días de navegación río arriba en vapores cansados que en época de sequía, cuando el agua descendía tanto que el lecho del río emergía como una boya, quedaban atascados en la ribera entre cocodrilos y lanchas de pescadores. Desde Honda cada viajero iba a Bogotá como podía, a lomo de mula o en ferrocarril o en carro privado, dependiendo de la época y de los recursos, y ese último tramo podía durar también lo suyo, desde unas cuantas horas hasta unos cuantos días, pues no es fácil pasar, en poco más de cien kilómetros, del nivel del mar a los dos mil seiscientos metros de altura donde se apoya esta ciudad de cielos grises. En mis años de vida nadie ha sabido explicarme de manera convincente, más allá de banales causas históricas, por qué un país escoge como capital a su ciudad más remota y escondida. Los bogotanos no tenemos la culpa de ser cerrados y fríos y distantes, porque así es nuestra ciudad, ni se nos puede culpar por recibir con desconfianza a los extraños, pues no estamos acostumbrados a ellos. Yo, desde luego, no puedo culpar a Maya Fritts por haberse ido de Bogotá cuando tuvo la oportunidad, y más de una vez me he preguntado cuánta gente de mi generación habrá hecho lo mismo, escapar, ya no a un pueblito de tierra caliente como Maya, sino a Lima o Buenos Aires, a Nueva York o México, a Miami o Madrid. Colombia produce escapados, eso es verdad, pero un día me gustaría saber cuántos de ellos nacieron como yo y como Maya a principios de los años setenta, cuántos como Maya o como yo tuvieron una niñez pacífica o protegida o por lo menos imperturbada, cuántos atravesaron la adolescencia y se hicieron temerosamente adultos mientras a su alrededor la ciudad se hundía en el miedo y el ruido de los tiros y las bombas sin que nadie hubiera declarado ninguna guerra, o por lo menos no una guerra convencional, si es que semejante cosa existe. Eso me gustaría saber, cuántos salieron de mi ciudad sintiendo que de una u otra manera se salvaban, y cuántos sintieron al salvarse que traicionaban algo, que se convertían en las ratas del proverbial barco por el hecho de huir de una ciudad incendiada. *Yo os contaré que un día vi arder entre la noche / una loca ciudad soberbia y populosa,* dice un poema de Aurelio Arturo. *Yo, sin mover los párpados, la miré desplomarse, / caer, cual bajo un casco un pétalo de rosa.* Arturo lo publicó en 1929: no tenía forma de saber lo que le sucedería después a la ciudad de su sueño, la forma en que Bogotá se adaptaría a sus versos, entrando en ellos y llenando sus resquicios, como el hierro se adapta al molde, sí, como el hierro fundido llena siempre el molde que le ha tocado.

*Ardía como un muslo entre selvas de incendio,*
*y caían las cúpulas y caían los muros*
*sobre las voces queridas tal como sobre espejos*
*amplios... ¡diez mil chillidos de resplandores puros!*

Las voces queridas. En ellas pensaba ese lunes extraño, cuando, después del fin de semana en casa de Maya Fritts, me encontré llegando a Bogotá por el occidente, pasando por debajo de los aviones que despegaban del aeropuerto El Dorado, pasando por encima del río, y subiendo luego por la calle 26. Eran poco más de las diez de la mañana y el trayecto había transcurrido sin percances, ni derrumbes ni trancones ni accidentes que me retuvieran en esa carretera tan estrecha por momentos que los vehículos tienen que tomar turnos para pasar. Yo iba pensando en todo lo que había escuchado en el fin de semana y en la mujer que me lo había contado, y también en lo que había visto en la Hacienda Nápoles, cuyas cúpulas y cuyos muros también habían caído, y también, por supuesto, iba pensando en el poema de Arturo y en mi familia, en mi familia y el poema de Arturo, en mi ciudad y el poema y mi familia, las voces queridas del poema, la voz de Aura y la voz de

Leticia, que habían llenado mis últimos años, que en más de un sentido me habían rescatado.

*Y eran como mis mismos cabellos esas llamas,*
*rojas panteras sueltas en la joven ciudad,*
*y ardían desplomándose los muros de mi sueño,*
*¡tal como se desploma gritando una ciudad!*

Entré al parqueadero de mi edificio como si volviera de una prolongada ausencia. Desde la ventana me saludó un portero al que no había visto nunca; tuve que hacer más maniobras de las habituales para entrar en mi espacio. Al bajar sentí frío, y pensé que el interior del carro había conservado el aire cálido del valle del Magdalena y que a ese contraste se debía sin duda la cerrazón violenta de mis poros. Olía a cemento (el cemento tiene un olor frío) y olía también a pintura fresca: estaban haciendo unos trabajos que yo no recordaba, los habrían empezado durante el fin de semana. Pero los obreros no estaban, y allí, en el parqueadero de mi edificio, ocupando el lugar de un carro que había salido ya, había un barril de gasolina cortado por la mitad, y en él restos de cemento fresco. De niño me había gustado la sensación del cemento fresco en las manos, así que miré alrededor —cosa de asegurarme de que nadie me viera y me tomara por un loco— y me acerqué al barril y hundí dos dedos cuidadosos en la mezcla ya casi endurecida. Y así subí al ascensor, mirándome los dedos sucios y oliéndolos y disfrutando ese olor frío, y así subí los diez pisos hasta mi apartamento, y estuve a punto de timbrar con los dedos sucios. No lo hice, y no fue sólo por no ensuciar el timbre o la pared, sino porque algo (una cualidad del silencio en esa planta alta, la oscuridad de los cristales ahumados de la puerta) me dijo que en la casa no había nadie que me abriera.

Ahora bien, hay algo que me ha pasado toda mi vida al regresar del nivel del mar a la altura bogotana. No es cosa mía solamente, por supuesto, sino que les pasa a varios e incluso a la mayoría, pero desde pequeño constaté que mis síntomas eran más intensos que los ajenos. Me refiero a una cierta dificultad para respirar durante los primeros dos días de mi regreso, una taquicardia leve que se desencadena con esfuerzos tan sencillos como subir una escalera o bajar una maleta, y que me dura mientras los pulmones se acostumbran de nuevo a este aire enrarecido. Eso me sucedió al abrir con mis propias llaves la puerta de mi apartamento. Mis ojos registraron mecánicamente la mesa limpia del comedor (no había sobres por abrir, ni cartas ni facturas), la mesita del teléfono donde la luz roja del contestador parpadeaba y el tablero digital me indicaba que había cuatro mensajes, la puerta batiente de la cocina (que se había quedado fija en una posición entreabierta, sería preciso aceitar la bisagra). Todo eso lo vi sintiendo que el aire me faltaba y que el corazón me lo estaba reclamando. Lo que no vi, en cambio, fue juguetes de ningún tipo. Ni en los rincones alfombrados ni abandonados en las sillas ni perdidos en el corredor. No había nada, ni las frutas de plástico ni su canasta, ni las tacitas de té desportilladas, ni las tizas del tablero ni papeles coloreados. Todo estaba en perfecto orden, y fue entonces que di dos pasos hacia el teléfono y puse a sonar los mensajes. El primero era de la Decanatura de mi universidad, me preguntaban por qué no había ido a dar mi clase de siete de la mañana, me pedían reportarme en cuanto fuera posible. El segundo era de Aura.

«Llamo para que no te preocupes», decía esa voz, la voz querida, «estamos bien, Antonio. Leticia y yo estamos bien. Hoy es domingo, ocho de la noche, y no has venido. Y yo no veo adónde podemos ir ya. Tú y yo, quiero decir, no veo adónde podamos ir tú y yo, qué es lo que sigue después de esto que nos ha pasado. He tratado, he tratado mucho, tú sabes que sí. Y ya me cansé de tratar, hasta yo me canso. Ya no puedo más. Perdóname, Antonio, pero ya no puedo más, y no es justo con la niña». Esto decía: *No es justo con la niña*. Y luego decía otras cosas, pero el tiempo que le daba el contestador se le había acabado y el mensaje se le había cortado. El siguiente mensaje también era de ella. «Se me cortó», decía con voz quebrada, como si hubiera llorado entre las dos llamadas. «Bueno, tampoco tengo nada más que decir. Espero que tú también estés bien, que hayas llegado bien, y que me perdones. Es que no pude más. Perdóname.» Luego venía el último mensaje: era de la universidad nuevamente, pero no de la Decanatura, sino de la Secretaría. Me pedían que dirigiera una tesis, un proyecto absurdo sobre la venganza como prototipo legal en la *Ilíada*.

Había escuchado los mensajes de pie, con los ojos abiertos pero sin mirar nada, y ahora los volví a poner para que la voz querida de Aura sonara mientras yo daba una vuelta por el apartamento. Caminaba despacio, porque el aire me faltaba: por más profundas que fueran mis inspiraciones, no lograba tener la sensación de respirar cómodamente, y se me figuraban sin esfuerzo los pulmones cerrados, los bronquios rebeldes, los alvéolos saboteadores negándose a recibir el aire. En la cocina no había ni un plato sucio, ni un vaso, ni un cubierto fuera de su sitio. La voz de Aura decía que se había cansado, y yo caminaba por el corredor hacia el cuarto de Leticia, y la voz de Aura decía que no era justo con la niña y yo me senté en la cama de Leticia y pensé que lo justo era que Leticia estuviera conmigo, que yo pudiera cuidarla como la había cuidado hasta ahora.

*Quiero cuidarte*, pensé, *quiero cuidarlas a ambas, juntos vamos a estar protegidos, juntos no va a pasarnos nada.*

Abrí el armario: Aura se había llevado toda la ropa de la niña, un niño de la edad de Leticia ensucia varias prendas al día, hay que estar lavando todo el tiempo. La cabeza me dolía de repente. Lo atribuí a la falta de oxígeno. Pensé que me recostaría unos minutos antes de buscar una pastilla, porque Aura siempre me había reprochado esa tendencia a tomar algo con los primeros síntomas, a no dejar que el cuerpo se defendiera solo. «Perdóname», decía la voz de Aura allá, en el salón, del otro lado de la pared. Aura no estaba en el salón, por supuesto, y no había manera de saber dónde estaba. Pero estaba bien, y Leticia estaba bien, y eso era lo importante. Tal vez, con algo de suerte, volvería a llamar. Me acosté en esa cama que me resultaba demasiado pequeña, en la cual mi largo cuerpo de adulto no quedaba contenido, y mis ojos se fijaron en el móvil que colgaba del techo, la primera imagen que Leticia veía al levantarse en las mañanas, la última que probablemente veía al acostarse. Del techo colgaba un huevo aguamarina, del huevo salían cuatro aspas y de cada aspa colgaba, a su vez, una figura: un búho con grandes ojos en espiral, una mariquita, una libélula de alas de muselina, una abeja sonriente de largas antenas. Allí, concentrado en las formas y los colores que se movían de manera imperceptible, pensé en lo que le diría a Aura si volviera a llamar. ¿Le preguntaría dónde estaba, si podía ir a recogerla o si tenía derecho a esperarla? ¿Guardaría silencio para que ella se diera cuenta de que había sido un error abandonar nuestra vida? ¿O trataría de convencerla, de sostener que juntos nos defenderíamos mejor del mal del mundo, o que el mundo es un lugar demasiado riesgoso para andar por ahí, solos, sin alguien que nos espere en casa, que se preocupe cuando no llegamos y pueda salir a buscarnos?

## Nota del autor

Comencé *El ruido de las cosas al caer* en junio de 2008, durante seis semanas que pasé en la Santa Maddalena Foundation (Donnini, Italia), y agradezco a Beatrice Monti della Corte su hospitalidad. Terminé la novela en diciembre de 2010, en casa de Suzanne Laurenty (Xhoris, Bélgica), y también a ella van mis agradecimientos. Entre las dos fechas hay muchas personas que enriquecieron o mejoraron esta novela. Ellas saben quiénes son.

# Índice

El 21 de marzo de 2011 en Madrid, un jurado presidido por Bernardo Atxaga, e integrado por Gustavo Guerrero, Lola Larumbe, Candela Peña, Inmaculada Turbau y Juan González (con voz pero sin voto) otorgó el **XIV Premio Alfaguara de Novela** a *El ruido de las cosas al caer* de **Juan Gabriel Vásquez.**

### Acta del Jurado

El Jurado del **XIV Premio Alfaguara de Novela 2011,** después de una deliberación en la que tuvo que pronunciarse sobre seis novelas seleccionadas entre las seiscientas ocho presentadas, decidió otorgar por unanimidad el **XIV Premio Alfaguara de Novela 2011,** dotado con ciento setenta y cinco mil dólares, a la novela titulada *Todos los pilotos muertos,* presentada bajo el seudónimo **Raúl K. Fen,** cuyo título y autor, una vez abierta la plica, resultó ser *El ruido de las cosas al caer* de **Juan Gabriel Vásquez.**

«El Jurado quiere destacar las cualidades estilísticas de esta novela cuya prosa recrea una atmósfera original y atractiva, un espacio propio habitado por personajes que acompañarán mucho tiempo al lector. Ambientada en la Colombia contemporánea, la trama narra el viaje de un hombre que busca en el pasado una explicación de su situación y la de su país. Una lectura conmovedora sobre el amor y la superación del miedo.»

# Premio Alfaguara de Novela

El Premio Alfaguara de Novela tiene la vocación de contribuir a que desaparezcan las fronteras nacionales y geográficas del idioma, para que toda la familia de los escritores y lectores de habla española sea una sola, a uno y otro lado del Atlántico. Como señaló Carlos Fuentes durante la proclamación del **I Premio Alfaguara de Novela,** todos los escritores de la lengua española tienen un mismo origen: el territorio de La Mancha en el que nace nuestra novela.

El Premio Alfaguara de Novela está dotado con 175.000 dólares y una escultura del artista español Martín Chirino. El libro se publica simultáneamente en todo el ámbito de la lengua española.

### Premios Alfaguara

*Caracol Beach,* Eliseo Alberto (1998)
*Margarita, está linda la mar,* Sergio Ramírez (1998)
*Son de Mar,* Manuel Vicent (1999)
*Últimas noticias del paraíso,* Clara Sánchez (2000)
*La piel del cielo,* Elena Poniatowska (2001)
*El vuelo de la reina,* Tomás Eloy Martínez (2002)
*Diablo Guardián,* Xavier Velasco (2003)
*Delirio,* Laura Restrepo (2004)
*El turno del escriba,* Graciela Montes y Ema Wolf (2005)
*Abril rojo,* Santiago Roncagliolo (2006)
*Mira si yo te querré,* Luis Leante (2007)
*Chiquita,* Antonio Orlando Rodríguez (2008)
*El viajero del siglo,* Andrés Neuman (2009)
*El arte de la resurrección,* Hernán Rivera Letelier (2010)
*El ruido de las cosas al caer,* Juan Gabriel Vásquez (2011)

ELISEO ALBERTO
*Caracol Beach*

Premio
ALFAGUARA
de novela
1998

SERGIO RAMÍREZ
*Margarita, está linda la mar*

MANUEL VICENT
*Son de Mar*

Premio
ALFAGUARA
de novela
1999

CLARA SÁNCHEZ
*Últimas noticias del paraíso*

Premio
ALFAGUARA
de novela
2000

ELENA PONIATOWSKA

*La piel del cielo*

## Premio
ALFAGUARA
de novela
2001

TOMÁS ELOY MARTÍNEZ

*El vuelo de la reina*

## Premio
ALFAGUARA
de novela
2002

XAVIER VELASCO

*Diablo Guardián*

## Premio
ALFAGUARA
de novela
2003

LAURA RESTREPO

*Delirio*

## Premio
ALFAGUARA
de novela
2004

# Premio
## ALFAGUARA

# de novela
2005

**GRACIELA MONTES**

**EMA WOLF**

*El turno del escriba*

# Premio
## ALFAGUARA
# de novela
2006

**SANTIAGO RONCAGLIOLO**

*Abril rojo*

# Premio
## ALFAGUARA
# de novela
2007

**LUIS LEANTE**

*Mira si yo te querré*

## Premio
### ALFAGUARA
### de novela
2008

ANTONIO ORLANDO
RODRÍGUEZ

*Chiquita*

## Premio
### ALFAGUARA
### de novela
2009

ANDRÉS NEUMAN
*El viajero del siglo*

## Premio
### ALFAGUARA
### de novela
2010

HERNÁN RIVERA LETELIER
*El arte de la resurrección*

# Alfaguara es un sello editorial del Grupo Santillana

## www.santillana.com

**Argentina**
Avda. Leandro N. Alem, 720
C 1001 AAP Buenos Aires
Tel. (54 114) 119 50 00
Fax (54 114) 912 74 40

**Bolivia**
Avda. Arce, 2333
La Paz
Tel. (591 2) 44 11 22
Fax (591 2) 44 22 08

**Brasil**
Editora Objetiva
www.objetiva.br
Rua Cosme Velho 103 Rio de Janeiro
Tel. ( 5521) 21997824
Fax ( 5521 ) 21997825

**Chile**
Dr. Aníbal Ariztía, 1444
Providencia
Santiago de Chile
Tel. (56 2) 384 30 00
Fax (56 2) 384 30 60

**Colombia**
Calle 80 No. 9-69
Bogotá
Tel. (57 1) 639 60 00

**Costa Rica**
La Uruca
Del Edificio de Aviación Civil 200 m al Oeste
San José de Costa Rica
Tel. (506) 220 42 42 y 220 47 70
Fax (506) 220 13 20

**Ecuador**
Avda. Eloy Alfaro, 33-3470 y Avda. 6
de Diciembre
Quito
Tel. (593 2) 244 66 56 y 244 21 54
Fax (593 2) 244 87 91

**El Salvador**
Siemens, 51
Zona Industrial Santa Elena
Antiguo Cuscatlan – La Libertad
Tel. (503) 2 505 89 y 2 289 89 20
Fax (503) 2 278 60 66

**España**
Torrelaguna, 60
28043 Madrid
Tel. (34 91) 744 90 60
Fax (34 91) 744 92 24

**Estados Unidos**
2023 N.W. 84th Avenue
Doral, F.L. 33122
Tel. (1 305) 591 95 22 y 591 22 32
Fax (1 305) 591 91 45

**Guatemala**
7ª Avda. 11–11
Zona 9
Guatemala C.A.
Tel. (502) 24 29 43 00
Fax (502) 24 29 43 43

**Honduras**
Colonia Tepeyac Contigua a Banco Cuscatlan
Boulevard Juan Pablo, frente al Templo
Adventista 7° Día, Casa 1626
Tegucigalpa
Tel. (504) 239 98 84

**México**
Avda. Universidad, 767
Colonia del Valle
03100 México D.F.
Tel. (52 5) 554 20 75 30
Fax (52 5) 556 01 10 67

**Panamá**
Avda. Juan Pablo II, n°15. Apartado Postal
863199, zona 7. Urbanización Industrial
La Locería - Ciudad de Panamá
Tel. (507) 260 09 45

**Paraguay**
Avda. Venezuela, 276,
entre Mariscal López y España
Asunción
Tel./fax (595 21) 213 294 y 214 983

**Perú**
Avda. Primavera 2160
Surco
Lima 33
Tel. (51 1) 313 4000
Fax (51 1) 313 4001

**Portugal**
Editora Objectiva
www.objectiva.pt
Estrada da Outurela, 118
2794–084 Carnaxide
Tel. ( +351 )214246903/4
Fax ( +351 ) 214246907

**Puerto Rico**
Avda. Roosevelt, 1506
Guaynabo 00968
Puerto Rico
Tel. (1 787) 781 98 00
Fax (1 787) 782 61 49

**República Dominicana**
Juan Sánchez Ramírez, 9
Gazcue
Santo Domingo R.D.
Tel. (1809) 682 13 82 y 221 08 70
Fax (1809) 689 10 22

**Uruguay**
Constitución, 1889
11800 Montevideo
Tel. (598 2) 402 73 42 y 402 72 71
Fax (598 2) 401 51 86

**Venezuela**
Avda. Rómulo Gallegos
Edificio Zulia, 1° – Sector Monte Cristo
Boleita Norte
Caracas
Tel. (58 212) 235 30 33
Fax (58 212) 239 10 51